西班牙语文学译丛 —————————— 尹承东 主编

El tren de cristal

水晶列车

[西班牙]
何塞·玛丽亚·佩雷斯·科亚多斯 著

王瞳 译

黎妮 校

中央编译出版社
Central Compilation & Translation Press

图书在版编目(CIP)数据

水晶列车 /（西）何塞·玛丽亚·佩雷斯·科亚多斯
著；王瞳译 . —北京：中央编译出版社，2023.11
ISBN 978-7-5117-4520-0

I. ①水… II. ①何… ②王… III. ①长篇小说—西班牙—现代 IV. ① I551.45

中国国家版本馆 CIP 数据核字（2023）第 178266 号

El tren de cristal
©José María Pérez Collados

版权登记号：图字：01-2023-4996

本书由大连外国语大学专项经费资助。

水晶列车

责任编辑	翟　桐
责任印制	李　颖
出版发行	中央编译出版社
网　　址	www.cctpcm.com
地　　址	北京市海淀区北四环西路 69 号（100080）
电　　话	（010）55627391（总编室）　（010）55627302（编辑室）
	（010）55627320（发行部）　（010）55627377（新技术部）
经　　销	全国新华书店
印　　刷	北京中兴印刷有限公司
开　　本	880 毫米 ×1230 毫米 1/32
字　　数	221 千字
印　　张	9.625
版　　次	2023 年 11 月第 1 版
印　　次	2023 年 11 月第 1 次印刷
定　　价	68.00 元

新浪微博：@ 中央编译出版社　　微　信：中央编译出版社（ID：cctphome）
淘宝店铺：中央编译出版社直销店（http://shop108367160.taobao.com）（010）55627331
本社常年法律顾问：北京市吴栾赵阎律师事务所律师　闫军　梁勤
凡有印装质量问题，本社负责调换，电话：（010）55627320

致中国读者的信

我从未梦想能够写下这封信,写给我的中国读者,写给在那么古老、辽阔且遥远的国度里栖居着的人们。这样的幸事,就连我最奇妙的梦都无法与之相比。

然而,现在一切成为了可能,这要归功于我的译者——西班牙语教师王瞳,以及黎妮博士,她促成本书的出版并审校了译文,为我打开一扇走近中国读者的大门。他们二位带我来到了从未梦想过的地方,我要道一声感谢。

我为各位写下这段文字,因你们即将开始阅读后面的篇章,阅读路易斯的故事。这位年轻人的大学生涯开启于20世纪80年代的西班牙,彼时该国仍留有大量的独裁统治遗存,不少掌权者在公共管理中的特权得以延续,许多风气和做派仍未消亡,他们所属的政治阶层,尽管在若干年前已成为过去,但依旧存在。

路易斯的故事不仅是一个年轻人的故事,更是一个贫苦家庭从流亡之路归来,在新生且脆弱的民主西班牙,拼尽全力把生活过下去的故事。这个家庭保留着对战败的记忆,也保留着对艰苦岁月的记忆。路易斯就像手戴订婚戒指一样,把这些记忆都带在身上。

伟大的西班牙诗人安东尼奥·马查多写有一首诗,描绘了西班牙20世纪的前期和中期,那时是多么的分裂与破碎:

小小的西班牙人
来到世界上,愿上帝保佑你。
两个西班牙中的一个,
会冻结你的心。

路易斯的家庭就是这样的,被分成了两半,和30年代遭受内战的西班牙一样,在20世纪70年代逐渐开始和解。路易斯在童年和青少年时期身边陪伴着一位充满魅力又带着哀伤的母亲和一位流亡路上非同寻常的外公。每年夏天路易斯都会在西班牙和位高权重的父亲重聚,而这位父亲永远都是他的父亲。

两个西班牙相互敌对,这样的裂痕在许多家庭中不断发生。家庭,能为伤口止血,也能孕育子女,他们会达成历史最好的和解并塑造西班牙民主的未来。

我由衷地感到,这个故事实质上是一个家庭的故事,可能会得到中国读者的喜爱。我如此认为是因为这部小说关乎失败、贫苦、克服逆境、父母对子女的爱以及子女心中对于家的继承。

我热切地希望路易斯的漫长旅行在某种程度上也会是你们的旅行,希望你们在书中读到那些创作于40年代西班牙战败时期的诗歌能够触碰到你们的内心,我希望能够带你们走进一段属于万千西班牙家庭的历史,他们曾在艰难困苦的20世纪有尊严地活着。

致以我最崇高的敬意。

何塞·玛丽亚·佩雷斯·科亚多斯

目 录
Contents

一	002
二	007
三	016
四	027
五	037
六	059
七	072
八	086
九	095
十	103
十一	118
十二	131
十三	149
十四	162
十五	176
十六	188
十七	202

十八　215
十九　234
二十　247
二十一　261
二十二　279

出版后记　298

我，誓必归去

一

回家，也是一种旅行，在古希腊、古罗马的传统故事中屡见不鲜。无家，"回"字便没了意义。家，对于一个人来说，与其说是个地方，不如说是种回忆。

我起身拉开百叶窗，让阳光照满房间。淡淡的阳光透过阴沉的天空，消解了万物外在的假象，让人看清其中的虚妄。我看见一列长长的红砖房和金属的圆顶，透着潮气，斑驳残旧，绿树葱葱，绿草青青。

我听见，飞机起起落落，来来往往，像是一种惩罚。一年半以来，我从一个机场到另一个机场，期盼着回到马德里。我因遭受的伤害和不公待遇投诉了英国航空、法国航空、欧洲航空，当然，还有伊比利亚航空。赢下对伊比利亚航空的诉讼，令我颇为满意。

此时此刻，我虽身在英国，却和在世界其他地方差不了两样。我的悲剧在于我不能回家，回不了家。我找不到能带我回家的路，那个我已经失去了的家，回不到秋千公园旁破败的街道，也回不到东哥儿吠雪的那一天。

在漫长的归途中（对我来说仍然算作归途，我从未失去回家的念想），我路过的地方一次又一次地试图成为旅途的终点。这些地方想要我忘记过去，把回家的念想抛在脑后，并用它们光鲜亮丽的名字引诱着我：罗马、巴黎、伦敦、柏林和阿姆斯特丹。就举些欧洲城市的例子罢了，当然也有美洲的城市，开始停留的那几站。

我的航班从墨西哥联邦区出发，却因意外的技术故障要迫降迈阿密。在听到消息的那一刻，我便猜到这是某种征兆。那天是1986年12月23日。各种天气问题阻断了我的跨洋之行，没法回到西班牙和家人过圣诞夜了。想到这里，我失望透顶。如今考虑到后来发生的种种，我当时的那种感受简直滑稽可笑。

倦于在迈阿密苦等，我决定飞去纽约，想在那儿尽量搭上一架能带我回家的飞机。同路的几个西班牙人租了一辆车，费用航空公司负责（这很好理解，航空公司得管，尤其是要花钱的地方）。走陆路还可以顺路随心看看佛罗里达的海岸风光。"既然他们坑苦了我们，把我们扔在这儿过圣诞节，那不得让他们的钱包出出血？吃的住的，还有车钱，可得狠狠地花上他一笔。这事儿反而还让我高兴呢。"说话这人叫卡洛斯，在迈阿密大学念历史学博士。他女朋友还一直在西班牙等着他呢。然而，对他而言，美国的第一年就让他有所改变了，又或者说，让他在开始忘记她了。

我最终去了奥兰多，从那儿走国内航线到了纽约。我在肯尼迪机场一落地，就得知那四个开车走的西班牙人遭了车祸，都死了。

最终，我成功登上了回西班牙的飞机，可航空管制员的一场罢工让我的航班改道去了巴黎。这对我来说已经不算意外了。一对年轻夫妻在火车出轨事故中丧生的新闻也没能让我感到丝毫惊讶。想想，这对夫妻还曾试图说服我和他们一起，从巴黎走铁路回马德里。

我知道，回家唯一的路就是坐飞机。要是尝试逃避这条路，种种迹象表明我或丧命于此。这就是为什么我飞到了阿姆斯特丹，在那儿换了家航空公司，又飞到了柏林，然后到慕尼黑，再到罗马。这么一个又一个地数下去又有什么用呢？我去每一个城市，都不是因为我想去这些地方，而是为了另一个还未到达的城市：马德里。

说到这儿，我提及的都是城市名。实际上，从一年半以前开始，我的生活都是在机场旁边干净的酒店里度过的。在这些酒店里，每个人都在期待一次旅途的开始。人人都在那里住，却没有一个人想停留。

在第一年，我收到了很多信（信都寄到我在巴黎的一个邮政信箱，然后再从这个信箱寄发到我所在的地方）。可是，现在只有我母亲还在给我写信。我明白，我的至亲至爱都渐渐地离我远去，因为我不让他们来看望我。这听起来有点不好理解。

我的朋友不多，但都十分要好。让我和家人、朋友两地分别，真是件苦差事。若是他们来了，一定让我跟着回去。但是，我知道，我只能飞回去。他们很可能也卷入我的悲剧中。一旦他们厌倦了在坐飞机问题上的纠缠，就会试图走陆路或水路回家，那时，我更担心一切会以悲剧告终。

所以，一点一点地，我被遗忘了，因为没有人愿意相信我。我知道，有人觉得我在钻复杂的国际航空规定的空子，想靠索要赔偿发笔小财。但说实话，我活到这个份儿上，如此的不幸，我最后想到的才可能是钱。

真相无法解释，无法展示，也无法证明。真相得去体验，就好像颜色需要去感受，音乐需要去感知。而我知道，我必须飞回去。

昨天，自己的一个小细节令我惊讶。我每天都不得不填写众多的表格，好让航空公司为我的住宿和伙食买单。当我填到"常住地址"一栏时，我停住了笔，不知所措。对我来说，答案就是我在巴黎的邮政信箱，信箱的编号我都记得清清楚楚。但是，尽管如此，我还是努力回想马德里住所的街道名称，重现街景街貌，以及它随着阳光的变化而变换出的样子，还有它在清晨和中午时分的动静。然而，我没能回想起来，我想不起它的名字了，我甚至无法肯定家里大门是什么颜色（抑或是我最后一次途经时，那扇门是什么颜色的）。我更记不清，在上了三个台阶，穿过第二道门后，走进电梯之前，物件摆放的次序。那一刻，我才意识到自己在慢慢被击溃。要说有什么东西能关上回家的大门，那就是遗忘。

这个人，他总是被飞机的噪声吵醒，他通常在免税店里购物，每周要花几个小时的时间和律师谈论多起对航空公司的起诉。他是位固执的读者，他会在欧洲最好的大学的老式图书馆度一天。他穿着考究，从不解领带，白衬衫做工精致，袖口处的袖扣熠熠生辉。这位一头黑发、仪表堂堂、举止上流的年轻男子，受到欧洲最负盛名的学府里诸多老专家们的称许。老专家们大多来自法国社会科学高等研究院、索邦大学，或者是牛津大学的顶尖学院（更不用说佛罗伦萨大学或海德堡大学了）。这个人主持着一项融通百家学问的宪政史比较研究课题。他每天在机场国际航站楼的餐厅里吃晚饭（倒也可以在酒店里吃，只不过晚上他更喜欢看一会儿飞机的起起落落），之后回到毫无生活气息的酒店房间里看报纸。他躺在床上，手里握着卫星电视遥控器，试着调到西班牙电视台国际频道。他已经是另外一个人了，和一心想着某天回归的那个人，已经不一样了。

我感觉到自己快要死了，遗忘在用我的岁月编织着她的长发，对着镜子微笑。

但是，并不是所有的都已失去。有时，在某个机场的大玻璃窗前，我看着那些飞机像神话里的动物一样，在一片巨大的空地上休憩。我感到自己像那些从石头缝里钻出来的植物一般弱小。在冬日的阳光下，我隐隐约约地看到了某日离去了的那个人，看到了今天用眼睛欣赏风景的那个人。我的双手，仿佛两朵向日葵，在天空中寻觅着逝去的记忆。

我不在乎陌生人用惊讶的目光凝视我，不在乎他们觉得我是疯子。他们都是过客而已，跟我一样，他们自己比想象中的我更加像我。然而，他们并没有深刻地意识到自己每天都失去了什么。所以飞机能带着他们回家。因为他们相信能飞回去，其实都是谎言。

我要回忆，我要拯救我的回忆，只有借助回忆，我才能记住自己。写作是我的自我救赎，是我依旧是我的唯一机会。在这几页纸上，我每天写下文字，呵护着我的灵魂，就好像在照顾一位可怜的病人。在这几页纸上，我维持着我的记忆，期盼着我的人生。

二

尊敬的冈萨雷斯·哈尔迪耶尔先生：

正如之前和您在电话里讲的那样，就您向法航索赔一案，巴黎一家法院传唤您7月3号上午十点到庭取证。我建议您提前几日抵达巴黎，以便做好出庭的准备。

如无其他变故，7月1日下午三点三十分，我会在办公室等您。

祝好，

弗朗索瓦·布兰克

马德里，1988年6月15日

亲爱的儿子：

我是在你哥哥家给你写的这封信。你哥哥和帕特里夏一般周六都在外面吃晚饭，我就过来看孩子。

有个菲律宾姑娘在你哥哥家帮佣，倘若要求这个姑娘在家过夜帮忙看看孩子，想必她也会同意。虽然说起来很惭愧，但是实话实说，这个姑娘照顾孩子比我强得多。贝尼托把我叫过来，是因为他觉得这事儿得由我来干。孩子们跟奶奶在一起，更亲近一些，也好培养感情。

就在十分钟前，这几个孩子还一直在看电视（现在已经是十二点了）。嘴里还不停地吃着甘草糖和薯片，正经晚饭一口没吃。帕特里夏老说"别把孩子看得太紧"，诸如此类的话，我也听烦了。索性就弄了点儿汤，再有就是冰箱里之前做的宾堡面包片夹火腿芝士。明天你嫂子肯定会问我孩子们晚上吃了什么，我不知道该回答什么。要是照实讲，她准会说我不懂怎么带孩子。你是不知道，为了和儿子、孙子们不那么疏远，为了能跟他们亲近些，让我做什么我都愿意。

最糟糕的是儿媳妇和我相处不来。每次来，我都尽量帮衬着点。可我要是真帮着做点什么，反而把她弄得很紧张。一些无足挂齿的小事儿，在她那儿却变成了桩桩要事。他们买了台咖啡机，怎么用，我还是没学会。这台咖啡机和酒吧里的那些差不多，也有根银色的小棍儿，放到盛牛奶的杯里，几秒钟就能把奶加热。但是，这些对我来说过于复杂。所以，我就得早早起床，用小锅热奶，怕被他们瞧见。要是你嫂子看到这一幕，那肯定嚷得天下皆知。她一定会说没必要糟蹋干净的锅，然后还得跟我解释这个咖啡机该怎么用，就好像我智力有问题。但是，儿子呀，我真是记不住，我能怎么办。喝凉牛奶吧，嗓子又不舒服。

天天都是这些琐碎的事情，太无奈了。

儿子，跟我讲讲你现在读什么书呢。得知你喜欢读胡利奥·亚马萨雷斯的书，我太高兴了。他的书让我想起了我的小镇特鲁埃尔。还记得那次坐大巴车我带你去特鲁埃尔旅行吗？在那片干涸又寂静的土地上，万事万物一如既往地停滞不前，等待着，等待着⋯但时光流逝，那里也一样。我之前念书的学校已经不复存在，教我的修女们现如今也就剩下名字罢了，能记起她们的人也越来越少。很快，这些名字就会变得毫无意义。她们教会了我祈祷。哪怕我疑惑再多、失落再大，我也从未停止过祈祷。随着我慢慢成长，祈盼多次化为苦恼、哀叹和悲凉。

我这半辈子都是一个人走过来的。原先你曾是我的慰藉，可现在你已经不在我身边了。人生如是，我懂。我的儿啊，你过得还好吗？写信给我吧，好久没有看见你了。

前一阵子，我想把那件羊羔毛大衣拿去翻新。你知道的，我每天八点都去做弥撒，冬天这个点儿，天气很冷。后来你妹妹把她衣柜里一件全新又闲置不穿的大衣送给我了，我也就省事儿了。大衣是绵羊皮的，质地很柔软，毛很长，不仅保暖，还不沉，很舒服。这件衣服很大，大到我穿上以后别人都看不到我。

我跟你讲大衣的事情，是想告诉你正因为我没去翻新大衣，所以省下来一笔钱。我想着，如果你同意，我就去看看你。你不要有丝毫勉强，要是忙，你就告诉我一声，我就不去了。

我相信，哪怕只是短短几周，你也想和家人说说话。你孤身一人在外奔波了那么久，路易斯，究竟是什么原因，让你连圣诞节都没法回来。不管怎么样，我的儿，你要记着，我是你的母亲，只要我还在，你就有家可以回。

愿此信传递给你我深情的亲吻。下周我会接着给你写信。记得告诉我，之前的信你是否都收到了。

妈妈

我不能让她过来，风险太大了。我心里很不是滋味。我甚至连是否有钱再点杯酒都不知道。律师早就告诉我消费酒类饮品不要签航空公司的单，他们很可能用这些发票跟我对簿公堂。在欧洲，点份沙拉配杯酒，就能被看做是享乐，这也太不讲道理了。这会儿是晚上十点半，我已经喝了不止一杯酒了，手里还剩二十英镑。

"不好意思，再来一杯红酒。"

"好的，先生，马上就来。"

父母闹离婚时，没给我们任何解释，就只说了些"生活很艰辛"、"生活就是这样"、"有了你们，这场婚姻也不算彻底的失败"此类的话。哥哥跟父亲走了，妹妹和我随母亲搬到了法国南部小城，流亡海外的外公在那里生活。外公生前总说："等佛朗哥死了的"，但他终究没能回来。

内战战败后，外公是最后一批越过边境流亡在外的人。他那时已经丧妻，女儿住在修女的寄宿学校里，所以他只在包里塞了些铺子里不可或缺的工具、一大块面包、一件干净外套和几双完好的鞋子。母亲到现在还保留着外公离开几个月后从法国南部难民营寄给她的信。信里说他很好，不必挂念，还向母亲讨了些药品和食物。几天后，寄宿学校里来了几个国民运动的人，手里拿着母亲放在邮局要寄给外公——也就是她父亲的包裹。"但愿这位小姐是最后一次，下不为例。""您放心，请您见谅，不会有下次了。"修女校长说。母亲在伊拉里亚修女办公室的外间听到了里面说的一切。紧接着，她看到一个男人的影子一闪而过，他不允许她把东西寄给外公，虽然东西不过是五罐腌沙丁鱼罐头、一条旧毯子、两件破毛衣、一条他冬天爱穿且非常结实的裤子和两罐奶粉。

我在异国他乡度过了青春岁月，回家的念头推了一天又一天。那段时光就像桃花源般护着我们，免受生活的无情重负，不受生计困顿乃至周遭"蚊蝇鼠蟑"的伤害。边境的那边是那个我们出于某种缘故而逃离出来的世界。这些年来，每当生活的锁链绑住我的双手，我便会出乎意料地想起普罗旺斯的艾克斯，我去到眼眸深处的大海，我看见长街两旁的大树，看见四层小楼楼梯间的斑驳，还有下午茶时段吃饼干、喝牛奶的厨房，外公烟斗里飘出的烟草味，在那里久久不能消散。

儿时我没有太多玩伴，因为我没离开过外廊。对面便是林荫大路。只有待在那里，在母亲身边，我才是我。母亲常常讲故事给我听，每到周日都会做一道新甜点。许多次，她都面露悲伤，日落时分，微光透过窗子照在她身上。"妈妈，你为什么伤心？""因为我想起了我的母亲。"她微笑着回答我，却掩饰不住悲伤。"你需要什么才能不伤心？""在西班牙有一个家，你能在那儿上学。"她总是这样回答。

我还记得她和外公说话的样子，她总是坐在角落里那张柳条椅上。重大决定都是在外廊做出的，母亲提出买电视，换墙纸；或者在一个特殊的日子里，她决定从外公熟知的人手里买辆二手车，是一辆雷诺。外公坐在大椅子上，嘴里抽着烟斗，表示同意。

外公经营着一家小小的修鞋铺。这可不是一家简单的鞋铺，那里还可以买到很多东西：钉子、涂料、布料、扣子、插头和灯泡。母亲在一户人家里做工，她每天送我们去上学，然后就开始干活，一直干到晚上五点，再把我和妹妹接回家。

每个夏天，我和妹妹都会去看望父亲。哥哥比我们年长很多，比我大十岁，比妹妹大十一岁。那个时候，他已经是大学生了，长得很英俊，还交了女朋友。父亲总是问我们下午打算去哪儿，然后就给我们一些钱。父亲给的钱比妈妈给的多。在西班牙度夏期间，我能攒下不少钱。有一次在街上，三个跟我年龄相仿的男孩走到我面前，其中一个对另两个说我是贝尼托的弟弟，另一个轻蔑地说"看着一点儿也不像"。他们从我手上抢走了我买的士兵玩偶，之后撒腿就跑。他们都是马术俱乐部的人，好几次我都瞧见他们和哥哥在一起，但是我什么也没跟哥哥说。在马术俱乐部里，哥哥看到我也不怎么打招呼。我总是一个人去。妹妹几乎不出门，即便出去也是去看她的朋友。

父亲家里有几个干活的女佣，戴着和妈妈一样的头巾。她们叫我"小少爷"，我心里总不是滋味，想着母亲在别人家里也跟她们一样。如果她们在收拾屋子时挪动了东西，弄得父亲找不着，或者饭后递烟、上咖啡时稍有耽搁，父亲就会训斥她们。

每年在去西班牙之前，母亲都会给我们买新衣服，好在那边穿。我喜欢在西班牙穿新衣服，这样在那所房子里心里能踏实些。那里好像从来没有人猜忌，大家都举止得体，言行优雅，没有人落单，也不会束手束脚。

一年夏天，妹妹没跟我回法国。没人跟我说，但我觉察出来了。大家亲切地跟我说回程的事情，但句子的主语都是单数。

"到佩皮尼昂站下车后，你先去问询窗口，那儿有人会告诉你去普罗旺斯的艾克斯的火车将停靠哪个站台。我特别担心你坐过站。要是当真坐过站了，你就在电话亭给我打电话。那天下午我会待在家里，哪儿也不去。"

她是家里的老人了，所以我叫她萨格拉里奥姨妈。她不单单是女佣，而且与远方的母亲感情很深。每年夏天，她就是我在西班牙的另一个"母亲"，我们在她的"绿荫"下乘凉。

那年我十四岁，回去时孤身一人。妹妹留在了马德里，学习文秘和语言，打算将来在父亲的事务所工作。"这就是她想要的。"这句话就是最后的答案，不容分辩。

她的确知道自己想要什么。每年8月，父亲会带我们去山里的房子住。那个男孩每年夏天都会来，恰巧也是月初那几天。他是马德里人，父母有一栋带游泳池和网球场的别墅。他有一辆摩托车，与其说他在街上行驶，倒不如说他是在自如穿行。举手投足间，他已然在妹妹脑海中留下了深刻的印象，也给冬日马德里隐藏的美丽故事埋下了伏笔。

那年夏天，他没来，于是，那个8月便成了妹妹一生中最为空虚寂寥的时日。枯燥无味的小镇，浸没在争执中的家人，世俗难逃的琐事，一切都令人生厌到了极点。

留在马德里其实也是给自己一个机会，离得近，可以见到他。妹妹已经了解了一些情况，例如，他在哪所学校念书，周末到何处去消遣，学什么专业。但她还需要更多，需要马德里的一个冬天。

母亲已经在车站等着我了，脸上挂着属于她的微笑，仿佛在感谢我的归来，碧绿色的双眸中含着落日余晖的忧伤。"儿子，你过得怎么样？马德里那边的亲戚都好吗？你这次回来，人瘦了，也高了，更帅了。你哥哥有没有说圣诞节到这边来过？萨格拉里奥跟我说你老在书房里待着，都不挪窝，你怎么这么喜欢读书，我的儿！外廊现在变得可好了，一会儿你就能看到了。我们在扶手椅上铺了条盖毯，还装了盏新灯。我们在你房间里也准备了惊喜，到时候你就知道了，你肯定会喜欢。外公太想念你了，这一个星期都在问你的情况。他还要跟我一起来车站等你，可他着了凉，只好在家等着了。"

她拎起最大的那件行李，侧身费力地用两只手拖着走，身体倾向另一侧。她驻足休息时说："别担心，儿子，你将来也要留在马德里学习的。"我一只手拎过她手里的行李，另一只手攥着另一件，继续向车的方向走去。"我在这儿很好，妈妈，跟你还有外公在一起，我不想去马德里。"妈妈没跟上来，我转身看到她在原地一动不动，我感到她更瘦小了，用又惊讶又悲伤的眼神看着我。我第一次感到母亲无依无靠的处境。我记得她当时对我说："我的儿，你长大了。"没错。

  旅游纪念品店和餐厅都关着门，一个人也没有。我也该跟这个机场告别了，透过二楼的大玻璃窗，跟熟睡的飞机说再见。又下雨了，跑道上闪动着些许光亮，在黑色的天幕下与黑暗较量。在远处，有两架沉睡的飞机依稀可以辨认出来，我挥了挥手，就此别过。一架大型飞机缓慢又沉重地朝玻璃窗滑行过来，在我面前停下，机翼上倒映着时亮时暗的灯光。

  明天我就要去巴黎了。我会早起给律师发封电报。说实话，我也不知道这番提前规划是为什么。我喝了不少酒，几时起来还说不准呢。从前我从不独饮，或许是因为过去我觉得吃饭时喝红酒，身边若无人陪伴，是件无法理喻的事情。在以前，饭店是个特别的地方，是个浪漫的场合，吃饭最重要的是陪伴，吃什么无足轻重。这后半句倒没什么变化，现在吃什么仍然不重要。

  自从我寄居机场以来，餐厅就成了最值得我铭记的地方。若能吃到额外加辣椒和撒满胡椒的玛格丽特披萨，算是幸事一桩。借着红酒的劲头儿，我也渐渐造访了许多过去的时光，开始了解我自己。我想，我不能剥夺自己每周一次独享晚餐的机会，不能错过向自己致敬的美好时光。

  机场餐厅还有件事让我觉得有趣，这里是观察人的绝佳场所，尤其是观察国际航站楼的旅客。有时，我会花若干小时去观察那些等待起飞和即将开始旅行的人们,也包括那些等待别人归来的人们。这两类人的区别再明显不过了,关键点在眼神。等待的人和归来的人眼神自然不同。我看到两个打扮漂亮的小女孩,长得很像,都梳着马尾辫,但一个系着蓝蝴蝶结,另一个系着红色的。母亲把她们看管得很紧,生怕她们弄脏了衣服,谨防她们嘴里的巧克力小面包蹭到脸上,确保爸爸能看到她们最美的样子。这个女人的一双手很有能耐,一只手掐着香烟,时不时举到唇间,另一只把持住孩子:把面包从孩子嘴里拽下来,没收她们手里的小勺子,或者扇她们一巴掌。孩子要是哭,她就看向另一边,管孩子的手也会放下来。看来孩子哭的时候,就只能这么做,让他们哭,哭一会儿就消停了。

我随母女三人来到2号航站楼,她的丈夫估计会从这里出来。我猜他坐的是英航1448号航班,从伦敦起飞,而我们此刻在里斯本。女人眼睛黑亮,眼神透着几分英气,嘴唇涂着橘红色,两者的搭配完美地展现着她的性格特点:她是个幸福的女人,日子打理得井井有条,举手投足间显露出优雅。

女孩们跑出去拥抱一个身形魁梧的男人。他推着手推车,车上放着几件漂亮的皮箱。我心里盘算,他们分别的时间估计不到两周,但接机的场景依然令他动容。女人走了过去,两人深情地彼此拥吻,一家四口团聚,随后便一起离开了。

三

尊敬的布兰克先生。我于今日 25 号抵达巴黎。我照旧住在机场酒店。如事情无变化，我 1 号去您办公室。

祝好！

路易斯·冈萨雷斯·哈尔迪耶尔

亲爱的妈妈：

我是在巴黎给你写的这封信。我来巴黎是因为航空公司的案子有了进展，虽然缓慢，但在继续推进。

我生活一切都好。我暂住的几家酒店都很好，什么都不缺，还提供洗衣和干洗服务，这样我走到哪儿都能穿着得体。晚饭自己在房间里做，外面餐厅的餐食不好消化，我不能总在外面吃。鸡蛋吃得不多，牛奶倒是经常喝，放心吧。

见不到你们，我也十分难过。况且我还老是从这里换到那里，形只影单。知子莫若母，无须多言，你是最了解我的人。不过，我今天还是写这封信，希望你能克制住思念。虽然我也想重聚，但现在还不能让你来看我。应该回去的人是我，而不能让你们去追逐一个旅居人的脚步。如果你执意到机场航站楼寻我，唯一能碰上的无非是与我同样的境地，陷入一场悲剧，这一年半多以来让我无处安身的悲剧。

此外，妈妈，我也需要你留在马德里。你若不在家，我该回哪里去呢？那我可就真的无处可去，迷失方向了。我答应你，我在外耽搁不了太长时间,我保证。现在我马上要去揭露航空公司隐瞒的巨大陷阱,也是这个体系掩盖的险恶秘密,这会儿一切都在节骨眼上。他们肯定会给我一个说法,以求我不再继续走法律流程,他们会为我打开一扇门,那时我就能回去了。我非英雄之流,不能完成让每个人都返回的崇高使命,我只是设法让自己能够回去,我很快就能做到了。

最近几周我是在英国度过的,读了英国作家的书。让我印象最深的,或许是奥斯卡·王尔德的童话故事。我觉得这些故事是他写给儿子们的,因为这些短篇写于他生命中最恬静的时期,一个他既是丈夫,也是父亲的阶段。我感到他在写作时,心里一直想着孩子们,所以故事带着悲伤的笔调。我猜,他预感自己的人生是场悲剧,他将失去一切,包括他的孩子们。这就是为什么他用想象创造的剧中世界是那么的有趣,那么的精致,他自己又何尝不想成为剧中的一员,成为自己剧作中的主角,这样就不必饮下生活为他备下的那杯苦酒了。

爱你的儿子,

路易斯

又及,至于你讲的有关帕特里夏的事,尽量不要让这件事影响到你,你知道她不太聪明。下封信你跟我说说卡洛斯和克里斯蒂娜吧。他们俩,你只字未提。克里斯蒂娜还继续做着出格的事吗?她约会的那个人真的只有十八岁吗?

这个时候会是谁呢?都过十二点了。

"你好?喂,你好?"

"这么晚打扰你,不好意思,路易斯,但我有话跟你说。"

"卡洛斯?"

"是我,你妹夫。听着,我有非常重要的事问你。先说说你怎么样?我实在不知道你葫芦里卖的什么药,但我很尊重你。你快把你母亲逼疯了,这点你必须得知道。好吧,告诉我,你还好吗?"

"我挺好的,卡洛斯,快说发生什么了?"

"你妹妹撇下我走了,我都不知道她在哪儿,也不清楚到底要不要报警,我不想让宪兵去找她,到时候再撞上她跟那毛小子打情骂俏,我可不当这二傻子。"

"怎么会这样,卡洛斯,听到你说的这些我实在很抱歉,可我不知道能帮到你什么,我也好几个月没和克里斯蒂娜通信了。"

"是吗?你没骗我吧?我来找你是因为最近克里斯蒂娜心心念念要来找你。"

"我已经很久没听说她的事了,也没有收到她的来信。从母亲那里我得知她说我很自私,其他再没别的了。"

"自打你走后,最伤心的人就是克里斯蒂娜。见不到你,她最难过了,甚至比你母亲还难过。你起诉航空公司大约一年后,一天早上她说:'就当我哥死了。'谁都没法和她说起你,她连话都不搭。还有就是她痛心地说你自私,这是真的,但你站在她的立场,还有家人的角度想想,路易斯,你的行为让人无法理解。但现在我不想说你的事情,你不会介意我的冒失吧,我来是想确认的我老婆不在你那儿。"

"克里斯蒂娜在这儿做什么呢!你看,卡洛斯,你俩之间要是出了什么问题,跟宪兵不相关,跟家里人也没有干系,应该由你们自己解决,跟其他夫妻一样。"

"对,路易斯,但我想跟你说明的是,我也不明白出于什么原因,我敢肯定她和那个小子会来投奔你。"

"那个小子也跟来了？"

"他妈的，那小子的事情都传到你那儿了。"

"唉，那小子可是从你嘴里说出来的。"

"算了，好吧，克里斯蒂娜肯定也和我一样，打过你这个留言电话，知道你在巴黎。我敢肯定她会去找你的。所以你就在酒店别走，我明天搭第一班飞机过去。"

"卡洛斯，你听我……"

"你听着，路易斯，你少跟我用那套玄乎的词儿，别头头是道地讲什么回不来，不想让我们卷入你的悲剧，你寄来的信我都看了。我也不必告诉你我的想法了，你知道这些就够了。明天我一到就去找你。你哪儿都别去，我们明天见。"

"你听我说，卡洛斯……"他挂断了电话。

我回想起刚认识卡洛斯的时候，我对他的看法和现在很不一样。变的人不是他，像卡洛斯这样的人是不会变的。我惊讶地发现，我与卡洛斯之间关系的变化正映照出了我的成长和转变，还有性格上的缺陷。

起初，卡洛斯很让我敬佩。他似乎就是天赋异禀的那类人，妹妹过了很久才介绍我们认识，但我早就知道他是谁，我偶尔能瞧见他俩和他们的一群朋友们。那个时候我既腼腆又不安，要是遇到他俩，我会转身朝另一个方向走开。

那时的我，胖乎乎的，脸上长着那个年龄常见的青春痘，反正模样比较糟糕。那年夏天，我十六岁，整天待在家里看小说。就在那个夏天，我领略了安娜·玛丽亚·马图特写的《小剧场》，也第一次读到海明威。萨格拉里奥姨妈可不管我的这些探索发现，她总是催着让我到家外面去晒晒太阳，呼吸新鲜空气。"这孩子小脸儿苍白苍白的！"她说，还说服妹妹带我去见朋友。

那次经历糟糕透了。他们一整天都在卡洛斯的别墅里打网球，我不会打，只能在旁边观战消磨时间。一般来说，我会盯着几个固定的位置出神，以此方法熬过那段时间。我的目光如若落在穿泳装的女孩身上，就惹麻烦了。有时，大家伙在一块儿商量计划，我却神游物外。于是，大伙去哪儿，我只能跟着，对目的地全然不知。

他们大多数都二十来岁，大我四岁。在那个年龄段，大别人四岁感觉就大很多，他们的谈话、幽默、爱好和审美，对我来说都十分陌生。我总是心不在焉，所以状况百出。其实妹妹也一样，但她模样好看，总是笑盈盈地看向卡洛斯，跟在他左右。这样一来，她身边总有人哄她开心，给她讲笑话，她的笑容成了每个人都想赢下的奖赏。有卡洛斯领着她，她也不必开口说话，和我一样在一边听着看着就好。她是众人倾慕的对象，而我却是不受待见的累赘，他们对我的不悦便日益增多。

下午他们常去镇子里逛，我当然也会去。我喜欢坐在酒吧露台上喝点儿东西，从那里可以看到埃斯科里亚尔修道院，但也不会坐太长时间。七点左右，他们总去一家叫圣佛朗西斯科的歌舞厅，我就在那里的吧台边上徜徉自在，等到差不多的时候就悄然离开。我还记着舞池上方的天花板上有个银光闪闪的大球，一切都淹没在黑暗中，只有彩色的灯光闪烁掠过。有时我们会围成一个圈跳舞。凡此种种，我虽感到不适，但也都参与。

我和妹妹约定在离家几条街远的地方等她，这样我们就可以一起到家，在父亲面前展现出一幅美好的画面。她总是踩着点儿到，在差五分钟到十点的时候出现。卡洛斯用摩托捎她来，接着上演一出浪漫的告别。那时我不知道该躲到哪里去,只能看向别处。事情总是比预期的多拖延几分钟,拖到妹妹开始着急,拖到我说:"快跑,我们走,这次大人们非杀了我们不可!"然后,我听到卡洛斯对我高声说道:"明天见,小伙子!"至少这句话让我感觉自己还有点用处。

我本想和妹妹聊聊。想问问她,当这群人计划溜到附近过节的镇子上去玩儿,回忆上学期大学里的趣事,或者盼望着滑雪季节到来时,她难道不觉得自己格格不入吗?我本想知道,在她的笑容背后是否有同样的不安和无趣,就像我一样,每次都在记忆中迷失好几分钟,等回过神来,就又跟着一伙人走向未知的地方。

尽管两年后我和母亲一起也回到了马德里定居,但我很长一段时间都没有和妹妹联系。说实话,我和克里斯蒂娜的关系是从写信开始的。在我拿奖学金出门远行的第一年和在机场生活的第一年,也基本上靠写信维持关系。六个月前,她就再没给我写过信了。她的信是我为数不多随身带到各处的东西。

你好,

你给妈妈的信太悲伤了。那是一封典型的家书,信中的游子感到孤独和迷失,但你很快就会好起来的。那所大学的人真把你安顿进了那样的房子里吗?你得为自己声张几句,你从不表达自己的真实想法,这样不好。虽说在内心深处,你反倒希望发生些怪事,好让你有机会讲故事,以此成为一位作家。

这里一切都和你走之前一样。我的工作烂透了,还不时冒出新烦恼。就说新雇进来的姑娘吧,她理论上是来给我打下手的。可她偏偏什么都不干,凡事都屁颠屁颠地去问呆子马诺洛(我的上司,那次我生日时来家里吃晚饭的那个笨蛋)。你可想不到那女人都穿些什么来上班:迷你裙、高筒靴、红色高领毛衣……我不晓得她去夜总会又会准备什么样的衣服。她凡事都问一嘴,结果就是马诺洛开始操心起从来就不是问题的芝麻小事。说到底,她也不算问,就是抒发见解罢了。和她相处的时日久了,本就窝囊的马诺洛愈发愚钝了,看她的眼神就像牛一样呆滞。反正我一点也不奇怪,你还记得他老婆吗?就是那位头发看着像遭了电击的肥婆。

我这几天来月经,身体不好。现在是下午五点,我已经吃了六片止痛药,喝了杯咖啡,还吃了三块巧克力甜点。昨天是周五,我和卡洛斯去了家意大利餐厅吃晚饭,点了千层面和巧克力慕斯,还喝了酒。现在我感觉自己肿得像个气球,心情极差。卡洛斯眼看就要到家了,他想大家一起出门吃饭。我不知道要不要装病卧床。本来,我不想在周六晚上扫他的兴,可我已经没什么力气再出门吃饭了,更何况我不知道穿什么。在过去的几周里,我胖了四斤,穿什么都别扭。

能够周游世界是你的运气。你感到孤独,我知道。然而,你口中的故事,一桩桩,一件件都各不相同。每次信送到家里后,妈妈都会打电话讲给我听,因为我没有时间读。你讲的故事精彩极了,文笔也好。我很想夏天去看你,也跟卡洛斯说了,他觉得可行。我们绝不打扰你,你只需闲暇时和我们待待就好。

我要告诉你一个秘密:我们决定收养一个孩子,计划到一个经济困难的国家去领养。我们想要孩子已经很久了,可我一直怀不上。所以这样做,既能积德行善,又能抱上孩子。我们没跟任何人提起,卡洛斯说手续很漫长,以后有的是时间让大家知道。卡洛斯一心扑在上面,甚至已经决定好孩子将来住哪个房间了。我现在想说服他养条狗，孩子和动物一起长大很有益处。我不敢相信，我们住在花园大宅里，却没养狗。你还记得住在外公家时，我们养的东哥儿吗？那时候的房子多小啊。有时我在想，东哥儿在哪儿呢？如果我有了狗，也叫它东哥儿，和外公的那条一样，就叫东哥儿二世吧。

卡洛斯随时都会回来。今晚我只想躺在床上看电视。他要再让我和卡罗琳娜、佩佩、芭翠西亚、里卡尔多一起出门解闷，我就实在是无福消受了。有时我也在想，自从十五岁和他约会开始，我总是在做一模一样的事情。

当我向卡洛斯解释这一点时，他说我们之间的问题是没有孩子。对我来说，真的，一想到生完孩子我也可能落下芭翠西亚那样的腰身，一想到成天被车子、孩子和奶瓶子围得团团转，我就很难过。现在，她的整个生活都离不了小吉列尔莫，想想就令人窒息。事实上，我并不憧憬有个孩子。要是收养一个，或许多少有点儿期盼，因为这是行善，还不必经历怀孕所带来的一切麻烦。

我打算照着昨天买的一本健康烹饪书来准备下周的饭菜，下一封信我再告诉你是否真能减肥。现在，我只需要减掉四斤肉，并且挨过经期。我不想买新衣服，因为如果新衣服穿着满意，我就会失去减肥的动力，那样我就瘦不下来了。

除了写给妈妈，你也可以写信给我，也可以给爸爸和贝尼托写点什么。他们肯定十分感激。

致以深情的问候，

克里斯蒂娜

克里斯蒂娜和母亲给我写的所有信件我都留着。这些信件就好像日记，记录着我离开以后家里的生活和风景，在那片景色中有一棵被伐断的树，上面仍有鸟儿不断来往憩息，相同的小径仍在树下交叉而过，只是路上走着新的行人罢了。我读着这些信，追忆往昔，再把回忆写成笔记。这些笔记和信件就是回家的路。我不奢望通过这些文字抵达思念的幻梦之地（我深知它并不存在），我只祈求到达真实之所在，在那儿有人等着我，因为回家的道路，少不了游人的回忆，更少不了希望，而这希望来自那些仍把游人记在心间的人们。

我不能从巴黎动身，现在还不能。反正卡洛斯不是真的来看我，而是去找克里斯蒂娜。所以，我觉得他和我在一起不会有危险，因为他不打算让我回去。问题是克里斯蒂娜，为什么卡洛斯认为她会来投奔我？

1988 年 1 月 15 日

我亲爱的儿子：

我现在坐在这台老式奥利维蒂牌打字机前。你哥想送我一台现代电子打字机，我告诉他别费心思了，不仅因为价格昂贵，还因为这台是你外公留下的。我觉得，与其说我用它来打字，不如说我用它来说话。

既然你在信里提到了，我就跟你讲讲你的妹妹。

你不知道克里斯蒂娜有多么让我担心。我看她对卡洛斯越来越不满了。可怜的卡洛斯，说真的，是好得不能再好的人了。你妹妹还是个小丫头，可是卡洛斯却把她当成女人看待。这倒没有必要怪罪他，他对她的期望也很正常。但作为丈夫，他本应该更加了解她。注满水杯的最后一滴水就是孩子。我的儿子呀，事虽美好，但需随心顺意。孩子应该自己生而非领养。还有，这都是卡洛斯的主意，要是依你妹妹的想法，他们家添一只狗就行了。

赛义夫是个令人疼爱的孩子，但他也惹祸招怨。我说他是黑人，可大家说不是，说他是马格里布人。唉，我的儿子，马格里布人和黑人有什么两样，这孩子黑得像根木炭。这倒不重要，他怪可怜的。重要的是他已经习惯了撒哈拉的生活，现在以我们的生活方式来教育他需要耗费极大的耐心，很少有人具备这样的耐心。当然，你妹妹是一丁点儿都没有。

要把这孩子按进浴缸显然已经是件苦差事了。这也说得通，沙漠缺水，他还不习惯。可他已经逃跑三回了。上次我们不得不惊动宪兵，这才在加油站里找到了他，他在那儿正和一只长满跳蚤的狗玩呢。这孩子恣意妄为惯了，到了六岁再去改变他原来的习惯要付出很大的代价，但是他也该有些理智了呀。

你妹妹受不了这种变化。事实上，天上掉下来个乖娃娃，第一天张嘴就叫爸妈的美好想法和现实情况大相径庭。由于卡洛斯很想要这个孩子，他打算把所有闲暇时间都用在孩子身上。你妹妹却截然相反，每天在家的时间越来越少，出格的事情却越做越多。你知道，她以前只有上午工作，现在下午还在大学里教起了法语。另外，她注册了文哲专业的课，说自己有严重的知识缺陷，亟待补全。明眼人都能看出来，她这样做的目的就是不想回家，不用去面对卡洛斯和赛义夫的新状况。

生活的艰难突然落在了克里斯蒂娜身上。你妹妹长得娇弱，但个性十足，不会轻易接受现在她摊上的新角色。她从不放弃自由自主地选择命运的权利。如果她是个演员，发现自己不喜欢所演的角色，她极可能演到一半就弃舞台而去。

两周前的一天夜里十二点多，她带着一小件行李跑到我这儿来，她说不想再忍受了，想离婚。第二天，卡洛斯就过来了，她便又一声不吭地跟着回去了。

上周跑我这儿来的人换成了卡洛斯。他说要和我聊聊克里斯蒂娜。他来喝杯咖啡,在家里待了一下午。我跟他解释,说克里斯蒂娜还是个小丫头,刚十五岁就跟他约会,而那时他已经二十了。我说他们俩年龄不一样,不能指望着克里斯蒂娜一夜间就变成贤妻良母,更何况现在还多了个小黑孩儿(或者说马格里布人),都到了第一次领圣餐的年龄还是半个野人。我建议他就让克里斯蒂娜过自己想要的自由生活吧,继续做自己喜欢的事情,这些事儿也是因为她年少无知。可怜的女儿,我还建议他有些责任就别让克里斯蒂娜承担了。"你独自承担下来就行了。"我对他说。"你娶的是个小娇妻,你别忘了,是个小丫头,有些人永远都成熟不起来。我曾经也拒绝过成长,但是内战骤然间把我变成了大人。"

可怜的卡洛斯很迷茫,甚至嫉妒起了克里斯蒂娜在大学里的一个学生。我没把这事儿放在心上,早点儿忘干净了才好。但他固执己见,还跟我坦白说已经派了侦探去调查他们。总之,我的儿子,这就是一派胡言。

你跟我讲的胡里奥·科塔萨尔的短篇小说听起来太精彩了!我看看能不能在认识的旧书商手里收购一套全集。既然谈到了短篇,我不知道你读没读过伊格纳西奥·阿尔德科亚的作品,我猜想你还没读过。他是一个特别的人,作为短篇小说家,西班牙无人和他风格相仿。我猜你在那边,找他的书应该很难。你不用操心了,就让我来吧,作为礼物给你邮去。

我的儿子,我会按照你的想法,陆续把这里发生的事情讲给你听。就算你没有要求,我也会这样做。这张纸要写完了,就在此处停笔吧。

爱你的妈妈

四

七点半。不可能已经七点半了,我还要再睡半个小时,睡到八点再说。

……

八点十分。我怎么会这么困,明明昨天十一点之前就睡了。问题是今天上午我无事可做,索邦大学今天关门。没什么事做,早起也就没什么意义。但起床拖太久的话,今天剩下的时间我又会心生愧疚。最晚九点得起床。九点我就起来。

……

九点一刻。酒店的房间太热,卫生间里凉快些,都到夏天了,怎么能不开空调呢。我又回到床上躺着。我准备上午就在看书和看电视中度过,总共就一天而已,无伤大雅。还有音乐!瞧瞧,我能收听五个台:古典、爵士、流行……这是流行台吗?好吧,我把音乐声放小点,然后开始读书。我没读过博尔赫斯的短篇小说。大家都说好得出奇,尤其是那本《虚构集》。

十一点半。我怎么没想到把电话放在床头柜上?我猜应该是布兰克律师打来的。快起来,我的老天,太热了。

……

"喂?"

"路易斯?我是卡洛斯,我在前台,是我上去,还是你下来?"

"你已经到了?呃,我不清楚,我得收拾一下,听你的。"

"我上去吧，两年没见着你了，我更希望去房间跟你打声招呼。我还想把赛义夫介绍给你认识，他跟我来了，然后我们再到楼下的咖啡厅。"

这是两年半以来他第一次见我，却碰到我大中午还在床上。我这副模样见人太不堪了，好在我努力营造出一种穿着睡袍工作的感觉。我只需把床罩在床上摊开，床就铺妥了！我虽然来不及刮胡子，至少干净的睡衣和别致的蓝色长袍让画面看着还挺像那么回事。再抹一点发胶让头发看起来服服帖帖，这样就算大功告成了！香奈儿牌的香水，当然也少不了！接着我来到桌子前把文件随意摊开，打开打字机，把纸放到进纸口。就这个工夫，他们到了。

事实上，我很高兴能见到他。尽管他来这里是为了找别人，或者说我只是他们的经停站，仅仅路过而已，但他也是第一个来探望我的家人。他站在门外，带着赛义夫。卡洛斯，现在你不再是那个摩托车上遥不可及的神秘男孩了，此刻你就在这扇门后。我打开门，他笑了一下，仿佛在说"见到你太高兴了"，又仿佛在说"你还记得那些年在山里度过的夏天吗？"他的笑似乎在告诉我："你妹妹走了，带走了我想要的一切。"

拥抱过后，我后退一步好看看赛义夫。他双手插兜，生怯地看着地面。他看起来很害羞，我没想到他是这个样子。他的眼睛很明亮，像两颗黑色的结晶体。在他稚气的脸上我看到了游牧民族的高贵气质。

"我是路易斯舅舅。"

我伸出手。他从口袋里掏出右手握了我的手。我感到了他的力度，他接受我了。

"好的，进来吧，路上还顺利吗？你们别介意，我刚才在工作，快到午饭的时候才想起来收拾一下自己，所以我只能这样迎接你们了。怎么这么快就到了？昨晚你们还在马德里呢。"

"我们坐了今早第一班航班，特别早。现在我们也入住了这家酒店，在六层606号房间。你记着点房间号，我们可以打内线电话联系。"

"坐这儿吧，想喝点儿什么？"

"你别忙活了，路易斯，一会儿我们到楼下的酒吧。酒店大厅大庭广众的，不如先和你在这里寒暄两句。我看你挺好，仪表堂堂，我很高兴。"

我说不出他哪里变了，他还是那个高大、黝黑、优雅的男人，他看起来总是比真实年龄略显年轻。可他现在站在那里，手里牵着一个从沙漠里带来的忧郁男孩，一副孤立无助的模样。那些年的夏天，他骑着摩托礼节性地带着我玩，告别时总会说："明天见，哥儿们！"说完便骑着摩托车消失在灯火之中。他拥有我妹妹的微笑，而我从来不会满脸微笑地说话。

"至少坐一会儿吧，卡洛斯，告诉我发生了什么事？从头跟我讲讲。"

"我哪知道发生了什么，路易斯。事出突然，我比任何人都感到惊讶。这几个月来，我们一直在争论，这是真的。但说实话，并没有到分道扬镳的地步。后面就发生了那男孩的事，我也想不明白。你知道吗？你要是都知道，就告诉我，我就省着跟你讲了。这件事情过于离谱，以至于在马德里都传开了，快得就像坐了窜天猴。"

"母亲在信里跟我讲得不多，我只是略有耳闻。但是你别担心，我们慢慢地都会谈到。你在这里待个几天，或许能看得更清楚，你来不是个坏主意。"

"这事儿有点新奇，路易斯。我来就是想和你聊聊这事的来龙去脉，说说你不在的这些年都发生了什么，我想把这些都讲给你听。在这里我没觉得不清醒，跟躺在心理咨询的小床上不一样。喂，我再怎么样也没躺在心理咨询的小床上过。我当时是坐着的，正对着他，看着他的眼睛。他对我没什么帮助。他既没跟我讲什么我不知道的事情，也没讲什么超乎逻辑的事情。"

"我不知道你都去找心理咨询师了。"

"现在已经不去了，但是之前能看的都看了，连社保的心理医生我也看了。唯一困难的是一下子把药给停了，医生希望我循序渐进地来。"

"给你开了什么药？我竟一点儿都不知道。"

"抗抑郁药，我不记得是哪类的了。但是我跟你讲，我现在不吃了。"

"好吧，可是医生都开了方子了……"

"心理医生的作用很有限。就这个大夫，几乎是他来求我，求我允许他开那药片的。他还跟我解释这些药片会对器官造成什么影响，跟我说话就像跟傻子说话一样，他就是想说服我。总之，有一天我跟他说我感觉好多了，决定终止治疗。说实话，这是我近期做出的为数不多的正确决定。在扔了所有药片的那几天，我感到情绪非常低落。但是和我预料的一样，我也做好了准备，我能克服困难。我现在状态很好，和你妹妹的事，我必须要去面对。"

"但是，卡洛斯，到底发生了什么，跟我从头到尾地讲一遍吧，我有点困惑了。你和克里斯蒂娜之间的问题，我只知道个模糊的大概。"正说着，我意识到赛义夫不见了。我看到他刚才坐着的沙发现在空空的，卡洛斯也盯着沙发看。我们坐着扫视了房间一周，然后起身到卫生间、衣柜里和床底下去找。

"没有。"我愣愣地确认。

"我的天，迟早的事！嘿，你收拾一下。一个小时后我在楼下餐厅等你，估计到时候我已经找到他了。要是没找到，我们再想办法吧。这孩子只是想吸引注意而已。事实上，这些乱糟糟的事情已经让他不那么招人喜欢了。他肯定在哪个走廊里瞎溜达呢，你别担心，我去找他。"

突然间就只剩我一个人了，突然间我可能更孤单了。与卡洛斯的重逢让我记起我曾有一段比现在更匆忙的人生，一段我尝试争取却没达到的人生。为了追求它，我穿越荆棘，伤痕累累；但距它一步之遥时，又感到幸福满满。我从来没有真正地拥有它。所以，我患上了近视症，患此病症者都是些看不清事物外在的人。我太多次追逐的东西都不是它；或者，我的想象总是出现偏差，想得总是更美好。也许我是懦夫，也许正因如此我一直沉迷在美梦中。

旅居的第一年，我住过牛津、巴黎和墨西哥城。凭借外交部认可的研究员身份，我在选定的大学办了校园卡，可以进出图书馆。有时大学还给我配一小间办公室，但我不怎么用，我更喜欢浸没在大型图书馆的书架之间，以这种方式度过时光。

我也会观光游览。我喜欢到不同的城市去探寻作家们的故居，譬如王尔德在伦敦的旧居和普鲁斯特在巴黎的老宅。有一次，我从布宜诺斯艾利斯飞到智利圣地亚哥，只为参观聂鲁达在黑岛上的那间面朝大海的房子。

我花了很多时间给你写信，信中我塑造了自己笔下的人物。他让我感到安全，因为他能够实现我的梦想，不受限于我的笨拙，因为他可以配得上你。

每当我给你写信时，我都会把那列火车放在桌上。我看到它闪闪发光，透明又神奇，我想你想了许久。我用写信的方式向你倾诉从来不敢告诉你的事情，除了最后一次。在信中，我和你聊巴黎，聊宽阔的香榭丽舍大街，聊牛津的学院和访学时光，还有特诺奇蒂特兰的金字塔。在此种情境下，我笔下的人物成为了英雄。我敢于和你谈论你的秀发，说起你沉默的目光对我来说意味如何，甚至敢于把我的诗寄给你。

卡洛斯带着赛义夫坐在酒店餐厅紧里面的一张桌子旁。他们看到我了，我示意一下，向他们走去。我穿着一件漂亮的蓝色亚麻西装，一件上次在巴黎买的直筒双扣外套，脚上穿着意大利皮鞋，打着妈妈上个圣诞节送给我的漂亮领带。当然，还有白衬衫（略带粉红色调）。我甚至还戴上了最喜欢的蓝色蛋白石鎏金袖扣。我越来越看重好衣裳传递给我的安全感。

"路易斯，你太绅士了，小伙子！我刚点了两杯酒，来法国一趟可不能白来。赛义夫没事，我找到他的时候，他在酒店花园里和另一个同龄的男孩在踢球，没错吧，赛义夫？"赛义夫高兴地点点头。

"这么快就交到朋友了呀，你们一会儿还会见吗？"

"是的，今天下午。"他说道，脸上再次挂着幸福的微笑。

"好，太好了。"

事实上，我不明白卡洛斯为什么要带孩子来，孩子是一刻都不会消停的。我猜到了午饭时还得看着他别把水洒在身上，别把酱蹭到衣服上，或是别再次从我们眼皮子底下溜走。由于我们谁都不能专门盯着他，安静地聊天几乎是不可能的了。

"我们的酒来了，谢谢，你点了什么？"

"当然是波尔多红酒了。"

我们三人碰了杯，卡洛斯说他要为家人干杯，我们就又举杯一次。赛义夫似乎很喜欢，他要为所有人干杯，我们三个就再次碰杯。此时，服务员拿来了菜单，由于赛义夫打算一顿饭吃好几道甜点，我们只好帮他选菜，或者告诉他点哪道菜。我们慢慢聊了起来。头两杯喝的波尔多红酒品质极佳，于是，我们就点了一整瓶。卡洛斯说他不知道如何自我表达，但他的言行举止都很正常。他说还没有完全了解我们，"不了解你，路易斯，你的母亲，甚至也不了解你的妹妹，也就是我的妻子。生活不是这样的，我想说的是你们持续的不安来自不晓得如何面对生活中的事情。所有的事，买房子也好，教育子女也好，都需要做出牺牲、付出劳动，再加上勤俭节约的。但是，我们其他人，既不住在机场，路易斯，原谅我这么说，也没有战后流亡在外二十五年，更没有跟男学生私奔。原谅我，路易斯，可是，该死！你们的人生经历会伤害到其他人的。"与此同时，赛义夫用他的刀叉做了一个投掷器，向邻桌发射肉粒炮弹。卡洛斯还没注意到，因为他沉浸在自己的话中，我不想打断他。赛义夫最后几发炮弹对准了一个讲究人的后背，要是能打中，我肯定会被逗乐。

"她要是不爱我了，我不会追着撵着求她。但我只要她告诉我，我有这个权利。我知道她犯了错误，她会回来的，我会和儿子在家里等着她。"

服务员打断了我们，用严肃中带着指责的语气跟卡洛斯说孩子正在整个餐厅里肆无忌惮地投掷食物炮弹。卡洛斯听不懂法语，呆呆地望着她。我简单地解释了是怎么回事。右手边两张桌子外的讲究人脱下了外套（那种煤气火苗的蓝色，品味不佳），震惊地看到上面有好几处肉粒和奶酪留下的印记。他的女朋友，又或者是其他什么关系，正愤怒地看着我们。她手里攥着刀叉，随时准备继续吃饭，她摆出这副样子已经有一会儿了。我告诉服务员，我们当然会支付讲究人受损外套的干洗费。服务员说她也是位母亲，在公共场合她就会看好自己的孩子。赛义夫忧伤地看着我们，双手交叉，跪坐在椅子上。女服务员微笑着冲他挤了下眼睛。

午饭后，我们到酒店的室内花园散步。我们走得很慢，一边看赛义夫淘气，一边谈论克里斯蒂娜。"你们在一起很多年了，从她十五岁开始，现在已经二十六岁了。你们开始约会时，你还在念大学。她到现在都还是个小姑娘。发生这事情，也许是因为她长大了，你们得重新调整关系，来适应新的情况。""你说的这些，与你母亲告诉我的恰恰相反。按理讲，她是非常了解克里斯蒂娜的。你母亲告诉我的是，我不能把克里斯蒂娜变成家里的女主人。领养赛义夫大错特错，因为对她来说要承担的责任太大了。但是在赛义夫来之前，事情早已经不乐观了。收养孩子其实也是帮她克服无聊的法子，因为她说厌倦了老是做同样的事情，厌倦了总跟朋友出门消遣。路易斯，你认识我那些朋友。他们何止是朋友，我们这辈子就没分开过。卡罗琳娜和芭翠西亚是她最好的朋友。因为她们俩都有孩子了，我不太清楚，但我感觉克里斯蒂娜有点融不进去。所以孩子的事情我才一再坚持，可是她又不肯，谁知道呢。我开始每天回家都感到伤心难过，不确定她是否会像以前一样快乐。从前我回到家的时候，一切都是愉快的。你体会过养狗的感受吗？狗一听到钥匙插在钥匙孔里的声音，就会立刻高兴起来。嗯，你妹妹曾经是也这样的。我生活的意义就是为了每天回家看到这一幕。她回家比我早，马诺洛的办公室只需要上半天班，我觉得你应该认识马诺洛。哪怕是我回家晚了，八点左右到家，也不是很晚。家里有很多事情等着做，你懂的，夏天花园和泳池的活儿。我不知道，总之是有做不完的事。不外乎几个小时的时间，她还可以读书、听广播，或者下午出去工作，只要她愿意。我不觉得问题出在我把她留在家里一个人待着的时间太长了。即使我自己也感到疲惫，但我随时可以跟她出门吃晚饭，躺在草坪上陪她聊天，或者冬天在客厅里和她说说话。事实是回家逐渐变成了每天的不确定因素。我插钥匙开门前心脏会跳个不停。我发现她不再等我了，甚至有时刚八点她就倒在床上，原因是她头疼，谁知道到底是什么缘故，来月事折腾好几天。因为痴迷减肥，她开始不想出门吃饭。你想想，那可是我们俩散心的最好方式。她只想去电影院，但可不是从七点看到九点，而是从七点到九点，再看到十一点。她把我拽去连看两场艺术实验电影，那都是给脑筋不正常的人看的。在电影院里，她拿四个小时连播的法国和意大利电影折磨我。要是碰上带字幕的，我就算走运了。这对我来说无所谓，我发誓，只要她开心，每个周六去看我都答应。可是出了电影院，我们连话都说不上。因为无论我说什么，她都用轻蔑的眼神看我。行，这种电影我是看不懂了。或者说，我也能看懂，因为我也不笨。从电影院回家这一路上，我都忍着不出声，就怕这沉默是一种仪式。有时，我考虑到电影对她产生了强烈的精神冲击，她保持沉默类似于在表达敬意。但是，这份沉默以'晚安'结束，第二天就是周日。接着就是刚才我说的那些，就是不和卡罗琳娜、佩佩、芭翠西亚和里卡尔多一起出去吃饭。换你跟他们这么解释看看：'我们不去了。我们去看了一场连播电影，散场后走了段朝圣之路，一路保持沉默回家了。'还怎么和他们约，看完这种电影，我哪儿提得起兴致，哪还能唠家常了。她曾对我说，做每件事都有做每件事的时刻。但是，已经没有时刻属于我了，也没有时刻属于我们俩了。她已经疏离我很久，我没人说话。我也争取过，毫无胜利的可能，我已经意识到了这个问题。我只剩下一丝希望，就是盼她回来。这就是我想告诉她的，我会等她。"

几个小时过去了，赛义夫和中午结交的朋友在其父母仔细的看护下踢球。巨大的钟琴敲响了五点、六点、七点，甚至八点的钟声，我边听卡洛斯讲述，边回想妹妹的微笑。她有一双跟妈妈一样绿色的眼睛，在任何时候都可能露出悲伤的神情。她脆弱的幸福支撑她的行动。她身体纤瘦，皮肤白皙，脸上有点雀斑，头发如丝般柔顺，发丝的颜色，就像家门口大路两侧树干的棕色。"过来，快跑！这次大人们非杀了我们。"我们走完剩下的几条街回家，我总忘了问她，你玩得开心吗？我不开心，我在歌舞厅里手足无措，所有人都比我大，我跟他们在一起很不自在。此外，我觉得他们中的几个人不喜欢我。你觉得今天下午怎么样？因为你从来都不说什么，你说得几乎比我还少。他们在露台上一直谈论的内容，比如他们嘲笑我的话，你能听懂吗？我们跑上楼梯，来到家门口。你敲门，你看着我，好像在说："让我们看看会发生什么！"你甚至留在了那里过冬。

五

事实上我感到累了，厌倦了孤独。一年前我会躲着卡洛斯，但昨天我高兴地接待了他。为什么不呢？卡洛斯不会出事的，为什么呢？他回去时，只有他自己。这样他的飞机将安全落地马德里。我妹妹来了也一样，现在没人会劝我回去了。然而，我不知道，不清楚，我很害怕。万一发生了什么该怎么办？他们要真出事了该如何是好？那样的话，我恐怕永远都不会原谅自己。但是，如果他们都接受了我不能回去的事实，也不打算说服我回去，他们为什么会出事呢？我离开已经两年多了，从那之后我结识了很多人。有些人去了西班牙，又从西班牙回来，甚至还给我捎来了家人的礼物。我回去的问题卡洛斯一句都没提。我已经不需要命运的任何指示，这一点我完全清楚。

我不知道是否被自己的软弱牵着鼻子走，是否会伤害我的家人。除了家人，我已不再拥有其他东西。我现在应该去另一家酒店，或者去附近别的城市。我已经许久没有尝试回马德里了。我应该搭乘巴黎到马德里的第一架航班离开机场。我确信会发生一些事情并绕道而行，最终降落在一个天知道哪里的地方，再以这种方式让我远离家人。如果照这样发展下去，总有一天妈妈会出现。不，我不能拿他们的生命去冒险。我已经很久没有坐飞机去马德里了，也很久没有尝试回去了。有时我觉得回家让我恐惧。如果我要坐飞机回家，回什么家呢？因为我没有家。我会回到哪里去呢？回去？到哪里去？

我的家，永远都是和外公住在一起的家，在普罗旺斯的艾克斯。

我妹妹不记得是什么时候学会了识字，也不记得在普罗旺斯的艾克斯第一年发生的事，但我记得。我还记得沉默时的声响和听不懂奇怪语言的感觉，在这感觉背后有其他孩子眼神中透着的嘲讽和老师脸上显露的深情。我还记得，当我看到黑板上必须朗读的句子时，我感到多么无助。全班同学都读了起来，像一首动听的歌谣，而我却不能，我朗诵不出来。我需要时间，上课的速度对我来说太快了。我原本可以跟上的，可是老师指着黑板上的下一句话，一个音节接着下一个音节。我理解的速度跟不上所有孩子的吟诵声。所有这一切，我都记得真真切切。

母亲跟我说她会帮我学习认字，她做到了，她教我学习我们的语言。我开始读卡耶哈写的故事来学习认字，还看他那些精美绝伦的画册，我母亲也是看这些学习认字的。随后我有了最早的几本书，是赛利亚、小小库奇弗里、玛通琪琪的书。

我的语言就是我的家，给予我庇护的地方。

我外公早年流亡法国，我们也跟着他去了。但我们不是法国人，我们以某种方式占据了一个不属于自己的土地。我们只是过客，流落在异乡的过客而已。因此，我们的言行必须无可挑剔，因为我们是外国人。

我母亲每天都为我准备课间餐，给我在上午过半时的大课间吃。别的孩子手头有钱，会在学校院子里的小卖部买点软面包之类的零食，但是母亲给我带了许多东西，分装在小袋子里，有花生、杏仁、小块蛋糕和小三明治。奇夫莱特长得又高又壮，是班上块头最大的男孩。他是一群男孩们的头头儿，他的跟班们对他言听计从，从不吭声。每天大课间他们都会来找我，逼我交出母亲为我准备的课间餐。他们从不打我，有时甚至还把吃的分给我点儿，我没有反抗，奇夫莱特比我强壮太多。

我感到悲哀,因为我不敢去捍卫母亲倾注无限柔情为我准备的课间餐,从未料想到我会任由他人抢夺。"今天,我给你准备了一个惊喜。"她在门口告别时跟我说道。我什么都不想告诉她,我们不是法国人,多一事不如少一事,外公经常这么说。在这个国家,我们不能沾上麻烦。所以,我拿起课间餐的袋子去上学,而我知道那天他们还会来羞辱我,因为我不被人尊重,因为我是个懦夫。

在课间餐的几分钟里,劫匪们要是不来找我,我就一个人闲走,或者爬到院子的栅栏上看往来的车辆。"你为什么不和其他小朋友们一起玩?"她是一位非常漂亮的老师,脸上有雀斑,并没有教过我。她身材苗条,我清楚地记着她穿着棕色的翻毛皮裙,走起路来,步子坚韧且快速。"来来来,孩子们,路易斯要和你们一起踢球。你踢什么位置?""我不会踢足球。""守门员,你就当守门员。"原来做守门员的那个男孩高兴地让出位置给我,因为他可以在场上跑动了。我希望时间快点过去,球快点踢完,我害怕球击中我,尤其是脸。但是老师留下来观看,她长得美极了,我必须在她面前好好表现。

第二年她成了我的老师。学期过半时,她邀请我们全班同学参加她的婚礼。我没有去,但我们集体给她买了礼物。母亲给了我钱,我把自己的名字写在了一张巨大的卡片上。我想她就是我的初恋,拥有棕色的瞳孔和红色头发的老师,她会深情地看着我,叫我的名字,而不像其他老师那样称呼我的姓。

课间休息时,我在操场上偶尔能看到我的妹妹。她总是有人陪,朋友们跟她形影不离。我尽量躲开她,怕她发现我是一个人,怕她觉得需要把我拉进她的朋友圈,所以我就试图避开她。

然而，那年发生的一件事把我推到了众目睽睽之下，让我非常悔恨。课上老师讲欧洲的不同国家，黑板框上挂着一张大地图。有一次她说："现在我们说说西班牙。"然后她指向地图上的伊比利亚半岛。"南欧那片环海的陆地，是西班牙吗？它很大，几乎和法国一样大，海域更宽，更加孤立，南部地区更加偏僻。"老师停了下来，看了我一眼，然后说："路易斯，请起立。"

她解释说因为存在军事独裁，西班牙没有民主，人民没有自由。她随即写在了黑板上。这也就是为什么，虽然我不是法国人，人却在法国。她说我是西班牙人，总有一天，相信会很快，我就可以和家人一起回到西班牙。

我不是法国人，关于这件事大家已经没有任何疑问了。大家都清楚我和他们不一样，我生活在一个临时、脆弱和不安的境况里。我，是被收留的人。

我从没想过纠正老师的错误（我总是避免引起哪怕是一丁点儿的麻烦），但是说我不能回西班牙是不对的。事实上，我每年夏天都在西班牙度过。我母亲有时也去西班牙。我外公却不一样，他从来都没回去过，因为他不愿意。他要是愿意，也早就回去过了。

这还是我第一次听到这个自己早已熟知的事实被大声地讲出来，给我留下的印象很难不深刻：我不像旁人那样是法国人，我是西班牙人。然而，即使在西班牙的那些夏天，在瓜达拉马山上，我也没有在家的感觉。

外公的家才是我永远的家，在普罗旺斯的艾克斯。

外公家的外廊对着一条林荫路，路过那里的人肯定不会忘记那些树，它们因秋天而生，粗壮的树枝在风中呼啸。我在外廊的窗前学习，看着时间在麻雀飞过的好时节和亮着黄色车灯的冬天之间流逝。我学习时，东哥儿会在身旁陪着，它是布列塔尼犬，小小的一只，棕白相间。它总是耐心地等待着外公回家，时刻警觉着危险，保护我们的安全。

我的家就在那里，那里有我的祖国，我的语言和我的安宁。

也许这就是为什么我对阅读的热情如此之深。我把母亲的小说包上书皮，将其伪装成课本，这样我就可以带到学校去读，看起来就像我在学习一样，其实我在偷偷地阅读西班牙语小说。文学就像庇护所，是我流亡生活中真正的栖居之处。

我从小就是个有责任感的孩子。如果作业没写完，我会感到十分难过。唯一能让我放下学校任务且不心生愧意的事，就是阅读母亲的书。读法国文学是另外一回事，不知何故，总之是不一样的。

时光荏苒，十五岁那年我在公立高中（法国高中教育最后几年所就读的学校）又遇到了奇夫莱特，我们成了朋友。小学毕业后我就没有再见过他，抢我课间餐的经历我们也从未提起。他叫让，父亲是城里有名的医生，住在漂亮的公寓里，他有许多书。他很喜欢看漫画和小说，我们之间也互换了许多，他的母亲还给我们指导和建议。通过她的介绍，我了解了大仲马、塞尔玛·拉格洛夫和狄更斯。毫无疑问，我应该是给他读了数不过来的伊妮德·布莱顿的小说，以及所有阿斯泰利克斯和丁丁的漫画。

我慢慢发觉让的母亲对我特别客气。现在回想起来，我觉得她大概考虑到了我们很穷，或者处境困难。她常常亲切地问起我的母亲、外公，他们怎么样，以什么为生。记忆中，她总是给我留下深刻的印象。有一次，她打电话给母亲，邀请她在某个周六的下午喝咖啡。

"我们的孩子是那么要好的朋友，我也很想认识你。"我猜她是这么说的。

我的母亲和那位举止优雅、面带脂粉的贵族太太完全不同。那位太太属于无论在家还是在外总是无可挑剔的那类人。

我家过着两种生活：一种是真实的生活，是我们私下的生活。另一种则是在外面世界的生活。在第二种生活中我们必须格外小心，因为它是在别人眼皮底下的生活。这就是为什么我们必须千方百计地做到衣着整洁，举止得体，还得知道礼敬他人。这不意味着私下里我们就肆意而为了，而是说我们能稍微放松一点。比如，在家我们常常就穿着睡衣、长袍和拖鞋。要是周六，我会把洗澡的时间推延到中午。让的母亲则不会这样，每次去她家，我都发现她内外如一，风度优雅，妆容讲究。他们只有一种生活，无需改变，永远那么完美。

周六那天，母亲穿上了大场面才穿的靛蓝色布裙。她来跟我告别时，我忍不住将她与让的母亲比较了一番。上次看到让的母亲时，她高挑瘦削，穿着黑色裤子和闪闪发亮的缀珠外套。她涂了睫毛膏，睫毛细长，显得干练有神，薄薄的嘴唇上涂着橘红色的唇膏。我不假思索地说："妈妈，你不想化点妆吗？"

她回到卫生间，很快就出来了，涂了淡红色的唇膏，打了点蓝色眼影。"我这样更好看吗？""和刚刚一样漂亮。妈妈，我不知道刚才为什么让你去化妆。但那位夫人总是装扮得很精致。"

我目送她离开。我意识到她也过着逃避的生活，她也是孤独的，每天都带着和我一样的恐惧走进外面的世界。

望着走廊尽头已经关上的大门，我祈求你的原谅，妈妈，我哭了出来。

除了奇夫莱特，我还有两个朋友，安托万和雅克。我在圣保禄教堂的初领圣餐班上结识了他们，随后在皮埃尔神甫为年轻人组织的活动上又碰到过很多次。

我母亲非常喜欢那个神甫。他到家里来过一次，来找外公聊天。周日弥撒后，我们三人常去圣器室跟他打招呼。他经常为年轻人组织活动，比如郊游、下午茶、在市政厅附近的地方放电影。

教堂后面有一个小的拱廊庭院。在那里，安托万、雅克和我常常花几小时打我们所谓的网球。我们用粉笔画出球场，拿来几把金属椅子当网，在现场寻来了一个红色的橡胶球，我们就用手打了起来。雅克是常胜将军，因为他非常高，经常上网抽球，他是不可战胜的。

在同一座教堂里，有几间教室总是空着，只有黑板、粉笔和书桌。网球比赛结束后，我们三个就在那里谈论我们的事儿。在那儿我们感觉很不错，只是觉得那地方有点奇怪，空荡荡的教室，没有老师，成了废弃之处。

高中的时候，我和安托万、雅克他们渐渐疏远了。他们选择了职业高中，第二年他俩都在车间实习，开始变得有钱。他们的审美和习惯，甚至连说话方式都变得不一样了。他们甚至都没想过来教堂待一个下午。我跟着去过一次他们现在经常光顾的歌舞厅，但我已经不喜欢跟他们在一块儿了。

一个周六的下午，我去了圣保禄教堂。院子里没有人，我们用来当球网的金属椅子还摆在那里，我还在树墙的后面找到了我们当时玩的红色橡胶球，那两间教室依旧空着。我向安托万和雅克道别，就好像他们在那里一样。然后我就回家了，再也没有见过他们。

通过让·奇夫莱特的介绍，我结交了一些新朋友。他们中有好几位都有女朋友。我们过去经常去看电影,还去城市公园,那里有一个很大的咖啡厅,我们在那里一待就是几个小时。

有时,一伙儿人中的某位会在家里招待大家吃点心,但我从来没有这样做过。不仅是因为我们家屋子小,举办不了这样的聚会,还因为我觉得这样做会亵渎我们神圣的空间,玷污我们的庇护所,它不仅属于我,也属于外公和母亲。

我在学习上总体来说还是很刻苦的,大部分空闲时间都花在了在家学习或看小说上。

每天傍晚七点过后,外公回来,东哥儿高兴得抖来抖去,因为它知道他们会一起散步,走上一大圈。他们回来时,如果外公看到我在学习,就什么都不会说,只是点起烟斗,然后双目放空,或者看看报纸。如果他发觉不会打扰到我,他就和我说说话。

当母亲在厨房里忙碌,或者在卧室里读书时,外公在外廊那里给我讲故事,讲家里的故事,而且同一个故事讲了许多次。

外公是兄妹八人中的老大。排行最末的何塞,也就是我的叔外公,他聪明极了,老师甚至提出来下午给他单独补课。他最终获得了萨拉戈萨商学院的政府奖学金。外公他没念多久的书,因为他很想成为一名兽医。可是他的父亲负担不起,他只能去一家名为"卡萨尔兄弟"的布行当店员。那些人是加泰罗尼亚人,当他们看到一个来打工的男孩时,就告诉他说:"我们会帮你在你的镇子上开个买卖,我们给你供货,你慢慢地再把钱偿还给我们。当然,你得自始至终都从我们手里进货。"就这样,卡萨尔公司在西班牙各地开设了店铺。外公也在二十二岁生日那年有了自己的店。在他偿清卡萨尔老板的钱款之前,他甚至没在烟草上花过钱,也没有领狩猎许可。

后来共和国时期，镇上组织了一个社会合作社，根据每个家庭的状况收取商品费用。几乎所有的企业，只要想生存下来，都得加入合作社。这证明了该想法是可行的，因为没有人是被猎枪逼着到合作社买东西的。任何想靠自己打拼的人都可以做到。那时叔外公何塞已经完成了商学的学业，娶了叔外婆玛丽亚·路易莎。她是一位美丽、受过高等教育的女性，个性十足。她为了嫁给何塞，甚至还和她父亲大闹了一场，但随后他们家人就得感谢这位女婿。她的父亲拥有一家印刷厂和一家出版社，但都经营不善。在何塞的帮助下，买卖才有了转机，他们赚了很多钱，住进了豪华的房子。"那房子你母亲去过，她可以讲给你听。""你再没见过你的弟弟吗？"我问。外公说："内战打起来后，生活把我们每个人都放在了自己的位置上。"我们的位置在远离西班牙的地方，在那个永远注视着四季变换和听着树枝呼啸的外廊里。我们沉浸在故事的氛围中，直到母亲喊我们去吃饭。有时外公会从主顾的家中带来惊喜，一些点心或者一大块蛋糕，这就给了我们继续谈论西班牙、小镇生活以及内战前各种情况的契机。

那年冬天，我快十七岁了。回到家时差不多五点，傍晚的光线暗了下来，我看到外公倒在门口的楼梯上，一动不动，面部朝上，东哥儿静静地坐在他旁边。他穿着黑色外套，戴着贝雷帽。路上行人步履匆匆，没人看到。我想他看到我了，因为他轻轻地抬起左臂，好像在呼唤我。我跑过去，"你怎么了，外公，你摔倒了吗？"我把他抱在怀里，他瘦弱极了，身体很轻。我看到我的书散落一地，其中一本掉到了路边，书页随风翻动。天下起了小雨，我抱起外公上了台阶。

生病期间，外公几乎无法起床，我就把外廊改成他的房间，我在那里一边学习，一边陪着他。他把家族历史又给我讲了一遍，比之前讲得更详细,讲到了他七个兄弟中的每一位,还有战争和生活是如何把有的人逼到了与我们一样的处境。每天我会扶着他在外廊里走走,躺回到床上后,他就会跟我讲那些往事:某天去打猎,用九十九发子弹打死了一百只兔子;弟弟何塞婚礼的菜单上甚至有鳗鱼;他去桑坦德度蜜月的所见所闻;共和国成立那天的景象;他在卡萨尔先生商店当学徒工时的薪水;他开店那天的情形;合作社是如何创立的;战争最后几天的局势;穿过伊伦边境去法国的经历和在法国集中营里的遭遇。他不想去美洲,因为太远了。"只要勤劳工作,无论在什么地方,日子都能过下去。现在佛朗哥死了,我们很快就回去了,只不过眼下我们的家和工作都在这边。"

他几乎没跟我提起过外婆。外婆是在母亲十岁生日那天去世的,所以母亲每年2月21日的生日,也沾染了一丝悲伤的气息。庆祝母亲生日的晚餐上,外公喝到第二杯红酒时,情不自禁地说妈妈和外婆生得一样,有着一样的眼睛,也很爱说话,别的话没再多说。我母亲端来了蛋糕,外公点上烟斗,他从来不碰甜点。

每天早上,他都自己梳洗妥当。据母亲说,他一直特别英俊,也特别得意。从生病的那天起,母亲就带他到卫生间,让他坐在洗手盆和镜子前面的凳子上。他自己把染色剂抹在仅存的头发上,用肥皂刷和大剃须刀刮胡子。然后擦一点须后乳,房间里留下了持久的薄荷香气。可是几周后,他的手就开始抖了起来,无法自理。他开始长出了稀疏、苍白的胡须,两鬓和后脑勺上稀拉的头发也第一次成了白色。周六我给他刮胡子,因为他的剃须刀我用不来,我就用自己的一把更现代、更简单的剃须刀。他感到一天比一天难过。有一次周六,他跟我讲了如何混合染发剂,我决定给他染头发。之后,我给他刮了胡子，擦了乳液。他穿上干净的睡衣和宽大的棉质睡袍后，我们让他到外廊里去，在椅子上坐一会儿。在那里他静静地待了一个小时，他坐在大椅子上，我坐在小凳子上，在对着大路的窗前学习。我学习完，就看着外公，希望他像以前那样跟我讲那些他常常聊起的事，但他没有。我扶他上床的时候，我问他："外公，你在想什么？"他告诉我："我在想一切都结束了。"我回到外廊，看着窗外，天正在下雨，那些树似乎在替我们向上天祈祷。我去看外公，发现他神情恍惚，仿佛望着彼岸的世界。我握住他的手，可他并没有握紧我的手。我坐在床边，双手握着他的手。我觉得屋子变得空荡荡的，一切都没有了名字。但我没有放开他的手，好让他能感知这个世界，没有人能将我从他的手中拉开。母亲来的时候发现我是这般样子，我跟她说不确定外公是不是走了。母亲合上外公的眼睛，沿着走廊离开，一把剑刺进了她的灵魂。

这是我第一次离家，我们几乎没有带什么东西。母亲只想把外公的心爱之物留下来，他的旧烟斗、大剃须刀、大椅子、黑色牛角框眼镜、贝雷帽、他随身携带签署重要文件的钢笔、鳄鱼皮钱包、1939 年离开西班牙时的那件旅行包、一本母亲总是随身携带的日记，还有需要不断上弦的手表，它一直走得很准时。

东哥儿变成了一只悲伤的狗。它耐心地等待外公回家，一如既往，继续保护母亲和我免受暗地里的危险。它一直坚信外公会回来，无法想象外公已经离它而去，它从未停止过对他的信任。虽然它在我们身边继续生活了两年，但是伤痛让它老了许多。

与其说回家，不如说我们在 1979 年的夏天离开了，因为返回西班牙在我们心中的分量不及我们在法国留下的一切：路边的房子，曾经的家，还有外公，安葬在普罗旺斯的艾克斯，那个他生活了四十年的地方，在那里他梦想着有一天能回家。

我藏了几张纸在家里走廊的一块松动的瓷砖下，上面用法语向发现这些纸的人说明了外公是谁，他为什么离开西班牙，还有那时我们的生活怎样，以及我们出发的日期。

当载着我们离开的出租车转入大道的最后一条路时，我转头向后望，我看到了外廊上青春岁月的所有落日，我看到外公的烟斗里升起一缕烟，掠过蓝色的天空，天际下的大树一如从前，发出呼啸的声音。

那里曾是我的家。现在会住着谁呢？也许我藏在走廊瓷砖下的那些纸，至今还没有人发现。

如果外公现在看到我，他会说什么？如果必须得向他解释我在什么地方，我该说什么？因为我现在不在任何地方，无人陪伴。我在等待一个未知的东西，等着一个肯定的答案告诉我可以回去。我必须勇敢，是的，我必须回到我的位置上。我必须收拾行囊离开，必须耐得住这份寂寞，尽管多个午后，我被意志消沉和昏昏欲睡的厌倦打倒。我必须用回忆里的希望来击败它，用回忆里生命悲伤的充盈之感去战胜它。我必须离开了。

门响了，一定是卡洛斯。我不能告诉他我要走了。我不辞而别，把他扔在这里不管，我感到难为情。他不会原谅我，他也不会理解我为何离开。现在七点了。他之前说要来找我一起去吃晚饭，我不能开门。好吧，或许晚饭时看看事情如何发展，再试着解释清楚。另外，如果是这样的话，我不会改变我对这家酒店的喜爱，为了让来找我的人能找到我，我也会一直在这里。也就是说，只要他愿意，他就可以一直等待克里斯蒂娜。但是不行,我必须1号回去,在那之前我不能让人联系不上。再说了,倘若克里斯蒂娜真的找我,不管我在哪个城市,她都会出现。那么,我离开又有什么用呢?哦,我的老天爷,直到现在他们都一直尊重我的意愿,没有一位亲人来这里找我。我现在不知道是去是留。门铃还在响,我去开门。

"克里斯蒂娜!"

"你好,路易斯。"

"这太意外了!你怎么会来?"

"我来看你,亲吻我一下。你好儒雅呀!你要出门吗?你今天要做什么?我不想打扰你,但是我确实希望咱们一起聊聊。哎呀,让我好好地瞧瞧你,你比两年前看起来好多了!"

"你也挺好的,克里斯蒂娜。"

我放下顾虑,给了她一个拥抱。我感到无法理性思考,因为没人能抵得过温情和回忆的力量。一下子涌上心间的回忆,好似一场没有声音的宣示,呼唤着属于自己的领地,它的位置。

"看看我给你带来了什么。"她说着从包里神神秘秘地掏出了一个包裹。

"是什么?"

"我们在哪儿吃呀?"她看了看四周,问道。

"但是,这是什么?"

"是妈妈做的蜜饯果脯,她让我给你拿来。"她笑得很得意。

"妈妈知道你在这里吗?"我动容地说道。

"知道,我来看你,她很高兴。路易斯,你现在有时间吗?我们喝一杯甜酒,一起尝尝蜜饯果铺。要不,我们晚点再安排?"她试探着说,"我们得谈谈。"她语气很严肃。

"现在,你得知道,眼看着卡洛斯就要来找我吃晚饭了。昨天我陪了他一整天。他似乎早就知道你要来,然后……"

"天啊,我现在可没心情跟他讲话。你听我说,我先走了。我住701号房间,你记牢,好给我打电话。我得走了,要不然卡洛斯该来了。你明天有空吗?"她边说边拿起包向门外走,"晚上七点我打你房间电话,行不?"

我感到她比之前更瘦弱,越来越像妈妈。在她身上,我看到一种脆弱的勇敢,一种对抗强大事物的坚决。她不计成本,也无需策略,抛开理性,全凭感情。但是,我回想起那年秋天她没有跟我回到普罗旺斯的艾克斯,这给我们留下了深深的孤单和寂寥,虽然无人说起。因为这就是她想要的,因为这对她来说是最好的。尽管我也很想留在马德里过冬,但是我做不到。

糟了,我怎么睡着了。现在肯定是卡洛斯,哎呀。可是,现在是六点钟!我去开门。

"克里斯蒂娜,你怎么又来了?"

"你把我来的事告诉卡洛斯了。"她生气地确认道。

"你说什么胡话!卡洛斯也住这间酒店,还是我提醒你的。"

"真邪门!他和赛义夫站在我房门口整整一个小时都没离开原地,倒霉!"

"唉,你和我去吃晚饭,咱们聊聊,回头再做决定,你看如何?"

"我所有的东西都在房间里,不能就这么直接去。"

"你现在很漂亮,"我说,试图缓解她的情绪,"而且你不用带钱,我请客,个把小时之后我们就回来了,所有问题都会得到解决。"我拿起外套指向通往门的路。"我昨天和卡洛斯一起吃饭,我不认为他想把事情闹大。相反,他只想和你聊聊,我感觉他确信你需要独处一段时间。"

"我不需要一段受看管的独处时间,路易斯。我需要的是生活,自己的生活。我不想在做任何事情的时候,都能察觉到爸爸的目光,或者被卡洛斯盯着,我受不了了。真的,我再也受不了了。"

我们悄悄地离开房间,一路沉默,有一点悲剧的氛围。每到一个转角,我们都努力在空气中凭直觉感知卡洛斯和赛义夫会不会出现在另一侧。我们来到电梯处,等待电梯到达我们的楼层,我们对视一下,笑了出来,本想要憋住笑意,保持安静,但这只会让我们笑得更情不自禁。电梯到达一楼后,我们像逃狱一样跑了出去,上了辆出租车,跟司机说拉我们去附近的一家饭店。

"咱们俩小时候说话都说法语。"克里斯蒂娜回忆说。

"在学校里。"

"夏天在爸爸家里的时候,有些事不想让爸爸和萨格拉里奥姨妈听懂。"

"你是因为卡洛斯才留在马德里的,对吧?"

"对。"她想起往事,笑了。

"没跟我回去,你不觉得遗憾吗?"

"十分遗憾,"她回答,问题出乎她的意料,"我当时每天晚上都在哭泣中度过,但是我得留在那儿,直到年末,这样我才可以了解我们家留在西班牙的那一部分,了解卡洛斯。内战把我们撕成两部分,路易斯。可是你从来都只爱其中的一个部分,而拒绝接受自己的另一个部分，留在西班牙的那部分，就好像他们和你毫无瓜葛。所以，你或许无法理解我。但我爸爸也是你父亲，贝尼托也是你哥哥，哪怕你从来都不曾正视他们。外公去世时我没在场，我无法原谅自己。葬礼上送别外公的人都上了年纪，大部分人很穷，很疲倦，都是流亡在外的苦命人。我从未感到自己会被误解，因为我想拥有自己的两个部分。我爱马德里的冬天，在法国上学且年年都得返回让我错过这个时节；我爱爸爸，需要好好了解他，他虽然不会说漂亮话，但是他从不食言；我也爱贝尼托，和爱爸爸一样；我同样也爱外公，你不知道我在马德里多么怀念那些个午后时光，我在房间里听你们聊天。我给玩具娃娃取了姨妈们的名字，照着外公的故事和她们一起玩；我想念妈妈，我认为一个女孩在她的豆蔻年华里，比男生更需要母亲，因为有的事无法和别人谈及。但是，你们逐渐抱成了一团，尤其是妈妈和你回到马德里之后。我能感觉出来，这让我感到悲伤。你们似乎依然很遥远，和从前一样，有一种你们从没回来过的感觉，一种你们还在普罗旺斯的艾克斯的感觉。"

"在爸爸家我总觉得自己格格不入，估计是我的错，我不清楚。事实上，我和父亲的关系根本称不上好坏，我不知道如何接近他。我不觉得他关心我们，这也是事实。就我而言，我认为这是审美问题，我有点被他的穿着方式吓到了，那些件深色的西装，他严肃的表情，举止如此不自然……"

"老天爷，你脑子里装的都是些什么。"

"真的，我不知道，我需要一点更温热、更自然的东西。"

"路易斯，每个人都是他们本来的样子，你不能指望谁都去接近你，而你却从未做出丝毫努力向他人靠近一步。"

出租车停在了一家看起来不错的餐厅门口，绿底白字的牌子上写着"普罗旺斯老菜馆"，牌子底下有两扇带护栏的窗户，用做装饰的花盆里开满了花。克里斯蒂娜说她的钱都在酒店房间，连车钱都没法付。我跟她说不要紧，今天晚上我买单。

餐厅很漂亮，里面有一些普罗旺斯的老照片。似乎一切都表明老板是来自那里的一家人，定居在了巴黎。照片里，可以看到一对中年夫妇和两位年轻姑娘、一位少年和两个小孩，我猜是他们的儿女。照片是黑白的，父亲长长卷起的胡子让我感觉这是一张世纪之初的照片。照片里还可以看出他们的房子很大，朴实无华，门旁靠着一个大车轮，可以感受到几分夏日的乡间风情。餐厅里到处都是鲜花，还有铸铁的桌子，漆上了白色，椅子也一样。我们没有预订，但这不是问题，只有两桌客人而已。我看到一对年龄大一些的夫妇，男人头发苍白，胡须浓密似雪，有一双蓝色的小眼睛。女人头发乌黑，肯定是染的，有一双含情脉脉的黑色大眼睛。两人相视微笑，并没有讲话，似乎很享受这个地方。背景中，另一对夫妇轻声细语，以至于两人不得不靠得近点才能听清彼此。他们很年轻，似乎专注地讨论着他们挂念的事。

一位女服务员在衣架旁为我们铺了一张桌子，衣架上挂着几个花盆，开满了花。克里斯蒂娜拉着我的胳膊，因为我们长得并不像，所以女服务员以为我们是一对儿。"行，就当是新婚夫妇，我们太老了，当不了男女朋友。"我跟克里斯蒂娜说。她说她不知道我多少岁，她除了看起来更年轻之外，还在可以谈男朋友的年龄。她亲了我一下，然后用法语问女服务员对她男朋友的看法，女服务员答以淡淡的微笑，示意我们的餐桌已经布置好，我们便坐了下来。我说服务员不相信我们是一对儿,我从克里斯蒂娜脸上的神情看出她正在心里琢磨着新问题,想再去问问那服务员。服务员递了菜单,点上桌心的小蜡烛。在克里斯蒂娜张嘴问新问题之前,她已经没影了。

"好吧,我承认你还在可以谈男朋友的年龄。"我和缓地说。

"你也一样,你现在特别英俊。这些年你难道没有邂逅吗?"

"没有。"

我们两人陷入了短暂的沉默,顷刻间,各自想着自己是有多么的孤独。

"这一切开始于几个月前。"她说,"我想把这件事告诉你,是因为我知道你会理解,你是唯一能理解的人。你不知道这段时间我多么思念你。"

服务员回来了,我们选择几道前菜分着吃,有奶酪、肉泥和鹅肝,还点了瓶菜单上最好的波尔多佳酿,不仅为了我和妹妹的重聚,也是为了即将听到的了不起的爱情故事。

"我第一次见到他是在考场上,他坐在教室第一排。我眼睛近视,但心高气傲,所以我从不戴眼镜。事实上,我没有注意到他。他很好看,你知道,就是那种俊秀之美。我看上他这一点,他说什么、做什么并不重要,况且他做不了什么,也说不出什么,他还是一个少年而已。全程他都保持沉默,但是对我来说,他的沉默似乎最有说服力。我在他的沉默中读出了最微妙的答案,那是一种伤感的沉默,就好像他自知美貌易老,已经感觉到了衰败之势。其实他病了,他患有一种叫做暴食性厌食症的精神疾病。为了不长胖,他不想吃东西,吃的时候强迫自己吐,一天吐好几次。他变得虚弱极了,这也影响到了他的视力,焦度增长了不少。我觉得他心灵深处不想吃东西的原因是不想继续长大,不想身体发生改变,尤其是他纤细又灵活的腰肢。你肯定觉得我疯了!"她突然笑着说。

"你知道我不会的。"我递给她一块抹了鹅肝酱的黑麦面包,"这两样搭配上好的红酒,这个吃法可谓是绝妙的发明。你吃点,然后再接着讲。"

"他第一次到大学办公室来看我,就待了两小时。只有我在讲话,或者说,我们之间没有说话。然后,我们出去散步。他喜欢我的钥匙扣,那是我度蜜月时在柏林买的,不知道你还记不记得,那是一枚德国古钱币。我送给了他。晚上我们在大学附近的一家咖啡馆坐到十点。印象中我问他是不是太晚了。对我来说没关系,卡洛斯早就已经回家了,可能很担心我,但是我当时完全没往这方面想。他说他父亲应该在大学生公寓等着他。那天是周五,他父亲来接他,再带他回塞哥维亚过周末。我感到世界上的其他事情他都不关心,只关心彼时彼刻。我们彼此面对面坐着,或许是真的,不,我肯定,那就是真的。在那个时刻,除了我们两人,其他事情他都不在乎。那天下午,我拥有了一切。"

我想我应该跟她说点什么,但是我想不出什么话可说,因为我也可以讲一个类似的故事。她说的这些话也可以是我说的话。我的故事有着同样的忧郁,是一种和她无依无靠、无力辩解的结局相同的挫败。

"那个周日,我打电话约他去电影院。我跟卡洛斯说我有工作要做,不能去爸爸家吃晚饭。卡洛斯带赛义夫,我成了自由身,可以洗一个漫长的泡泡浴,然后挑选衣服。我把衣橱里的衣服穿了个遍。我记得,我逐渐变得很情绪化,因为没有一件是我满意的,不是太严肃，就是太成熟，或者太幼稚。我认为在那个时候，我突然感到自己迷失了方向，然而我知道得太晚了。"

"但是，你也就是两天之前才认识他的，不是吗？"

"是的，我知道这很荒谬。但是几乎在我毫未察觉的情况下，很长时间以来，我一直在期盼着那种不用负责任和绝望之感的来到。这是一种苦恼，一种如果这种感觉迟迟未来，似乎一切都将分崩离析的苦恼。路易斯，我想要那种从周围昏暗的世界中抽离的感觉，而他给了我所需要的一切。"

沉默之余，还有美酒相伴。我握着她的手，我在想法国奶酪真不错。她吃了一点，吃得很少，就像我一年半前那样。我忘了皮拉尔吗？不，我觉得没有。但是我已经不再那么心痛了。如果心痛不那么剧烈，只是淡淡的痛，那我已经忘记她了，生活就是这样。生活伴随着痛苦，你不再疼时，就已经死了，遗忘把你带走了。

"有时我想这是否和遇见他的前一天晚上发生的事情有关。我们在芭翠西亚和里卡尔多家吃晚饭，还是往常的那些人：他们俩，卡洛斯和我，卡罗琳娜和佩佩。一整夜孩子们不让我享受片刻宁静。你知道，不是这个哭了，就是那个不睡觉，大吵大闹，赛义夫还搞破坏，真的乱成一锅粥。我发誓，我不仅认为芭翠西亚和卡洛琳娜很可怜，而且我还瞧不上她们。她们走到哪里都带着孩子，说的话题也都是孩子，一会儿因为这个哭，一会儿因为那个哭的。我们俩呢？多么可悲！我们平白无故多了一个马格里布六岁男孩。为什么我们不能像往常一样生活？我们到底怎么了，路易斯？"

"我们都成长了，克里斯蒂娜，非常简单，就是这个道理。或许，你需要属于自己的时间来成长。你曾经被迫活在别人的时间里。我猜想是这个原因。"

"那天晚上我们都喝了很多酒,尤其是卡洛斯。他到家时很高兴。赛义夫在车后座上睡着了,卡洛斯把他抱进了房间。你知道,我不能否认卡洛斯人很好。他很满意自己人为创造出来的家庭,一个收养来的孩子和一个不爱他的妻子。这一切都是他的错吗?当然不是,但是事情却摆在那里。他只想做爱,很正常。你和你一辈子的朋友在一起,和你的妻子,也就是你一辈子的女友在一起。你在家,你爱她。我不能装作什么都没发生,路易斯,但我多希望我能这样。很抱歉和你说起这些,我不知道我是否应该这么做,但我……"

她哭了起来,右手腕撑在眉间,修长的手指缩着一起。泪水流了下来,似乎在告诉我她连呼吸都痛,似乎在叹着气说着"老天爷"。

"放心吧,克里斯蒂娜,你没有做错任何事。这些都是在成千上万的女人身上发生过的事。反而是你需要恢复一下情绪,现在你很虚弱。给自己一点时间,所有这些事尽量不要想太多。"

我觉得我说的话愚蠢至极,但我不得不说点什么。我看着她,希望她和我说说话。我微笑地看着她,我握住她撑着头的那只手,她只能看了看我,努力地挤出一丝笑容。

"现在我们谈谈别的,稍后再继续讲这个故事。跟我讲讲妈妈的事,她好吗?和母亲有交情的一位神甫写信给我,让我在道德层面上反思孩子对父母应尽什么义务。我想她不知道这事。"

"妈妈很好,路易斯。我不知道那个神甫跟你讲了什么,私下里我不认识他。妈妈跟我提起过,看来他和母亲相处得挺好。大家在马德里都很好。虽然你没问爸爸,但我也告诉你,我越来越爱他。他在改变,他退休了,再加上年事已高,逐渐变成了一个慈祥的老人。也许他一直都是这样的人，我觉得是。对于爸爸来说，过去我们很难通过表面的一些事情看到他的内心。贝尼托和帕特里夏托我替他们问候你，我告诉贝尼托我要来看你来着。贝尼托告诉我，如果你愿意，下个平安夜大家都会赶来看你，让你看看大家是多么地爱你。"

"我希望你回去时，把我的信捎给他们，告诉他们我很好。我不知道我是否能够向他们解释清发生在我身上的事情……"

"路易斯，我知道你发生了什么事，写信是无法解释明白的。不管怎样，我想告诉你一件事，我目前不打算回马德里，直到9月大学里都无事可做，公司那边，我已经向马诺洛请了两个月的假，他没找我任何麻烦。当然，你要是同意，我想和你待一段时间。"

六

"还有一件事,我必须告诉你。"克里斯蒂娜一边说着,一边饶有兴致地环顾四周。"巴黎真美!"

"的确很漂亮。但我现在都快担心死了,哪还有心情享受美景,卡洛斯肯定在找我们。我们为什么不把问题一次性都解决掉,然后就清净了。"

"哎呀!路易斯,你怎么这么烦人。别管卡洛斯了,我们一会儿就回酒店。就同一个问题我将和卡洛斯展开第十六次谈话,情况肯定跟之前一样,你不用担心。你觉得我还能有什么感受?他是我丈夫,我不知道你是否意识到了这一点。"

"好吧,不说了,还有什么事要跟我讲?"

"我不知道你是否值得我告诉你这些。"她摆出那副假装生气的经典表情,我不得不承认她的样子很好笑。"我不是逃避责任的人,路易斯。我只比你小一岁。虽然你没有看到过我拿着手绢哭泣的模样,但是我向你保证,这一切都让我感到十分艰难。"

"喝一瓶波尔多红酒?"

我们坐在蒙马特高地附近一家咖啡馆的露台上,正值中午,天气很热。我跟克里斯蒂娜一样,凝神观赏,狭窄街道旁的房子都带着美丽的阳台,游人络绎不绝,画家常常来这里画肖像;百无聊赖的学生、耐着性子的流浪者和乞丐来来往往,游人们也不觉得害怕。

"流浪汉和穷人的区别是什么?"我出声问,边说边思索。"我认为中世纪的神学家对此大谬不然。他们讨论穷人时，实际上，在不知不觉之中说的就是流浪汉。"

"你说这个干什么？"克里斯蒂娜感到很意外，问道。

"你要是仔细看，会发现穷人和流浪汉在外表上并无区别。他们都身无分文，无家可归，衣衫褴褛，乞求施舍。从外表看，他们有很多相似之处，但没有人会说他们是同类人。"

我看一眼服务员，他身着服务员制服，黑裤子，白衬衫，打着黑色领结，穿着无可挑剔。他端上银色托盘，上面有两个酒杯、一瓶波尔多红酒和一盘卡芒贝尔奶酪。高脚杯由高档水晶制成，底座宽且深。服务员将酒倒入杯中，我看到一条红色的瀑布奔流而下，在水晶杯中涌荡，酒杯折射着正午的阳光。

"你为什么问我这个问题？"克里斯蒂娜对我说。

"不知道，看到街角的那个人想到的。"

我们朝那个街角看去，看到一个大块头的男人坐在地上的一条深色毯子上，怀里抱着一架手风琴，正在演奏《巴黎桥下》。他旁边是一顶底儿朝上放着的帽子，里面睡着一只小白猫。他光着脚，手掌又黑又老，像他这样的人，欧洲各地都有。

"你觉得他是个流浪汉还是个穷人？"她问我。

"很难知晓。这两类人心境不同，外在差异不大。"

"那流浪汉的心境是什么？"她感到好奇，笑着问我。

"我不知道你是不是在笑话我，但是我无所谓。我认为，被称为流浪汉的人需要具备三个内在条件：寻找、舍弃与希望。流浪汉寻找曾经拥有过的东西，一段美好的经历，但逝去已成过往，所以他们拒绝一切，因为对于流浪汉来说，什么都不重要了。失去了那段美好，就等于失去了自己，只有在过去那个时候，流浪汉的生活才有意义。这就是为什么流浪汉的旅行都没有明显的路线。唯一指引他的是自愈的希望，回归的希望。流浪汉的旅途永远是归途。"

"大部分的希腊神话都渗透着这种思想，这类旅行既没有地图指引，也没有日历记录，投身其中的人们在积年累月的朝圣途中亲眼看着自己的衣服逐渐变得破烂，尤利西斯只是其中的一位。他们都拥有相似的回忆，就是有一天他们被某种东西从日常的惯例中和旧恩怨中拉扯出来，把他们带到别处，带到一个没有遗忘的地方。"

"你说得很有文采，很美。但我不知道希腊神话是否真是如此。比如，我记得《伊利亚特》里有许多章节全都在讲人们是如何在无休止的战斗中互相残杀的。"她说，装出很是无聊的样子。

"希腊神话的众多文本和特洛伊战争后英雄的归途都非常清楚地体现了流浪汉的三个条件。此外，流浪汉心境在犬儒学派中也有明显的表现，这些苏格拉底的弟子没有追随柏拉图，而最终他们的哲学在中世纪被基督教所吸收。比如，中世纪的神学家将'舍弃'比作'贫穷'，但是贫穷是一种文学表象，只能借助象征手法来理解，因为真正重要的是'舍弃'的思想，而不是'贫穷'本身。做一个流浪汉并不需要一贫如洗。真正重要的是对超越当前所有事物的渴望，以及由此而产生的超脱境界。"

"那寻找和希望呢，你又怎么看？"

"寻找的象征体是旅途和朝圣。圣地亚哥朝圣之路真正通往何处？这其实又是一处象征而已，因为你并非真的在寻找一个地方，而是在寻找逝去的时间。最重要的不是旅行，而是寻找。"

"成为流浪汉的第三个条件，即是支撑他进行漫长旅程的希望。

中世纪神学将希望寄托于上帝，是万事最终正义的化身。教会所描述的上帝仅仅是个喻体罢了，事实上神甫们从未读懂过文学。"

"你说的那个逝去的美妙人生，我不是很理解。你认为每个人的生命中都注定有段辉煌，必成往事云烟，然后再开启一段没有归期的旅行，是这样吗？"

"抛开一切与开启旅行都只是表象。在世界上做一个贫穷的流浪汉是没有必要的，必要的是心态。流浪汉的本质是感到任何事物都无需价值，不再去想那一时刻自己拥有什么。这是一种超脱，让人不会刻意去放弃，而是开启向内找寻的旅途，全程皆然，只是偶尔搭乘火车、轮船和飞机而已。"

"好吧，那你跟我说说逝去的闪光瞬间。"她说话的语气认真又严肃。与此同时，她在手提袋里摸着钱包，准备拿些钱给那位拉手风琴的人，我们猜他是位流浪汉，只见他赤脚在桌子周围走来走去，一只手抱着他的小白猫，另一只手拿着帽子在祈求施舍。可能我的演讲激起了妹妹的慷慨解囊之情。

"为了让他信念不倒。"妹妹一边对我说，一边往他帽子里放了一张二十法郎的钞票，我十分惊讶。"感谢您的慷慨，夫人。"看似流浪汉的那个人说道，并点头致敬。

看似流浪汉的那个人没有继续向别桌乞要，他走回了自己的角落。一位戴着宽边草帽的游客向他追去，手里拿着一些硬币，很可能是用德语对他说非常喜欢他的演奏。

"讲讲那个时刻。"

"'应许之地'并不是一个地方，而是时间。不是还没到达，而是已成往事。可以说，流浪汉是从天堂坠落的天使。"

"这过去的时间是童年吗？"

"过去的时间由某些回忆组成，这些回忆是我们自己。"

"我不明白，路易斯。"

"过去的一些事让你拥有活着的感受，对这些事情的回忆，成为了现在的你。你跟我一样，拥有专属于你的回忆，而这些回忆就是你自己。你只能做两件事，忘记一部分或者改变它，这跟让自己去死没有两样。要么完全重新来过，再次带上自己的名字。迟早我们都会面对这个选择，即存在或不存在，去面对那个生命真正又唯一的问题。"

"你可以忘记他了，你知道我指的是谁，忘记那个男孩吧。你可以选择是否忘记你曾有过的感受，可以选择是否忘记你攥在手里的美好回忆。只有你自己可以选择你想记住什么，也只有你自己可以选择你想回到哪里，只有你自己可以选择想成为什么样的人，是活着还是死去。"

"我不会再和他在一起了，路易斯。他不爱我，我也不爱他，他还只是个孩子，是我的错。我错看了本不存在的东西，我把他的疾病当成哀愁，把他年少怕事误解成一切尽在不言中的沉默。亲爱的，这段经历很戏剧化，我为一个不存在的人失去了理智。"

"不，克里斯蒂娜，你看到了杜尔西内亚。她和堂吉诃德，到底谁错了？我觉得她错了。我觉得杜尔西内亚一直就不为人所知。真应该有人来写写她的故事：故事里一个嫁给了镇上农夫的村妇，夜复一夜地梦想着自己是个贵妇，而一个疯子也视她为贵妇，荒唐地追求她。这让她每天早上一醒来就哀声叹气。"

"路易斯，你在说什么呐？让我全力说服尼古拉斯，让他明白他不是一个十九岁的笨小孩，而是我心中的一首法式情歌？"

"我的所求是你不要忘记自己。你过去经历过的时间在哪里,你就去哪里寻找。我只求你不要死去。"

"我本来想着咱俩聊聊你。可是你看,怎么最后又谈到我的生活了呢。我看这是不会单刀直入式提问的后果。"她沮丧地说。

几分钟过去了,待在这里很舒服。服务员过来问是否再添一杯波尔多红酒。我们说好,拿上来吧。克里斯蒂娜深情地、若有所思地看着我。

"路易斯,告诉我,皮拉尔是怎么回事?她对你很重要,你走的时候她甚至送你去机场。我一直以为你和妈妈会坐我开的车。但当你说她载你去时,我们感到很开心,我们感觉这对你来说意义重大。妈妈和我都没有机会认识她,但我们喜欢你讲的那些关于她的事。最重要的是,我们喜欢看到你和她的关系让你变得成熟。"

克里斯蒂娜沉默了,她在给我时间回答,在等待我讲述自己的经历和孤独。一瞬间,关于我自己,还有我不在家这段时间的回忆,在我脑海中闪电般掠过。"两年多的孤独生活。"我叹了口气,试图让我的思绪平静下来。克里斯蒂娜不懂,她不会明白。也许连皮拉尔也不曾理解。甚至我也不会接受。"两年多的孤独生活。"叹气也是有道理的。这就是为什么有时我把我的水晶列车藏在抽屉里,需要好几天才能把它重新放回床头柜上。它的光芒,让我难以承受。

"皮拉尔考取了文学教师资格,"我对她说,无法掩饰我的沮丧,"可是在安达卢西亚。她在那里认识了一个人,和他结婚了,或者要结婚了,我不知道。一年半以前,我收到一封她的信,她告诉了我这个消息。"

"天啊,我一点都没听说过,真遗憾。"克里斯蒂娜说道,情绪低沉。"有时候，妈妈和我会互相询问对方是否知道她的近况，想知道她如何适应你不在的日子。"

"我们从来都不是情侣。她一直都有男友，一般都是搞演出的，乐手什么的。站在这些留着长头发、穿着时髦衣服的艺术家旁边，我感觉她看不上我这个俗人。"

"这太荒诞了！"克里斯蒂娜打断了我，"你英俊极了，你是诗人，是顶有趣的人。"

"好吧，克里斯蒂娜，你倒是说说我出版的诗集和小说在哪儿呢？"

"你不要误解，做一名作家和以作家的身份获得成功是两码事。你是一位作家，妈妈总是这样说。难道妈妈就不是作家吗？她写的短篇故事也没有出版。"

"这又有什么意义，克里斯蒂娜，有什么意义呢？或许你说得对。可我的感觉的确如此，很卑微，我没能力引起像皮拉尔这样的女孩的注意。这也没什么不好，它让我进步，让我突破极限，走得更远，不自我满足，因为我总是觉得自己不够好，配不上她。"说话时，我脑海里回想起皮拉尔。当我即将启程时，我面前的未来是如此的明亮，我即将开启的冒险是如此的精彩，以至于在皮拉尔身边，我第一次感到意志坚定。在飞机临起飞前，我告诉了她我的感受。

"路易斯，你知道，我没见过哪个女人在得知受人钦慕时，内心不为之震颤。我说的不是琐碎的俗事，而是坚如磐石的爱情。你要是感到有人爱你，是那种真的爱，这种事发生的概率很低，想要无视这份感情也很难做到。"她严肃地对我说着。"你知道吗，我虽然不了解皮拉尔，但我很羡慕她，因为我觉得你对她的爱是无限的，就是字面意思，超越了所有的界限。忘记你，她需要付出很多代价，这一点是肯定的。"

我想起陪伴我的水晶列车,我总是把它放在床头。我想起它闪闪发光的样子,我想起了其他女人,她们也曾倾覆我的冒险之旅。渐渐地,我会把她们忘记,这很正常。我的爱情说不上坚定,更不曾坚如磐石。

"无论怎么说,我觉得我们在饭点之前回去是个好主意。"克里斯蒂娜说着站了起来。"走运的话,让我找到卡洛斯,我觉得他追我追到这里来,已经有点过分了。他要找我聊什么我都不会阻止。我想他最终会听我的。"

"好,我理解的是你虽然一走了之,但是你没有解释清楚。"

"路易斯,几个月来我反复告诉卡洛斯,告诉他我想分开,但我就像对着空气说话一样:'你休息一段时间,去一个人住一段时间,别担心……'我很容易就会满口答应下来。让他在那里等着我回心转意,就像给感情买了一份寿命保险。但是我不能撒谎,他是听不得真相的。之前,所有这一切让我无比地悲伤。现在,除了悲伤,说真的,我开始感到十分愤怒。"

我要了账单,默默地等着服务员拿来一个白色的小盘子,上面放着账单。我观察到这位服务员长着一副阿拉伯人的面孔。他一言不发,我没法从口音上分辨他是哪里人。外公过去有很多主顾是阿尔及利亚人。他们说话的方式很优美。克里斯蒂娜坚持要付钱,我想她十五岁起跟着父亲,后来又跟着卡洛斯,从来不愁钱。我在想是否存在她曾经真想买,却买不了的东西。也许这就是为什么她总是很急迫,因为生活里的事情让她感到厌倦。对她来说一切来得都很容易,她需要在不同事情之间游弋,一件接着一件,这样可以打发无聊和倦意。

我们走在狭窄的小道上,想去大路上打一辆出租车。背后似乎有人在叫我们,转身过来,原来是那个流浪汉。他拿着一朵花向我们走过来。他没穿鞋,走起路来看着有点疼。"这朵花送给花一样的人。"他说道,然后把手里黄色的花递给了克里斯蒂娜。我妹妹冲他微笑,一言不发,就像见到其他令她开心的事物一样。

出租车把我们送回酒店。路上克里斯蒂娜说只有我才会选择住在机场旁边的酒店,并在打车上浪费一大笔钱,真是够愚蠢的。我告诉她,通常我不在羁旅之地游览观光,我的时间都在机场和图书馆度过。她说必须再多聊聊我,发生这么多的怪事,她无法理解。到了酒店前台,她去询问卡洛斯的情况,似乎卡洛斯在房间里。她决定用前台的电话给他打过去。我就告辞了。

我房间呈"L"字形。一进门是一条小过道,右手边是卫生间,过道尽头是客厅,客厅有一扇窗户,下面放着桌子,上面放着几张纸。客厅里还摆着三件套沙发,黑色牛皮材质,配有一个玻璃矮脚茶几,面前挂着电视,旁边是几幅毫无品味的画,很不协调。房间向右转了九十度,来到了"L"字的短边。这里有一张大床,上面盖着舒适的白色鸭绒被,还有一张床头柜和一个嵌在墙上的大衣柜。在我在此处的时间段内,我认为这就是我所拥有的一切。

我坐在沙发上,对面的电视关着。我认为妹妹行事决绝,像一个公主。她从生活中拿来想要的东西,或者把它扔掉,带有旧贵族独有的果断。我觉得她心中没有什么负罪感,因为在旁人都站着的时候,她可能会坐着,笔直的背将她高高支撑起来,她手中栖息的羚羊勾勒出了一个空间在周围保护她，所有人都无法进入这个空间，而它会跟着我妹妹到任何地方。

我觉得妹妹很勇敢，而我一直是懦夫。周边糟糕的社会条件让我别无选择，只能做个懦夫。很多时候勇敢是安全感的体现，而第一个也是最深层次的安全感来自家人。一个富裕的家庭，父母给予孩子他们应得的坚强后盾，给予他们受人钦佩的尊严。这种高贵的精神，将会证明人生所有的回报都是有原因的。没有家人的持久支持，勇敢就不是勇敢，而是不负责任。当一个人感到死后无处归去时，要么变疯，要么成为极端主义者，然后才会到处假装自己是英雄。勇气是强者的遗产。这条规则的所有例外都是死去的人。顺便说一句，他们在生前没有说什么好话，因为对于生者来说，这是一条不允许破坏的规则。这就是为什么我一直是个懦夫。

我之所以选择学习法律，是因为学法律找工作似乎比学文学更容易。要是凭兴趣选择，我会选文学。我不知道如果走另一条路，一切能有什么改变。老实说，我不觉得会有改变，我想文哲学院的课堂与法学院的非常相似，都是一样的俗气，但我永远都不会知道了。

我学习主要是因为怕挂科，不是因为我对各式各样的课程感兴趣，况且这些课毫无趣味可言，我没必要说假话。对于很多人来说，学生生活是快乐的、远离责任的，而我做不到。母亲和我说过生计上的苦恼，因此我深知靠她工作的微薄薪水想要维持生活，需要付出多少艰辛。

在我印象里，出租公寓给我们的房东太太时不时地来看母亲。她是位胖胖的中年妇女，皮肤黝黑，头发干练地向上梳起，长长的指甲涂成红色，很凶。她从门外进来，人看着比实际个头更显得高大威猛。一部分原因是她那头发把她拔高了三四厘米，另一部分原因是她走起路来步伐整齐利落，显得她胸怀领导才干。我母亲总是被突如其来的拜访惊到，不是在她刚打扫完厨房时，就是在她给我缝裤脚时，抑或是在她边熨衣服边听广播剧时。她来的目的是打打招呼："挺长时间没看到你了，怎么样啊？你儿子还那么好学呀？有这么个儿子，你可享福了！我家孩子可不中用，老大念经济三年级，又留级了。"她来的目的，也包括通知我们房租涨了一点。"唉，你得知道，你们掏的钱已经够少的了。"她前脚离开，我看到母亲沮丧地坐在门口的小长凳上说道："屋漏偏逢连夜雨啊！"

我们母子相依为命，除了要面对房东太太安赫莱斯，还得面对其他外界的风险。母亲在一所多明我会神甫开办的学校教法语，但她没有必需的文凭，在那里就算不上正式工。主管教务的安东尼奥神甫每隔五六个月就会找她，非常认真地说："我不知道这种情况还能维持多久，曼努埃拉，您没找别的事情做吗？"他穿着白色的长袍，说完就沿着走廊，向男孩们的喧闹声处走去。那天我母亲回到家里，整个世界的重量都压在了她的身上。

考试那几天我早起学习。我凌晨四点起床，专心背诵民法、诉讼法、行政法、劳动法、商法等课程内容。这样学下去，图的是什么？我学得很机械，就是在一张纸上默写一遍无聊课程的几个主题内容，仅此而已。这就是我在每次考试中一遍又一遍做的事情，以一种干净无比的方式处理一些远在天边的问题。正因如此，一旦考试通过，我就会彻底忘记那门课，连最基本的概念都记不起来。通过这种方式，我在几乎完全不了解西班牙法律制度的情况下拿到了我的法学学位。讽刺的是，因为我成绩好，还评上了优秀，获得了奖励。

我学习主要是因为怕挂科。我们的日子过得捉襟见肘，根本无法承担不负责任行为造成的后果。我们本身就家境困难，要是成为母亲额外的负担，我怎么都不会原谅自己。所以，当我得知可以成为学院助理教师时，没有犹豫片刻。这意味着我一毕业就可以找到工作，还能贴补家用。印象中我必须提交一份成绩单和一张打印的表格，在表格里必须按照优先顺序填写自己最想进入的三个系。结果会在9月公布。

我不懂得名人雅士间的礼节，即拜访担任系主任的教授，再表现得像个好孩子、有礼貌、毫无差错且很有天赋，最重要的就是懂事听话。

鉴于我在法律问题上毫无天赋可言，我更偏向那些与现行法律关系较小的门类。我把法律哲学放在第一位，第二位填的是政治法学。在最后的选项里，我填写了法律史，主要是想把空缺填上而不是出于旁的原因。

我想法律史可能是有趣且充满思辨性的一门课。然而，这只是我善意的、一厢情愿的猜测罢了，因为我对这门课所剩不多的记忆就是教授每天走进教室时的扮相。他身材矮小，头顶没有头发，动作一板一眼，后面跟着一个可怜巴巴的年轻人，拎着一大摞的古董书。"先生们！我记得之前说过几次，我只说先生，不言女士，因为除了我的老婆大人，对我来说，这世上便不存在别的女人了。诸位对法律史教授的憎恨达到了什么程度？"这个问题在教室里引起了一阵欢呼，每个人都把手伸进口袋里去找一枚比塞塔硬币。"先生们！我将再一次使用法律史教授的权力，我要让诸位的心灵从仇恨和紧张中释放出来，要让诸位的灵魂具有能力，去达到学习所需的平静。我允许诸位像实施石刑那样扔东西砸我，如同砸向最悲惨的罪犯。但是，当然了，鉴于人这一辈子做什么都需要付出代价，也只能劳驾诸位像往常一样破费了。因此，只能向我扔出比塞塔，要想行使这份特权，就不得不乖乖掏钱。先生们，这是诸位的特权！"说完，他径直躲到桌子后面，躲避一阵阵向他飞去的比塞塔。硬币打在黑板上，桌子上，讲台上，或者打在拎着书的那位年轻人身上。我的目光经常看向他，他微笑着，好像在替教授向大家说谢谢，嘴巴微张，眼神迷离。那个年轻人让我心生同情。今天我知道，我之所以会有那样的感受是由于缺少生活经验，因为那显然是一个不幸之人的微笑。

"先生们！"讲桌后的教授安然无恙地开始说道，"我希望诸位已经摆脱了所有丑恶的天性。来吧，普拉萨，请把所有这些都捡起来，让讲台从金银的肮脏中恢复洁净！"那个年轻人，在被硬币击中好几次后，专心地在地上捡钱，然后把它们放在一个袋子里交给老师。我不记得有人用硬币打中过老师本人。

夏天过后，我去学院公告栏查看助理教师一职的评比结果。我发现自己没有出现在法律哲学系和政治法学系的名单上。我的成绩很难被别人超过，他们中的一些人我是认识的，有几人是课代表，但我的学习成绩肯定比他们都好。我是不是申请表填错了？失望的心情让我心里有些堵得慌。正要离开，我突然想起，我在最后选项里填报了法律史系。我翻到了对应的那页纸，这个系有两个名额，纸上只有两个名字，不像其他院系还写了替补名单。后来我才知道原来选这个系的起初也就只有两个人，上面第二个名字就是我。

我在想这要是换成我妹妹，她会怎么做。她大概会在必须做出选择之前去她最可能感兴趣的院系实地了解一番。她会和主任们交谈，了解她的上司可能是什么样的人，她会迷住他们，这毫无疑问。她永远不会接受任何不能完全说服她的东西。她大概会做出一个明智的决定，因为她可以等待，有能力选择，因为她很勇敢。

七

内战结束时，母亲二十岁。她依旧在女校寄宿。外婆去世后的第二天，母亲就在那里生活了，一直住了十年。她常常和我说起那天的事情，她感觉突然长大了，教堂的钟声在耳畔连绵不断。

她的姑母帕特罗西尼奥，一袭黑衣，过来操持家务。"我会一直帮到哥哥再娶妻的那天，"她说道。而母亲在万分悲痛中又平添悲哀，在她读过的所有故事里，可怕后妈终有一天会占据家里女主人的位置。因此，她向伊拉里亚修女恳求永远留在学校。这就是为什么修女们把我的母亲，那个悲伤、古灵精怪的女孩，当成自家姑娘抚养。

我的外公在特鲁埃尔的一个小镇上做点儿小买卖，母亲每年都在那里过夏天和圣诞节。剩下的日子，她便在萨拉戈萨生活，在学校里上手工课，为今后的人生打算：学习缝纫、弹钢琴、阅读佩雷斯·伊·佩雷斯的小说，想象着未来的院子里满是鸽子。天气好的时候，修女们在院子里刺绣，围墙外隐约透露着秘不可测的未来。

每年5月，母亲的学校都会为完成学业的女孩子们举行告别弥撒。仪式上，人们会唱起阿拉尔孔甫献给回忆圣母的诗句。

在那监护的高墙之外，
我幸福年华的伙伴们，
对挚爱不要空谈誓言，
把那纯净的心灵留住，

人们就会把你记起。

内战结束时,我的母亲已经二十岁了。由于外公逃往了法国,她的叔叔何塞负责照顾母亲,把她带到了马德里居住。伊拉里亚修女送给母亲两本她多次借阅的书(顺便说一下,不是科洛马神甫或蒂哈梅尔·托特主教写的训导书籍):萨默塞特·毛姆的《刀锋》和斯蒂芬·茨威格的《心灵的焦灼》。

那一年,我母亲心里总放不下法国南部,忧心忡忡。她不仅没有外公的消息,甚至连药都无法邮寄过去。那是无助又痛苦的一年,是充满阴影与残酷的一年。那一年,母亲告别了学校,教堂里人们为她朗诵起了阿拉尔孔神甫的诗句。

> 人们说世界是瑰丽的花园,
> 但花园里藏着毒蛇,
> 有的甜蜜果实含有剧毒,
> 广阔的大海充满了暗礁,
> 为什么会这样?

> 人们说为了黄金和荣誉,
> 心灵邪恶、毫无信仰的人,
> 让爱之泉枯竭,
> 背叛上帝与祖国,
> 为什么会这样?

1940年的夏天,母亲的叔叔何塞把她带到马德里生活,打乱了她在学校围墙里耐心地等待未来的生活。就这样,世界的大门在她面前打开,门后是偌大的城市、优雅的朋友、美好的规划,还有遗忘的方式。但是,母亲内心觉得这不是她要走的路,所以从不远走,因为她知道她必须回来。

外公只是巴霍阿拉贡镇子上的一位小商贩,而叔外公何塞则不同,他在马德里贵族资产阶级当中已经拥有很高的地位。记忆中,在普罗旺斯的艾克斯,外公坐在外廊上给我讲何塞的故事:何塞聪慧过人,以至于老师都建议家长单独授课,还不收取费用,以免他和学校里的其他学生一样碌碌无为。后来,他拿了奖学金去萨拉戈萨学习商科,很快就受雇于当地最大的报社《阿拉贡先驱报》,担任经理。他成了那里的重要人物,最后当上了社长。他懂得如何与当时最优秀的记者、作家和政治家打交道。随着时间的推移,他的声望也水涨船高,以至于马德里的一家大出版社有意请他出任社长,并如此承诺薪资:"无论你在《先驱报》的工资是多少,我们出两倍。"这就是为什么叔外公何塞在马德里过着近乎贵族的生活,被马德里社会精英所包围。他出入最好的饭店,身边作陪的人都是最杰出的文人和记者。他在皇家大剧院有一个包厢,在首都的市中心有一套豪华公寓。尽管他在富恩特拉比亚拥有一座度假别墅,但几乎每年夏天他都会回到镇子上住几天,探望一下做小生意的哥哥,也就是我的外公。兄弟二人之间感情深厚,彼此欣赏。何塞非常尊重外公的生活方式,比如,真诚的工作、对社会的构想、对打猎和大山的热情。有几次,他还陪外公在清晨时分去登山。他对外公无忧无虑的简单生活也崇敬有加。他钦佩外公,但他知道这种生活不适合他。

我的母亲被接到那所房子里居住，被当作亲生女儿抚养。她唯一要做的，就是把她在学校里编织的梦想变成现实：一天，她弹奏出来的钢琴声被广场上一位英俊善良的小伙子听到，音符让他萌生爱意。他被《献给爱丽丝》的旋律所吸引，想方设法要见到她。后来两人一起组建了家庭，她会把自己的生命献给他和他们的孩子们；而他会一直保护她，照顾她，让她幸福一生。

尽管母亲努力做到不负众望，但自己父亲未经判决就身陷流亡的贫苦和折磨却无法磨灭，这份记忆在她脑海中越来越深刻。

何塞帮忙卖了外公在镇子上的房子。那栋房子很漂亮，对着柱廊广场，一楼就是外公的小店。我从未见过，但是母亲和外公经常跟我提起那栋大房子。里面犄角旮旯很多，有的房间很神秘，比如地窖、阁楼和小院。考虑到外公在工会的过往经历，失去拥有的这一切是很正常的事。所以何塞通过自己的影响力设法把房子和店铺都变现成了钱，有了这笔钱，外公的日子就可以过得下去了。他成功地脱离了集中营，并在共和派旧相识的帮助下定居在了普罗旺斯的艾克斯。在那里，他盘下一个小店面开了间商店，并在城市的一条大街上租了套公寓，这就是我的家。大街两侧长着参天大树，上面栖息着许多鸟儿。外公不想回西班牙。"你可以回来的，"他的弟弟何塞说道，"你和那些人毫无关系，这镇上的人都知道。"这是真的，当路边修道院里的修士被屠杀时，当教堂被焚烧时，没有人像我外公那样痛心疾首，后来被判监禁和枪决的人里还有外公的朋友，新当权派的残忍和暴虐，让外公夜里被气到冒汗。

"何塞，这场战争不是我个人的战争。无论谁赢，我都输了。回去？回哪儿去？我的朋友们不在了，我的构想更不可能实现。回去？

让他们对我嗤之以鼻吗?为我从未做过的事求得谅解吗?这么做没比枪杀修道院的修士好到哪里去。无论是谁赢了,我们这些善良的西班牙人,在屠杀里没有派别,在胜利中没有位置。我回不去了,我的西班牙已经化为乌有了。"

母亲把这段叔外公何塞与外公之间的对话讲给我听。对话发生在1942年的夏天,在滨海阿热莱斯的一家小餐馆里。当时法国有一半地区被希特勒的军队占领。西班牙大使馆把很多人的名字给了维希政权,然后法国宪兵队就把这些人交给佛朗哥。母亲见到外公的时候,他模样憔悴,衣衫褴褛。母亲见到了外公吃饭时的狼吞虎咽,但是在听到外公说话之后,她的内心又发生了根本性的转变,形象的卑微和尊严的光芒已经永远铭刻在了她心里。

内战结束之后,外公的境遇得到了很大的改善,在法国流亡的西班牙人整体上也是如此。1946年,当他在普罗旺斯的艾克斯开起小店后,母亲的痛苦减轻了许多,不必再承受她在马德里头几年所承受的苦闷了。

在何塞家里,母亲遇见了文学;或者更准确地说,在何塞的家里,她意识到她总是游离在大部分人生活的平常世界之外,这份感觉所引起的不悦恰恰是文学的一种精髓。她把这个想法告诉了当时在何塞家里闲逛的诸多人物中的一位,还和他交了朋友。他叫何塞·苏亚雷斯·卡雷尼奥,墨西哥人,获得过1943年首次创立的阿多尼斯诗歌奖。"你让我想起了散文诗《巴黎的忧郁》的其中一首,"他朗诵道"随便哪里,只要不在这个世界就行。"他说这些的目的是讨好她。在母亲的记忆中,他的脸上总是挂着灿烂的笑容,眼睛里藏着原始的意蕴,仿佛阿兹特克的往昔再次显现。

何塞惊讶于性格孤僻的侄女能与聚集在出版社的作家们相处融洽，但是他的高兴大于惊讶，因为母亲在马德里度过的头几年几乎没有离开过家。她的叔叔担心她不懂得如何应付生活。她的堂姐妹们竭尽全力想让她融入社交生活，可母亲只是偶尔才点头同意跟那群朋友出去，而当时拒绝别人的行为会被视为轻视或者无礼。

她在马德里的头几年，每天清晨都去家附近充满静谧气息的隐修修道院里做弥撒。然后，她便在无休止的聊天和十字绣中度过上午时光。她跟堂姐妹和婶母玛丽亚·路易莎坐在一起，身后是朝向广场的阳台。下午则穿插在钢琴按键、最爱的小说和午后点心之间，女佣孔查总是六点准时端来午后点心。接着，何塞回到家，大家便一起吃晚饭。睡觉前，母亲会再次拿起她的小说，夹在胳膊下面，回到房间去。

叔外公何塞决定带母亲到阿尔杜斯出版社去工作，这不失为一种让她出门的方法，顺便让她把心思用在一项生产活动上。"她这么喜欢读书，"他说，"在那里她会感到和在家里一样。"其实这么做就是慢慢地在出版社里物色个空缺来安顿她。眼前，她需要学习如何签署出版社和作者间的代理合同，了解印刷厂印刷书籍和杂志的一整个流程。

她的房间里堆满了拉腊出版社的小说，那是一套蓝色封面、装帧精美的书，是学校里的伊拉里亚修女推荐她读的，丛书出版了萨默塞特·毛姆、赛珍珠，或许还有维基·包姆的作品，将这些书翻译成西班牙语。但是，到了何塞的印刷厂后，她第一次知道了德斯蒂诺出版社，以及刚开始发行的"锚与海豚"丛书。"我们的出版社和印刷厂叫阿尔杜斯，为了纪念阿尔杜斯·马努提乌斯。"曼努埃尔老先生第一天说道,"他是 15 世纪末意大利知名的出版商,是威尼斯人。他出版社的标志是一条绕在锚上的海豚,我们这里印的若干丛书中的一套灵感就取材自这个图案。"

曼努埃尔老先生个子高大,动作迟缓,不过工作认真仔细。他总是穿着一双蓝色的靴子,双手满是油墨。他每天都在检查大事小情是否办得妥当。母亲到印刷厂去的那几天,他还担起了监护母亲的责任。在众多干活的工人中,有一个会写诗的年轻排字工,叫拉法埃尔。每天早上,当母亲穿过印刷车间向办公室走去时,那个男孩子都抬头冲她微笑。他看起来很英俊,身材瘦高,头发是黑色的,长着一双深邃的黑色眼睛。

拉法埃尔的微笑成了一种问候,而这种问候也逐渐变为琐碎、无关紧要的聊天。随着时间的流逝,聊天就发展成了交换小说和小册诗集。拉法埃尔是位诗人,他最大的梦想就是看到诗作得以发表。他时常在家举行文学茶话会,"如果你愿意,哪天下午你可以过来。我的朋友们,你肯定会喜欢。"母亲觉得这将是一次大冒险。

"我们在马德里哈布斯堡时期的老区租了一间阁楼,靠近马约尔广场。如果你想参加茶话会,大家大约七点会到。您不用带任何东西,卡门·罗莎会准备海绵蛋糕和加奶咖啡。好吧,卡门·罗莎是我妻子。"

他说话的时候总是看着母亲的眼睛,但刚才这句话他说得断断续续,一直盯着地面。对于像母亲这样的人来说,得知拉法埃尔已婚,一直在她内心里生长的幻想便化为泡影。那天母亲离开印刷厂时,他在半路冒了出来,十分关切地问道:"你来吗?""我七点钟到。"母亲笑着回答。

她的叔叔和堂姐妹对这个消息感到非常惊讶。"我想不起来他是谁,你说是印刷厂的?排字工?"她叔叔问道,心里觉得之前应该多加注意才是。"出版社是最适合她去的地方。事实上,印刷厂的人不仅多,而且杂,都是些无名之辈。"他这么想。"他的妻子会准备一个海绵蛋糕和加奶咖啡,他们都是作家。"母亲解释说。经由母亲这么一说,这件事看起来倒不那么危险了。"无论如何,也得看看这些作家都是谁。"她的叔叔想。

按照约定好的周六七点,她来到了马德里老城中心一栋年久失修的房子门口。她抬起头,目光穿过锈迹斑斑的锻铁阳台,看到了露台的栏杆,那间阁楼一定是拉法埃尔家。她走上七楼,每走一步都能听到各种各样的声音,孩子们的哭声,收音机声,大声吵闹的对话声。最后,她感到有些疲惫,而且紧张。她花了几分钟时间来平稳呼吸,接着扣下了门环。卡门·罗莎为她开门,母亲看得出她是个温柔善良的人,手也不再微微颤抖了,她转而感到欣喜。

公寓面积很小,没有玄关,一进门就是客厅。客厅像一座图书馆,到处都是书。客厅里还放着一架钢琴,对着一扇通往露台的大窗户,阳光透过窗户洒满了屋子。在那光芒的中心,拉法埃尔和其他女墨客们站在那里等待,他向母亲热情地介绍:她们是格洛丽亚和阿德莱达。"我带你参观一下公寓,很快就完。"卡门·罗莎对母亲说。家具很老旧,但从沙发外套的布料,再到绣着十字绣的矮脚桌布,每一处细节都散发着精致与温情。卡门·罗莎向她展示房子,把从客厅开始的所有门一扇扇地打开。第一扇门通往主卧室。这间收拾得最周到,床上有一个漂亮的麻布床罩,床头上方挂着的不是耶稣殉难像,而是圣母马利亚像。打开第二扇门是一间面积不大,但很干净的厨房。第三扇门后是一间小浴室。第四扇门的房间里放有一张小床和一张婴儿床。"这是孩子们的房间，今天他们在爷爷家。""我不知道你们都有孩子了。"母亲有些惊讶地说。卡门·罗莎把床头柜上的一张照片拿下来给她看。照片里她和拉法埃尔身边站着一个四岁左右的男孩，卡门·罗莎怀里还抱着一个婴儿。卡门·罗莎的整个生活都在这个范围之内，母亲对那位和她一样有着悲伤微笑和眼里充盈着梦幻的女性感到十分亲近。

格洛丽亚和阿德莱达穿着裤装，这在当时还是很大胆的。在其他方面，她们都不尽相同。阿德莱达长得非常漂亮，又高又瘦，她留着长长的棕色披肩发，和眼睛的颜色一样。但格洛丽亚的头发剪得和男孩没什么两样，她站在高傲的阿德莱达身边，带着一种旁人几乎无法察觉的绝望，隐藏在她十分和善的外表之下。她们是诗人，卡门·罗莎也是诗人，她在诗作落款处用的笔名叫弗拉维娅·塞尔顿。格洛丽亚也独自居住在同一街区的一间阁楼里，阿德莱达和她父母住。卡门·罗莎的家庭出身很好，但她的父亲丧妻再娶。她的继母不太喜欢拉法埃尔，关系很是紧张。两人靠拉法埃尔在印刷厂的工作和卡门·罗莎的钢琴课为生，她是一位出色的独奏家，那天她和我母亲还弹了钢琴。就在弹琴的时候，门突然响了。卡门·罗莎说："肯定是曼努埃尔。"确实如此。

曼努埃尔·帕雷哈出身公证员世家。"这得追溯到16世纪。"他半开玩笑地说。理论上，他来马德里是为了参加公务员录用考试的。他父亲在格拉纳达当公证员，把他托付给首都一位大名鼎鼎的公证员，让他来辅导儿子备考。可曼努埃尔却对他坦诚表达了自己的苦恼。他学法律是为了不违背父亲的心愿。他带着父亲的推荐信来到马德里，去那位公证员的办公室登门拜访也是出于同样的理由。"可是，您看，堂·胡里安，我已经二十六岁了，我很确定我真正的爱好是什么：我是位诗人。既然我知道不能靠写诗为生，至少我希望我的职业与文学有关。我想当名编辑，为青年诗人和新锐小说家做编辑，我想让新的风尚被大众看到。简而言之，除了这次奉家父之命的拜会，我并不希望您在我身上浪费时间。"从那天起，堂·胡里安出人意料地成为了他的支持者和赞助人，成为了一位堂吉诃德式的守护者。而他自己，原本想成为一名画家。

"我几乎把所有的事情都安排妥当了。出版社的名字就叫'航向'，大家意下如何？"

曼努埃尔说社里首部出版作品将是一本叫做《诗之弓箭手》的杂志。格洛丽亚·富埃尔特斯会在上面发表一首诗作。那天，她朗读了这首诗，很美，题目叫《我生在一间阁楼里》，并以此作向她、卡门·罗莎和拉法埃尔所居住的阁楼致敬。这首诗我会背诵。"我出生在母亲对男孩的期盼中。"小的时候，母亲哄我们睡觉时，总念起这首诗。

学校赶我出去，并非因我懒惰，
为此我遭受了刻薄的打压。
我被带到海边，大海让我害怕，
就连堂·菲德尔医生也无法理解，
我看到了幻影、黄色的马和巨大的虾。

那天晚上，我母亲激动得无法入眠。她和卡门·罗莎约定找个下午喝咖啡，也叫上了阿德莱达去一家店里看看漂亮的帽子。曼努埃尔管我母亲要了电话号码，以便哪天给她打电话。她感觉拉法埃尔不会喜欢曼努埃尔这样的冒昧之举，但是也没什么大不了的，母亲或许这样想。

她的叔叔想办法不让她频繁地到印刷厂去，还给她在出版社里安排间办公室。尽管如此，母亲的生活已经有了意想不到的新方向：她在内战后的最初几年，完全融入潇洒随性的文学圈中了。

母亲在出版社结识了一群人物，都是她叔叔的朋友，此后一生母亲都会不停地回忆起他们。她跟我多次说起记者华金·阿拉拉斯、小说家塞巴斯蒂安·胡安·阿尔博，应该还有路易斯·安东尼奥·德·维加讲的非洲故事。他是一位精力旺盛的旅行家，40年代在那边经营着一本周刊。这本周刊的几期旧刊，母亲仍然一翻再翻。似乎这些人物在我母亲的身上看到了某种特质，并与她建立起特殊的关系。比如，她跟我说起过她与作家何塞·苏亚雷斯·卡雷尼奥之间的最后一次谈话。他当时刚刚获得纳达尔文学奖和洛佩·德·维嘉戏剧奖，几年前，他还拿到了阿多尼斯诗歌奖。他的文学道路似乎一片光明。每次他到出版社来，都会到我母亲那间小小的办公室里看看。但是，他那次出现似乎比平日里更庄重。"亲爱的姑娘，我要走了，我认为很长一段时间我们都见不到彼此了。"他说着，从门边探出身来。"您要回墨西哥吗？"我母亲问他。"不，不。我是要回去了，但不是回到墨西哥。我归去的地方在世界之外，和你双眼看到的那个地方很像。"说完这句话，他把一支白色的玫瑰花递给了我的母亲，转身离去，此后无人知道苏亚雷斯·卡雷尼奥的消息。过了一段时间，我母亲在出版社听到有人在聊关于那位才华横溢的墨西哥作家神秘失踪的事情，但她从不敢把那次奇怪的告别讲出来。那支白色的玫瑰花在架子上干枯了,就如同这段记忆般美丽动人。

母亲每天都在出版社,此外还和她新交的诗人朋友们上街看电影。她和卡门·罗莎成了挚友,卡门·罗莎替拉法埃尔向母亲请求帮些小忙,给他找些轻松能赚钱的零活儿干。我母亲很快将这个提议转达给了叔叔,她还夸奖拉法埃尔的两个儿子,说需要多给他们家一些钱。另一方面,他们也希望出版社看看拉法埃尔是否能够成为作家。但这项任务,我母亲就爱莫能助了。

有一天,曼努埃尔·帕雷哈出人意料地出现在了叔外公何塞的家里,手里拿着《诗之弓箭手》第一期的校样,上面印着许多她这一年间认识的年轻诗人的诗歌,但是让母亲惊讶的是没有拉法埃尔的诗。"因为他没有写吗?"她问道。"老实说,我从不相信拉法埃尔有做诗人的禀赋。"曼努埃尔说,"但即便如此,要不是他的所作所为让卡门·罗莎如此艰难,也可以考虑出版他的诗。"

母亲突然意识到已经好几周都没有卡门·罗莎的消息了。她没问过,大家以为她已经都知道了。那天下午,母亲去她家里看她,母亲知道拉法埃尔那个时候在印刷厂。见到她时,她还是老样子,带着一点忧伤和工作的劳累。她刚把小拉法埃尔从学校接回家,为他准备好了午后点心。"你喜欢上学吗,小拉法埃尔?""不喜欢,马诺龙他打我。"小男孩说,满嘴的饼干,以此来引起我母亲的注意。"女儿还是很乖的。"卡门·罗莎在一旁强调,同时哄着女儿在摇篮里睡觉。"她从来不哭,真是个天使,现在我熬不了夜了。上帝让人肩负重担,但从不压垮,这话不假。"这间小阁楼一尘不染,收拾得妥妥当当,是一个充满温情的小家,卡门·罗莎将她的温情安放在家里的每个角落,这更反衬出拉法埃尔那些莫名其妙行径的冷酷无情。卡门·罗莎还有些顾虑，生怕她教钢琴课的时候，拉法埃尔不能赶回来把孩子带走。母亲说如果他赶不回来，她可以替拉法埃尔照顾孩子。事实也的确如此。

母亲日益增长的社交活动使她摆脱了循规蹈矩的日常生活，原先每天必去修道院参加的弥撒，也算不上经常的事了。卡门·罗莎的钢琴声飘不到小公园，公园里我母亲一边逗着小拉法埃尔玩，一边推着小妹妹酣眠的婴儿车。她脑海里浮现出几行献给回忆圣母的诗句，那些学校里朗诵过许多遍的诗句：

> 人们说为了黄金和荣誉，
> 心灵邪恶、毫无信仰的人，
> 让爱之泉枯竭，
> 背叛上帝与祖国，
> 为什么会这样？

拉法埃尔似乎经常陪伴一位美国富太太出入弗拉门戈舞场。那位富太太还是许多斗牛士和演艺界人士的朋友。几个月后，我母亲收到了一个包裹，里面是一本印有七首诗的小册子，题目叫《亲临现场》，是拉法埃尔献给某个名叫戴安娜的小姐的。

卡门·罗莎的生活变得悲伤且痛苦。她的父亲丧妻之后再婚，家里的继母让她很难受，回父亲家是不可能的事了。拉法埃尔抛弃了她，没对孩子承担任何的责任。而那个时候，他和美国太太的轶事已经成了旧谈。他正和一个年轻的美国女学生谈情说爱。据说这个学生很有钱,他最终跟着去了美国生活。

我母亲常常在那群文学朋友的聚餐和聚会上问起卡门·罗莎。她不明白,为什么那群如此特殊、几乎超凡脱俗的人们,不去帮助跌倒的伙伴,而是继续欢歌笑语,做着他们的纸上美梦。

"我很好,有上帝的帮助,我会迈过这道坎的。"卡门·罗莎对母亲说。她家里有位阿姨能带孩子,还可以领孩子出门散步。"她叫安古斯蒂亚斯,她真是帮了大忙。她的工钱由我父亲出。要是没有她,我根本无法专心教课。我在父亲家里也教些学生,在那里上课,招学生容易,毕竟不是所有人都愿意爬到顶楼来上课的。"她笑着说。我母亲口袋里揣着装有钱的信封,不知道该怎么给她。"你知道吗?在认识你之前,我还嫉妒你来着,因为你是何塞先生的养女,他可是阿尔杜斯的老板啊!你又是那么的年轻、漂亮……我们认识的那天,拉法埃尔只邀请了格洛丽亚和阿德莱达。我没跟他说,自行叫来了曼努埃尔·帕雷哈,这样就有另一位男士在场了,省着你只盯着我丈夫一人,他来了,你总有别人可瞧……"

八

"我留下来陪你的这段时间,我们俩可以租一间公寓,比住酒店便宜多了。我们把坐出租车的钱省下来就可以租到一间离市中心比较近的公寓了。"

"克里斯蒂娜,我都住机场酒店。"

"那你这几个月就先别住酒店了。"

"这件事,我们还得聊聊。我不知道这个时候你留下来陪我是不是一个正确的决定。"

"我不劝你回去,你不就是觉得回去会有危险吗?我非但不劝你,反而想留下来陪你几个月的时间。我想不出自己哪里会伤害到你。你就把我的陪伴当成宿命的一部分好了。"

此时,我看到卡洛斯和赛义夫走进了酒店餐厅。他们脸上洋溢着清晨该有的活力。其实,整个餐厅都可以感受到早晨的那种热情。我认为这就是为什么许多国家都有吃工作早餐的习惯:人们想利用一天刚开始的精气神儿来制定方案和谋划项目。西班牙的习惯不是工作早餐,而是工作午餐。事实上,我并不觉得这个习惯真的合适,因为中午的时候人们思考问题会略带疲倦,更何况西班牙的午饭长达两个小时,有两道菜和一道甜点,还常常喝红酒。

"早上好。"卡洛斯说。

赛义夫挥手打招呼,笑了一下。他看向克里斯蒂娜,但她并没有怎么看他。我拿来一把椅子,这样所有人都能在同一张桌子边坐下。

服务员走了过来，蓝色制服外面围着围裙，头发盘起，她的模样让我想起了母亲。"加奶咖啡，羊角面包。""我要一杯黑咖啡，别的不要，谢谢。"桌上盘子里放着许多装有黄油和各种果酱的小罐。"法国黄油比西班牙的好太多了。"卡洛斯说。"那你捎点回家呗。"克里斯蒂娜对他说，说着就伸手拿起了盘子里的六七个小罐。"算了，放着吧。我宁愿去店里买。"赛义夫伸手出去，看得出他确实想要那些罐罐。

我们默不作声地吃着早饭。只有卡洛斯在教导赛义夫："慢点，别在羊角包上抹那么多的黄油。你得选一种果酱，你看，这个是橙子味的，这是杏子味的，你看，这是草莓味的，你想要哪个？很好吃，这个看起来不错。"卡洛斯说，"这孩子来的时候身体很差，都掉头发了，同龄孩子中他算瘦小的，但是医生对我们说他是个健康的孩子。"克里斯蒂娜不说话，赛义夫也不说话。他偷偷地看她，在探寻着什么，他知道她要走了，知道他们要分别了。

"我想再待几天，好好看看巴黎，这么安排适合我，对赛义夫也好。但是我得换家酒店，这里离市里太远了。你们要是需要什么可以来找我，我住这个地方。"他随即在我和克里斯蒂娜之间的桌面上放了一张卡片。"我们过一会儿就离开，现在去收拾行李。"

"1号那天我得去趟市里，我和律师已经约好了。你要方便，我给你打电话，我们可以见一面。"我不失尴尬地说，此时克里斯蒂娜依然静静地在看着赛义夫吃饭。

"好了，赛义夫，我们得去收拾行李了，要去游览巴黎喽。"

赛义夫手上黏着羊角包碎屑和咖啡渍。他用餐巾擦了擦手，站起来拉住卡洛斯伸出的手，看向克里斯蒂娜。我起身告退，克里斯蒂娜继续坐在那里。赛义夫看着克里斯蒂娜的眼神，是种关在孩子身体里的老人的眼神，是种知道沙漠不会成为花园、不会成为果园的眼神。克里斯蒂娜看了赛义夫一眼，便回过头来继续若有所思地看着空空的咖啡杯、桌布上的面包屑、抹过黄油的刀、果酱，还有用过后被折叠起来的餐巾。人都走了，我站在原地，克里斯蒂娜继续坐着。餐厅里的其他人依然享受着清晨时光，制定计划，设立项目。

"我中午约了房屋中介，"克里斯蒂娜对我说，"我请他们找一间可以租两个月的公寓。你要是和我一起住，我就要带两间卧室的房子，我听你的。"

"我不清楚，克里斯蒂娜。你先找着吧，之后我们再说。我这会儿没什么要说的。"

"我们今晚见面再聊。"

然后她就走了，决定在巴黎重新开始生活，但心里很受伤，生活不再像从前那样热切地回应她。现在，是生活对她提出了要求，这是她此前从未经历过的。

外公去世后，母亲和我回到马德里找房子。她的婶母玛丽亚·路易莎推荐母亲去多明我会神甫开设的一家学校当法语老师。这是母亲从马德里旧圈子里接受到的唯一帮助。在那所学校里，母亲在没有合同的情况下开始工作，同时攻读必要的学位。这对她来说不是件小事，她在女校寄宿的那些年，没有上过任何官方学位课程。

我们找到了一个小套间，虽然楼体有点老，但是离母亲即将要工作的地方很近，那是1979年9月的夏天，我记得天气很热。我忙着认证法国的学历，以便在西班牙的大学注册上学。我在教育部待了好几个小时，不是在排队，就是在遍布小窗口的各个大厅里等待。所有人都在出汗，时间仿佛是一种绵密又迟缓的存在。

我家的旁边曾经有个小广场，上面有几架秋千和一个小滑梯，从来没有孩子在那里玩。我每天晚上都和东哥儿一起去。我会坐在木头长凳上，这个时候路灯也会慢慢地点亮。我思考着西班牙的生活会给我带来什么，我想到了外公。我们一直想回去，这个决定从没变过，我也从不质疑。不一会儿，东哥儿就坐到我身边来。它不再像从前那样热衷于追逐看不见的生物，或者焦急地嗅着树篱和树木了。现在的它，只是静静地等着。

我母亲必须先获得学校的毕业文凭，然后还得准备法语教师资格考试，这样才能在学校里讲法语课。在那持续不安的三年间，她没有收到过任何令她心安的实质性帮助。"您随时可能被解雇。"修士们对她说，说完比划了个无可奈何的手势。

我们母子生活得很拮据，靠的是母亲的工资，以及外公在普罗旺斯的艾克斯铺面的租金（学校借着她不是正式工的由头，发给她很低的工资）。我们把外公店铺的转让费存了银行定期。母亲梦想着哪一天能在马德里置办一套公寓，为了她不久之后的养老生活，也为了我的未来。

我在想，母亲是怎样面对生活的，没人保护，她也从不求助他人，还照顾着我。

她的叔叔何塞早前去世了，婶母玛丽亚·路易莎和婶母的女儿们，也就是母亲的堂姐妹来过家中多次。她们整个下午都在回忆过往，告别时总是满含眼泪。出版社已经倒闭了。玛丽亚·路易莎一人独居，她的女儿们也嫁人了，但是从没带丈夫回来过。她们每次都是三人一起来，好几个小时就这样聊着，聊着，回忆着。

克里斯蒂娜经常到家里来。她来不了的时候，就给母亲打个电话。她想知道一切，她也关心一切。我猜，对母亲来说，她唯一能抓得住的扶手，就是她的女儿。我的哥哥也来探望我们，他的来访有着精准的周期性：圣诞节、圣周和入夏的前几天。我在家里遇到他来探望时，他会亲切地向我招手，动作精准且熟练，这是从我们父亲身上继承的特点。

我的父亲从未来过，但是每到圣诞节我都去看望他。他住在马德里郊区的一所大宅子里，离妹妹和卡洛斯的住所很近。我没有车，只能先坐地铁，再转乘近郊的公交车。公交车停在小区门口，我下车再走过去。父亲的宅邸从围墙外看不到里面的样子，每次开门的女佣都不是同一个人，但是她们都穿着统一的服饰，系着围裙，戴着头巾。我会穿过一个美丽的花园，花园里种着巨大的合欢树。路过时，许多条狗用严厉的眼神盯着我。女佣随即就会把我领进室内。

我父亲会挪出下午一半的时间来陪我，我们就在大厅里坐下。那几天大厅里摆着杉树，上面挂满了圣诞装饰，旁边的壁炉也点着。此时，接我的那位女佣已经端来了咖啡和点心。父亲会问我的学业（他是学法律的），以及学期每门课的情况，或者老师都是谁，好多位他都认识。除了一些日常循规蹈矩的内容，别的我说不清楚，因为我内心深处对这个专业提不起什么兴趣。我的表现也许会让他感到困惑，我的好成绩会让他觉得我的疏远是冲着他来的，和法律本身无关，然而我从没这样想过。

我常在平安夜之前的几天去拜访父亲。那次回到家后，我不禁感到我和母亲的生活与父亲和哥哥妹妹的生活形成了鲜明的对比。我们的小套间在一栋老房子里，没有电梯，远离商业街和城市干道。我们的住所，和父亲花园里由茂密的合欢树彰显出来的坚实厚重没有关系，和他大厅里由法式壁炉的噼啪声衬托出来的宁静安逸没有关系，和他存有上千本书的金贵实木书房所展现出来的沉稳大气没有关系。每次探访结束时，他都会带我去那间书房，让我挑一本法学书籍借回去看。我一般都在几个月后拜托哥哥还回去。

我一个人坐在酒店餐厅的餐桌旁，虽然仍有食客下楼吃早餐，但其他人都走了。我也应该这样做，去房间里梳理一天的生活。我必须去索邦大学参加日常生活史的研讨会，因为那场讲座是关于浪漫主义的。杜比教授跟我说他想给我介绍一位老师认识，他说我会感兴趣的。

"妈妈，你为什么离开了爸爸？"

"我们过得不好，我的孩子，我们两人在一起不幸福。有时候，婚姻不会维持一辈子。"

随着时间的流逝，那个问题和那句回答，渐渐地被各种微小的差异、细枝末节和前因后果充实了起来。

"你是怎么认识爸爸的？"

"他是我叔叔何塞的律师，来出版社办过几次事。他头一次来，就注意到了我。说来也怪，我几乎没注意过他。有一天，家里送来了一大束花，是他送的花。看完卡片，我很难将他的签名和他的脸对上号。"

"之后发生了什么？"

"有一天他约我出去了，还能发生什么。"

"去了哪里？"

"我觉得应该是去了电影院。你父亲和我，我们经常看电影。"

"那么你为什么决定嫁给他？"

"因为他人好。"

"那你喜欢他什么？"

"他和我在马德里的朋友们都不一样，他年长一些，更严肃，话也少，长相英俊。此外，他身上有种贵族气质的魅力，那么的有教养，那么的斯文。在他身边，一切问题似乎都会有办法解决，感觉十分可靠。"

"你母亲我接受的教育就是嫁人成家，相夫教子。学校没给我任何官方学位，所以我不能去大学，在那个年代，女人靠自己生活，并不多见。"

"但是你当时并不需要为了生计而工作。"

"尽管我的叔叔何塞待我很好，但是我仍然感到一丝不安。你的父亲给了我一个家，让我做了母亲，这很美好。"

我必须做好一天的安排，必须得打电话给律师把1号的会面定下来，必须恢复被克里斯蒂娜和卡洛斯夺走的工作规律，今天我一定得去趟大学。还有，回忆，我必须得继续回忆。虽然很难，但我必须得在巴黎的街道上走走，去过去属于我的若干街道中的某一条瞧瞧，让人行道和建筑物和我说话，让公园对我耳语，尽管这座城市要对我说的话会让我难受。也许我应该去普罗旺斯的艾克斯，或是美洲，是的。但是现在我得去大学，去听研讨会，然后下午在图书馆里书写回忆。我必须要恢复记忆里过去的样子，继续回忆自己。我这就去前台领房间的钥匙。

"请给我505房间的钥匙。"

钥匙被装在这个信封里了吗？这肯定是妹妹或者卡洛斯留给我的东西。里面是一封信，真奇怪，信纸看起来很旧，那封信似乎也是旧时的信，还有一张克里斯蒂娜的纸条：

并不是我们所有的过去都成为了回忆。还有一段过去亟待发现，就像发现宝藏一样。

克里斯蒂娜

那封信上的日期是1949年1月，旧时的信封让我确认这是一封写给我母亲的信。

亲爱的曼努埃拉：

我很开心收到你给我的新婚贺信，和所有你写的信一样，充满了亲切和对我们的支持。

我想你结婚时也会是幸福的。这需要看我们每个人的生活如何变化了。

但是，尽管如此，我希望你我之间能够继续互致信件。

从我的角度讲，你知道我是你永远的好朋友。

从文学的角度讲，我可得好好地批评你。你的光芒仍掩藏在璞玉之内。遗憾的是，你远离了文学，不管你是否愿意，它已经成为你生活的一部分。你的才华不是后天修得的，从来都不是。

我不往下写了，免得你厌烦。在这里，你永远都有我这个朋友和一位闺中好友。

诚挚的问候，

马诺洛[1]

1　马诺洛，在西班牙语中为曼努埃尔的俗称小名。——译者注

寄信人的位置写的是曼努埃尔·帕雷哈的名字，他是我母亲在40年代的朋友。我知道他是谁，母亲多次和我讲起他的幽默和他想成为大编辑的梦想。曼努埃尔·帕雷哈，多么善意的批评："你的光芒仍掩藏在璞玉之内。遗憾的是，你远离了文学，不管你是否愿意，它已经成为你生活的一部分。"

"为什么你离开了我们的父亲呢？"

这个问题我们问了很多次，答案从来不能让我们信服。

"我们过得不幸福。有时候，许多事不能一直勉强维持下去。并没有什么特殊的原因，仅仅是我们不能继续维持婚姻关系，我们没有足够多的相同点来维持我们的婚姻。"

九

"这封信你是在哪里找到的?"

"在妈妈家里,我还有更多。你无法想象信中世界的光芒。妈妈曾经显示出深厚的文学天赋,她创作短篇故事,并邮寄给曼努埃尔·帕雷哈征求意见。"

"这些短篇故事,你读过吗?"

"我没有找到。我根本不想问妈妈,因为她有权拥有自己的秘密和个人生活。尽管如此,从我发现这些信的那天起,我要是去看妈妈,碰巧她不在的话,我就会不由自主地读几封信。对此,我没觉得有什么不好。我认为我有权利了解我的母亲,甚至去了解她不让我们知道的事情,只要不伤害她,或者不去强迫她就好。"

"你确信?"

"确信。"她很笃定地对我说,"因为这就像了解我自己一样,就像为我的生活寻找理由,而我非常需要这些理由。"

"你在妈妈身上发现了什么?"

"她是一位卓尔不凡的女性,点亮了我的生命。"

妹妹陪我来到了弗朗索瓦·布兰克律师的办公室。我们两人在素净的等候室里等候。一位女秘书探出身来,微笑着示意我们可以进去了。一扇白色滑动木门打开后,律师的办公室映入眼帘,办公室装饰得富丽堂皇,和等候室截然不同:深色调的实木家具,巨大的红木雕花办公桌,上面摆着青铜饰品,满墙的玻璃书柜和清一色的皮面精装书，可能是立法或者判例法之类的书籍。墙上几幅油画引人注意，是航海主题的画作，画中一艘巨型帆船在波涛汹涌的大海中努力挣扎。

办公桌后的律师从大座椅上起身，他和蔼地示意我们坐在房间右侧的皮面黑色沙发上，沙发中间摆着一个矮脚茶几，下面铺着一张不小的波斯地毯。看起来，他想让见面的氛围更亲和些，别太严肃。这很奇怪，因为他之前从未如此。

我向他介绍我的妹妹。布兰克先生西班牙语说得很好，她感到惊讶。他解释说自己母亲是西班牙人，还问我们想不想喝杯咖啡。妹妹要了一杯，我什么都没点。他起身走到电话处，管他的女秘书要了两杯咖啡，咖啡很快就端了上来。

"这么说您要在巴黎暂住几日？"他问我的妹妹。

"几个月吧。"

"是因为工作吗？"

"并不是。"

我妹妹没做过多的解释，布兰克先生也有些迷惑不解，但是他瞬间回过神来，看向我，做了一个如释重负的表情，挥动起放在桌子上的几张纸，惊叹道：

"看看我们精彩的进球！集团提出了一个非常好的解决方案。"

"具体方案是？"我问他。

"他们撤销了对您的刑事诉讼，同意结清您在此期间产生的所有费用，包括一年半的酒店住宿费和生活费！"布兰克说道，他像小口喝威士忌一样细细地品味这句话中的每一个音节。"这就是为什么我让您1号过来，我们必须在出庭前接受这笔交易。"

"好吧，不管怎样都不会有任何交易达成。"我冷静而有力地确认道。

"您让我目瞪口呆。"

"我要的不是钱,我就是想回去而已。"

"但是,路易斯,您要知道您的主张是很难在法庭上进行辩护的。确实,您一而再,再而三地无法登上回马德里的最后一趟航班,但这是因为您总想乘坐转机时间非常紧张的联程航班。机场的法规保护着您的权益,但是这也可以理解为您利用严格的国际法规进行欺诈。这项法规建立在旅客良好信誉基础之上,他们的确是想要回家。如果集团因欺诈而对您提起刑事诉讼,您最终可能会入狱。我真诚地建议您接受他们为您提供的解决方案。"

"我不奢求您相信我,我明白要理解我的立场是件很难的事。我希望您能继续做我的代理人,但如果您不想继续为我的权益辩护,我依然对您付出的努力感激不尽。"

我看向他,等待一句回答。这不是我第一次遇到类似的情况。起初,所有的律师都认为我的案子很不寻常,而整件事情的起因也让他们充满了同情:有谁不讨厌航空公司呢?除非是不经常出门的人。因此,在刚接触的几个月里,我的律师们都认为我编造了一个完全合法合规,却又非同寻常的骗局,这个案子让他们乐在其中。有趣的是,当我所有的律师发现我不打算欺诈航空公司的钱财来支付我的个人开销,他们就没有兴趣再代理我的案子了。

布兰克先生陪我们走到大门口,与我们告别,祝我们好运。在他的脸上,能看到一种忐忑,一种充满疑问的阴影。

迎接我们的是大街上夏日的阳光。天气不热,我们饶有兴致地一边散步,一边欣赏城市的风光。"我们附近就是卢森堡公园。去走走吗?"克里斯蒂娜提议,我欣然同意。

"你确定要这么做吗?"她问,笑容中略带悲伤。

"嗯。"

"我很害怕你会受苦,你选了一条难走的路。"

"而这就是我的路。"

她搂着我的胳膊,脸贴着我的肩膀,这是她的一个奇怪习惯,我看她对卡洛斯做过上千次这个动作。然后她看向我,笑了笑。我们在上午的阳光中漫步,阳光让一切都静止了下来。

"许多年来,我一直在思考妈妈为什么抛弃爸爸。"克里斯蒂娜说,"事实是他们从来没有给我们一个令人信服的理由,那种让所有事能说得通的理由:不忠、背叛、第三者……我大半辈子的时间都在想,我们父母的人生中隐藏着一个巨大的秘密,总有一天会被我发现。"

"可是,你说你已经发现了秘密。"

"但并不是我期待中的秘密。不管怎样,我更了解妈妈了,这对我来说意义重大。"

"你看那些学生们,"我对克里斯蒂娜说,指向公园中一群坐在树林下草地上的大学生,"他们所有人都有梦想,这就是敢于梦想的年纪,他们都期望未来能成为梦想中的人。无论梦想是否实现,这份憧憬都决定了他们的人生,无论最终能得到什么,他们最深层次的幸福取决于他们是否忠于最初的理想,是否忠于他们自己。"

克里斯蒂娜停下脚步,打开了手提包,我看到里面装着几份复印件。"是妈妈的信。"她说,然后指向公园里一家面朝湖面的咖啡馆。阳光照射下来,水面上波光粼粼。

亲爱的曼努埃尔：

  太迅速了！我必须承认，我没想到你的信这么快就来了。你的信读起来很亲切，最后一段你对我大加赞美，连我的头发丝都不好意思了。我不认为自己有能力写出一部篇幅长又有趣的小说。你不知道我多么想成为和你们一样的人，也拥有和你们一样的修养。但是我知道自己并不具备这种修养。那些我给你邮寄的短篇故事，我之所以创作它们，是因为创作的过程让我感到快乐，而且我希望你告诉我你觉得如何。但是你不要误会，我没有想过让你帮忙在航向出版社出版，我并不奢望。

  新的生活几乎没给我留出活出自我的时间。现在已经是晚上十一点多了，我正在卧室的写字台旁给你写信，我尽可能地不吵醒正在睡觉的丈夫。这栋房子很大，虽然我有很多帮手，但是一整个上午我都在打扫卫生、做饭，特别是照顾小贝尼托，他已经两岁了，耗尽了我的精力。下午也好不到哪里去，何塞·路易斯的社交应酬很密集，他希望我总能陪伴他左右。他的那些朋友能给他带来客户。靠他的工作收入，我们的日子过得很好。所以我不能做个自私的人，我当然会陪着他。如果我不这么做的话，我几乎看不到他的人。

  我原本想亲自打理花园，但是我没有时间，这让人难以相信。我们有一位名叫曼努埃尔的园艺师傅，他和我一样来自特鲁埃尔小镇。每次他来，我们就会聊起老家干枯的土地。他不怎么会写字，却是一位真正的诗人。

  这周我的公公婆婆来了，这对我来说十分艰难。不是因为他们人不好，恰恰相反，他们人很好，而是因为他们在这里让我异常疲惫。在他们面前我不能放松，我一直都很紧张，努力想要满足他们对我的期望。这并非易事,也许是因为我不属于他们的世界,我毫无从容可言。我害怕露出笨手笨脚的破绽,和他们在一起时,我害怕沉默不言,我会焦急地寻找聊天的话题,我的"急救箱"里总装着两三个话题来打破沉默。周日他们回巴塞罗那后,我就能休息了。如果他们走的时候,觉得我脾气暴躁、忘恩负义,或者认为我不懂操持家务,不会对待佣人,照顾不好贝尼托的话,我会感到很难过。

玛丽亚·德尔·巴耶和伊莎贝尔因我而伤心,这让我很不好受。我并不是因为她们想的那种原因而抛弃了我们的友谊。她们对我感到失望,认为我不给她们打电话是因为现在我和"上流人士"往来,你不知道我一想到这些会感到多么的无奈。我不是一个放浪不羁的人,也没有她们具备的那种修养。她们会在文学中大放异彩,并且懂得如何依靠大学专业谋生。我一直以来只想做一名居家的母亲。我嫁给何塞·路易斯的时候,就知道我的生活将会改变,就像我遇到你们时生活发生了改变一样。按照我的想法,要做一位好母亲、一个好妻子,就没办法满脑子都是故事、诗句,没办法整天在大街上游荡。但何塞·路易斯不会明白这一点,我结婚时就知道了。

"妈妈的信很少,"克里斯蒂娜解释说,"她留下的大部分信件都是朋友写给她的。她自己写的都只是些草稿,或者是未写完的信件,就像这封,从未寄出去过。"

"你从这所有的内容中得出来什么结论?"我问,我对妹妹的侦探工作感到一丝反感。

"没有结论,对于发生的事情,我依旧无法理解。妈妈怎能拆散自己的家庭,丢下大儿子一走了之了呢?她还去做了那么多年的佣人！她移居到法国南方，好像有什么在追赶她，逼迫她逃亡一样。我不理解，一定是发生了什么大事。或许我需要知道其中原委，才能明白为什么我的人生被一分为二，才能接受这份痛苦。"克里斯蒂娜沉默了，想着接下来该说什么，她定睛看着我，用手示意我少安毋躁，等她表达清楚。"总而言之，我也明白了一些我在内心深处一直都知道的事情（我想生活中的伟大发现无外乎就是对其的验证。在这一点上，我非常推崇苏格拉底）。我感觉母亲本人就是文学，有一天她决定成为文学，便决定书写自己的人生。这也是她离开的原因，因为她必须在白纸上开始写作。她在马德里做不到，她的过去牢牢地抓住了她。她远走他乡是因为她想要自由，这样才可以创造她自己的角色。你读一下这封信。这封信不是从妈妈那里拿的，是多年来爸爸保留的。"

亲爱的何塞·路易斯：

尽管承认这一点让我们很痛苦，但我们显然不是天造地设的一对。一年当中，有多少天我们是幸福的？能在彼此身边感到快乐？愤怒一点点地成为你我相处的常态。我们几乎没办法亲切地聊天，每个人都建立了互相没有交集的生活，用负担和工作来填补时间。我并不是说我们不爱彼此，何塞·路易斯，我非常爱你。我想说我们不是为彼此而生的，无论我们多么努力，我们之间都无法产生已经被失望扼杀的温情了。

我清楚要过什么样的人生，我清楚必须要走了。贝尼托是你最喜欢的孩子，和你很亲近，虽然我很心碎，但我认为他应该留下来陪你。这里有他的生活和朋友，他已经是十四岁的小伙子了，属于他的小说已经开始了，他不能放弃。克里斯蒂娜和路易斯还非常小，只有三四岁，他们得跟我，我会让他们幸福的，你不用顾虑。

你一直是位了不起的男人，过错不在你。希望你可以原谅我。

当你读到这封信时，我已经不在家里了。我把走法律程序的事情交给你。我不要钱，你不要塞给我钱，我会生气的。我知道你没有太多时间来帮助孩子，如果他们俩需要什么东西，倘若我不能给予，我会亲自联系你的，不必担心。我只带走我的书，没有书我活不下去。

曼努埃拉

远处可以看到威严的法国参议院大楼，矗立在湖的另一侧。夏日的阳光为人们的笑容、孩子、小狗等万事万物注入了活力。在我们驻足的亭子四周，游客们坐在遮阳伞下享受着影子的阴凉和巴黎市中心夏日的景致。在那里，在人们的欢笑和闲聊声中，我领略到了母亲曾经热烈地生活过，而这份热烈就隐藏在很久之前的一封书信中。我依稀地从她锐利的笔锋里看到她即将开始的漫长远行，在她的言语中看到精神贫乏者的欢乐悲伤，在一张重现四十年前某个午后时分的旧信纸上，在斜体书写的一行行字迹中，看到她那被挫败的希望仍然不灭。

十

得知我将要成为大学教师，母亲极为开心。

我是那个在艰辛困苦中一直陪伴着她的儿子。我知道，她一想到因为自己把人生道路强加给我，让我失去了某些机会，就会伤心难过。

我的职业生涯从大学里起步了，母亲也终于可以给自己漫长的工作生涯画上句号。那年9月，她在学校授课的最后一个学期马上就要开始了，她已经六十五岁，可以退休了。她在法国多年的工作，再加上在西班牙的所得，已经为自己攒下一小笔养老金，她相信维持生计足矣。

我们吃了一顿特殊晚餐来庆祝，过去也经常吃：黄油烤鸡、苹果酒，甜品是蛋奶羹。我们和外公经常一起做这套晚餐，来庆祝数不清的小事。

1984年9月的最初几天过得很慢。我在等待大学的通知，但是始终没有等到。所以我决定到法律史系亲自看看。我穿上手里最好的衣服，红色格子衬衫，白色有褶便裤和一双棕色莫卡辛鞋，倘若要扎皮带的话，一定是黑色的那条，因为别的颜色我也没有。

我先去了机关楼的人事办公室，看看他们是否知道我的事情。我在好几个柜台间折转，最后来到一个柜台，他们才递给我一摞合同副本和一支签字笔，让我把空白栏都填写上。签好文件交回去时，我被一种奇怪的感觉包围，是那种完成一件极具意义的大事才会产生的感觉。然而，我周遭的人对此毫不在意。

我带着合同副本去了法学院新楼第七层，也就是顶层，法律史教师的办公室在那里。在我工作期间，我从没在那里待过。我走过长长的走廊，左侧是一间间的办公室。我寻找着，就连我自己也不知道我在寻找什么。所有的门都关着，直到我来到一扇半开着的门前，我看到一位中年女士的背影，她在望着窗外。

"不好意思，"我探头说道，希望那位女士能转过身来，"我想我是新任的助理教师，您能告诉我，我应该找谁吗？"

"你想你是？还是你就是新任助理教师？"在问我的同时，她把我上下打量了一番。

"我想我是，好吧，我就是，我刚刚签了合同。"

"那应该就是你了，是的。"她一边说着，一边坐到桌子前，开始在一个文件夹里找东西。"还有，你叫什么？"

"路易斯。"我说，脸上挂出微笑。

"幸会，路易斯，我叫伊莎贝尔。能告诉我，你姓什么吗？"

"啊，当然可以，冈萨雷斯·哈尔迪耶尔。"

"好，很好，你确实是两位新任助理教师中的一位。"她看着放在桌上的纸说道，"我们对你一无所知。系主任现在在美洲，10月初才会回来。现在这里没什么人，离开学还有几周时间。你跟我来，我给你介绍几位老师。"

她从办公室走了出去，一眼都没想看我，我则跟在她后面，心里不确定是应该这样做，还是留在原地等。她穿过长长的走廊，在尽头的一扇门前停了下来，用手指关节处敲了敲门，没等回答就开门进去。我在门外等着，能听到她说话的声音。

"那个新人来了，呆呆的，让他进来吗？"

"我要向你介绍两位副教授,"伊莎贝尔说,同时潇洒地和两位四十岁左右的男士从办公室里走出来,"奥斯卡·斯夸尔和安赫尔·普里梅若,你们聊,我先告退。"

在我与安赫尔、奥斯卡握手的时候,她走了。此时,我尴尬地认出了面前的这个人:毫无疑问,他是我大学一年级法律史课的教授助理,总是顺从地跟在教授左右。那时候学生都会遵从学校里代代相传的古老仪式向讲台上扔硬币,他就是那位在地上捡硬币的助理。

从我对他有印象开始到现在,他的变化不小。现在,他的穿着无可挑剔,打着领结,金色的袖扣在硬朗的白色袖口处闪闪发光。他戴着非常现代的眼镜,镜片不大,这让他的眼神看起来很有力量。皮肤黝黑,头发向后梳得锃光瓦亮。他自然地换着站姿,气场十足。他身边的另一位,叫安赫尔,显得有些矮小,个子不高,着装没那么整洁,而且他的长相很不起眼。他穿着西装,打着领带,没有袖扣,白色衬衫上寒酸的珍珠母小纽扣露了出来,袖口不如奥斯卡的那件华丽。他戴着大大的玳瑁框眼镜,故作姿态地抽着烟,样子有些可笑。

"在堂·曼努埃尔从美洲回来之前,我们不能给你指派任何具体的工作,尽管从原则上讲,你不仅应该是安赫尔的助理,也是我的助理。"奥斯卡非常和蔼地对我说,此时安赫尔正看向天花板,长长地吞着烟圈。"我们会和伊莎贝尔说,让她给你在'孵化缸'里安排个座位。"

我清晰地记得大一教我法律史的那位教授的场面。我记得在一阵硬币雨过后,可怜巴巴的他从讲台桌子的后面探出身来,用高傲的口吻说:"普拉萨,把东西都捡起来。"我记得清清楚楚,他说的是"普拉萨"。我觉得用姓氏称呼他,以此来感谢他的好意,似乎更能体现我的尊敬之心。

"非常感谢，普拉萨老师。"

我记得他的目光突然变得凶狠，他笑了一下，好像在面对一个他必须要赢下来的挑战，但他轻轻地说："你有什么需求，就找伊莎贝尔，任何事情她都会帮你。"说完，他沿着走廊，毅然决然地下楼去了。

礼节性的见面过后，安赫尔也转身要回到自己的办公室了。我感到这次小规模的见面会结束了，一时间只有我留在走廊中央。此时，安赫尔转身把门开了一条缝，他带着些许善意看着我，示意我进来。

那是一间方形的小办公室，最内侧的墙壁上开了一扇大窗户，桌子就摆在前面。墙上没有任何可以给周围带来暖意的东西，既没有画，也没有装饰图片或照片。一张旧椅子上堆着杂志和书，其中一些连塑料封套都没有打开。办公室的桌子很大，上面只有一台电动打字机和一个装着几支笔的笔筒。他坐在桌子后面，同时示意我坐在桌对面的一张破旧不堪的椅子上。

"你怎么就对法律史感兴趣了呢？"他煞有介事地问我。

我不知道说什么，因为我一丁点都不喜欢这个学科，只想挣点工资补贴家用，以及做一份可以让我读书、学习的工作。

"我一直都喜欢学习。"我实话实说，为了回答得妥当些。

"但是你可以学的有很多。"他询问，由于我一时懵了，没有作答，他补充说道："会外语吗？"

"会，英语和法语。"我回答道，心里稍稍踏实些。

"在你论文定题时，最好考虑到这一点。"他说，目光落在右侧光秃秃墙上的某处，一时间陷入沉思。"不管怎样，"他再次肯定地说，

"我不会再占用你的时间了。"他用右手比划了一个几近礼拜仪式的手势,似乎示意我应该走了。

我起身,正要去开门,就听到身后他的声音:

"哎,奥斯卡老师的姓是斯夸尔,斯夸尔。"

"原来是这样,不好意思。"我转身说道,"我刚才可能说错了。"

他做了一个夸张的手势,表情好像在说这无关紧要。

我在法律史系的第一天就这样过去了。伊莎贝尔告诉我,人称"孵化缸"的地方是图书馆前的一个玻璃隔间,那里有九张桌子,让我用其中一张。虽然伊莎贝尔是秘书,但她干的不是最底端卑微的活儿,她更偏向负责系里的公共关系,是最具权势之人和受器重年轻人的亲信。

这里的系主任是堂·曼努埃尔,他的气场让人过目难忘。他的"门生"们会簇拥他去上课,为他脱去大衣并收好,为他拉出座椅,请他就坐,然后围着"宗师"听取教诲,就像聆听神谕一样。

堂·曼努埃尔的门生都是他精挑细选出来的助理,同时任他们的博士论文导师。一旦获得博士学位,尊敬的"曼努埃尔·加西亚·巴连特教授"的门派就可以靠这些门生发展壮大起来,这也就保证了有朝一日他们会评上省级大学的教授一职。那时,我并没有意识到决定新晋博士生日后生涯走向的前提条件:谁是他的论文指导教师。

"你是谁的学生?"10月初进入"孵化缸"助理室的一位博士在读生问我。

"什么?"我说,我不明白他指的是什么。

"哦,我是问谁是你的老师,堂·曼努埃尔吗?"

"堂·曼努埃尔?我到现在还没跟他说上话呢,我感觉本周就能

107

见到他。"

作为一个新人,我还不习惯这种传统的称呼方式。我感到惊讶的是这种叫法在学术界明确人际关系方面依然发挥着不小的作用。

系内有多个教师群体。位居众人之上的是四位教授。毫无疑问,称呼他们需要用"您"。对于其他教师来说,能够对自己的工作感兴趣已是一种荣幸,他们不仅配得上尊重和服从,还应该得到崇敬和恭顺。比教授低一级的是副教授,他们在系内等级金字塔中处于中间位置。然而,副教授的个人地位可能或多或少取决于他所属的派别(是最高处的堂·曼努埃尔派,还是另外三位教授中的一派)。而且,副教授的显赫地位还取决于是否被他的老师以"亲选"的身份加之区别对待,即是否在一定程度上拥有与老师私交的荣誉。这种私交会以多种方式表现出来:频繁地和教授在办公室里闭门谈话、以一种炫耀的方式独自和教授从系里缓慢地走到学院咖啡厅,或者(不太常见)在公开场合和教授以"你我"相称。

等级金字塔的底部由各位助理教师组成,也就是安赫尔和奥斯卡口中的"草民"。

这些我都不知道,我违反了学校圈子内部道德秩序中最严重的一项:我是走合法行政程序入职的,没有遵守祖传的规矩,即我不是任何一位教授的内定人选。单纯地说,我就是个多余的人。

这就是我没有"宗师"带的原因,毕竟我不是任何一位教授的门生,也不属于任何门派。这幅情景好像在说我并不存在,我什么都不是。

上个学期某次高层会议,在教授们不知道我是何许人也的情况下,面对着我的人事任命公函("现在他们打算通过行政法令把助理教师强加给我们，简直是胆大妄为！"），堂·曼努埃尔决定让我成为某位杰出副教授的助理，让这位副教授了解一下我的情况，然后再报告给他，而这人就是奥斯卡·斯夸尔。

我签完合同后，就开始每天到学院上班，因为学校支付我薪水，我想就应该去上班。我每天九点左右都会经过伊莎贝尔的办公室，我会和她打招呼，但回馈给我的往往都是她眼神里不加掩饰的不屑。我倒不至于说她目中无人，说她对我总带有一丝讨厌的冷漠或许比较准确。

在那个叫做"孵化缸"的大房间里，我坐在一张桌子旁边，时间分分秒秒地过去，留心着身边的声响和过往的人。我的目光一直聚焦在堂·曼努埃尔·加西亚·巴连特所著的《法律史手册》第二卷，这是伊莎贝尔向我推荐的读物。那天是我来系里的第二天，我去她办公室报到。"你的领导是某位老师，不是我。学期开始之前，你最好能读读这个。"说完，她递给我一本大约两千页、用《圣经》纸张印刷的黑皮书，每页四栏，字号很小。这本书算不得有趣，就是上千篇历史文稿的汇编，从斯特拉博的著作中第一次提到伊斯帕尼亚开始，到19世纪《宪法》节选，中间历经中世纪市政法，以及成千上万条历代法律法规。

9月一天天过着，走廊里的人也多了起来。无论是办公室里的老师还是"孵化缸"里的老师都在走动。让我感到奇怪的是，他们几乎没发现我的存在，没人注意到我，甚至没人问我是谁（他们不可能认识我，因为我刚到）。夏天过后人们归来时，大部分人都在热情地问候和打招呼。在这氛围中，人们对我的漠不关心，让我自惭形秽，尴尬不已。我始终坐在桌前，拼命地阅读堂·曼努埃尔的书。可是，在书中，我没有发现我存在的任何意义。我期望发生什么事情，可以给我一个存在的理由。

这月中旬的一天，奥斯卡来到我座位前。我察觉有人来了，便从书中抬起头来。他站在那里，穿着无可挑剔，脸上一抹淡淡的微笑，让他的话沾染了危险的双重意味。

"我看你在阅读堂·曼努埃尔的手册。"他对我说，"你觉得如何？"

"读起来很吃力，这是一本大部头的文稿汇编。"

"或许你应该从第一卷开始读，那一卷是西班牙法律通史，你正在读的第二卷里有许多资料是供人查阅的，不适合一口气读完。"他说，语气介于善良和讽刺之间。

我没想告诉他这本书是秘书伊莎贝尔借给我的，我想她应该搞错了分卷。

"明天上午来帮我们监考吧，十点到我办公室就行。"他说着转身过去，微笑依旧。

我内心感到一股极大的喜悦之情，这感觉好像头几天的荒唐事即将结束一样，好像突然间一切都起了变化。其实也没那么艰难，就几天而已，万事开头难罢了。

第二天，我九点就到了学院。十点我来到奥斯卡办公室的门口，门开着。我用关节敲了敲门，小心翼翼地走进去。奥斯卡的办公室很漂亮，养了些绿植，置物架上摆着精美的瓷器人物摆件，墙上挂着几个小书柜，里面放着书，还有一幅装框的《布列达之降》的印刷画。白色窗纱滤过的阳光从窗外照进来。安赫尔在办公室里面，他向我招呼，伸出手的同时看向坐在桌子后面的奥斯卡。

"我和这位先生去教室了，你的办公室不让吸烟，先失陪了。"安赫尔说。

"一分钟后我就过去,早安。"奥斯卡看着我答道。

从奥斯卡办公室走到电梯,一共有五十米的距离,足够安赫尔吸支烟了。他向前走了两步,停下来,若有所思地吐着烟。在他刚要迈步向前走的时候,他问我:"博士论文的主题,你想过没有?""其实还没有。"我回答。"好吧,好吧。"他说。"得给你想一个能力所及的主题。"他又重新开始聚精会神地吞云吐雾。"你说你会几门外语?"他问。"英语和法语。"我回答。"嗯,好,让我想一想。"他说。"你是马德里人吗?""是的,我在法国生活了几年,但是现在我和母亲住在马德里,已经五年了。""啊,和母亲住,很好。"他停下来。"原先住在法国哪里,巴黎吗?""不,我们住在普罗旺斯的艾克斯,一座南部小城……""哦,是的,当然。"我刚想解释,他就断然打断了我。"我知道普罗旺斯。"他说话时,刻意加重了鼻音,试图用法语说出普罗旺斯几个字。

尽管我没意识到,但那次是安赫尔第一次和我公开地在走廊里一起走,跟他一起很容易被认出来。他的呼吸带着浓浓的酒气,可当时刚过早上十点而已。

出席考试给了我一个在诸多"孵化缸"同事前亮相的机会,我感到自己很有用。我幸福地回到家,想着自己已经开始融入系里了,尽管事实上这并不是对我最有利的方式。

法律史四位教授之间的关系糟透了。然而,他们在人前依然维持着极好的交情,互相给足了面子,恭维吹捧。他们之间的个人矛盾是许多微不足道的小怨小恨的产物,只不过被堂而皇之地辩解成了思想流派间的"学术"分歧。出于这个原因,教授在冲突中从不互相开炮，转而以各种不同的方式针对他们的门生，最常见的手段就是刁难博士论文的审读（"提出问题的方法"有问题），或者让本来就地位卑微的助理教师在办理续约合同的过程中遇到相当多的麻烦（出于严格的"学术"理由）。

在任何情况下，哪位老师要是遭到了教授的攻击，几乎不会感到自我受了冒犯，因为他个人的处境无关紧要，这是派系之间的冲突。这种学术纷争需要由相应的团体老大出面解决。

奥斯卡·斯夸尔师从堂·安东尼奥·里奥（就是那位让学生向他抛钱币的著名教授），但他也谙熟获得堂·曼努埃尔·加西亚·巴连特信任的方法。堂·曼努埃尔保护了他，也史无前例地批准了他更换论文导师的申请（这意味着投奔到别人麾下）。是的，堂·曼努埃尔并没有以新导师的身份出现（这将构成教授之间的直接冲突），而是把奥斯卡的论文指导委托给了一位省立大学的教授（自然，也是他的门生）。

奥斯卡毕业后成为博士，一年前对大学进行改革的行政法令让他当上了副教授。他已经成为堂·曼努埃尔亲选的门生，变成了他的心腹、密探和审查员。

各位老师只能在同一派别内发展私交，四派门生之间能有多少亲近感，这要取决于他们老师在"学术"问题上的关系处得如何。

奥斯卡是堂·曼努埃尔诸多副教授门生中的魁首，也和几位自己派别的老师以及安赫尔组成了特殊的朋友圈，然而安赫尔并非出自堂·曼努埃尔一派，他是堂·胡安·佩拉尔的门生。

他们那派是群精致的人，习惯在聊天时掺入些许法语或英语的词句，但发音却生硬做作。除了安赫尔，所有人的穿衣打扮都甚为讲究，一副翩翩公子的样子，他们要么戴色调鲜艳的领带，要么系领结，外衣上侧口袋里彩色手帕总会窜出一角，硕大的指环上还镶嵌着家族徽章。

学期开始了，我和安赫尔的交集似乎变得多了起来。他渐渐养成了这样的习惯：中午来到学院后，他竟然不去办公室看一眼，而是直接来到我座位跟前叫我一起去咖啡厅，我们就这样开始了无休止的缓慢步行。路上他和我谈的是接下来博士论文的选题，但从来不深入。一点钟过后，我可以回到座位上，那时我会回家吃饭，我喜欢和母亲一起吃饭。五点左右，我回到学院，虽然那个时候系里已经不剩什么人了，但安赫尔总在那里。估计七点左右，他来到我桌旁，每天都编不同的理由让我出门陪他到附近的酒吧吃点东西。我想在十点前回家，但一天比一天难，要跟安赫尔告别并不容易。九点左右，他就至少喝了三杯金汤力酒。他的个人独白段落，一个接着一个，环环相套。直到某个愉快的瞬间，他允许我走了，每次还都给我相同的忠告："记住，学习是为了你自己。"这非常可悲，对他来说，日子一天天过去，可他什么都没做。我离开时回头望去，他只身一人靠在吧台上，孤傲地抽着烟，好像在冥思什么，仿佛他需要极大的勇气去做某个决定。

第一个学期的那几个月就这样过去了。一天又一天，我逐渐迷失自己，我没有任何可以让我的职业生活变得有意义的工作任务：没有论文可写，没有课程可上，没有任何老师与我合作研究课题，我的时间被空虚占据。我请求安赫尔给我布置些学术任务。"你将来有时间做这个。"他以一种宽宏大量的姿态回应我，给了我一个仁慈的微笑。与此同时，他又点了一杯金汤力酒。我请求他给我推荐些阅读书目，好让我把阅读过程中最感兴趣的话题定为论文题目。"你看完了堂·曼努埃尔的手册了？好，很好，我明天上午给你拿一些资料。"但他绝不会照做。我自己也在找书看，只要能引起我兴趣的书我都找来看，我尽量在陪安赫尔剩下的空闲时间里去阅读这些书籍。

我什么都不想告诉母亲，这样好让她安心，但我自己却迷失在行事规则令人费解的环境中，这让我很难对事物做出机智的反应。母亲对马德里购房计划感到兴奋，准备把攒下的钱以及从法国带回的钱都投进去。我的经济独立，对她来说意味着极大的解放，我成长为一名大学教师，她很自豪。

我时不时地会在系内走廊遇到奥斯卡的"亲选"教师小团体，我察觉他们对我有些许厌恶之情，我不理解为什么，只能归咎于我和安赫尔的关系。说真的，安赫尔是个彻头彻尾的可悲之人，他慢慢强加于我的亲近关系极大地损害了我在系内的形象，在他身边，我也越来越感到羞耻。但是，从另一方面看，安赫尔是奥斯卡的朋友，也算他的人，他们每天一起吃午饭。虽然安赫尔摆不出风流公子的样子，但是他们很明显把安赫尔当成了自己人。

我还记得那年春天我在普拉多博物馆的戈雅展厅度过的每一个午后，我看着那些画作，一看就是几个小时。我留意人物的面容，他们的眼神中有太多值得探索的内容了：费尔南多七世、何塞·德·乌鲁蒂亚、霍韦利亚诺斯，还有戈雅的朋友文森特·洛佩兹画的戈雅肖像。我来到博物馆，除了寻觅平静，还想在过往的事物中挖掘可能的研究项目，作为我的博士论文题目。

费尔南多七世和5月3日等待被枪决的壮士们被放在同一个展厅里。费尔南多七世有着复杂又充满怨恨的虚伪面容，目光疑心重重。

然而，那些马德里5月3日的夜晚即将死在枪口下的壮士们，他们双眼中却显露出恐惧和绝望的神情。我发现这二者之间有着确切的联系。费尔南多七世的肖像，实为一则警言，戈雅在画中留有线索，他提醒我们在这眼神背后暗藏着巨大的危险，他正告我们一头野兽欲从这张嘴中挣脱而出，警示我们隐藏的灾祸正匍匐等待，告诫我们如果无人献身去遏制被感知的厄运，无情将使大地血染，而厄运就藏在事物的背后，无法被看清，只能凭直觉感知。

在戈雅两百年前绘制的那张面孔中，我惊悚地看到了安赫尔的表情，他拥有同样软弱又难以捉摸的目光。

那年的5月绚烂多彩，而那时的我却萎靡不振。生日那天，我没跟任何人说，又能和谁讲呢？时间快到十二点了，面前的书仍停留在几天前翻到的那一页。过不了多久，安赫尔就会来找我去咖啡厅。我起身开始悲情的反抗行动，我决定自己去喝咖啡，至少在我生日这天，我不需要悲惨地忍受他在我身边出现。手忙脚乱之中，我下了楼梯，径直向吧台走去，想要点一杯可塔朵咖啡。"你好。"我听到身后有人叫我。回过头去，我认出来这人是胡里奥·波梅德，我的本科同学，略有交情。"你怎么会在这儿？"他亲切地问。"我在法律史系工作，"我回答，"我得到了去年空出来的一个助理教师的岗位。""真了不起，"他对我说，"我在行政法系，我也得到助理教师的职务。"

我们刚坐下没聊两句，这时来了一位面带笑容的男士，皮肤黝黑，中年相貌，他和颜悦色地与胡里奥打招呼，询问是否可以和我们坐一起。"我来介绍一下，"胡里奥说，"他是费尔南多，行政法副教授。这位是路易斯，刚入职，但他是法律史专业的。"我们握了手，当然，我意识到，在他身上不必照搬我们系老师的排场，他刚才甚至还请求和我们坐在一起呢。那场聊天的正常氛围让我充满了感恩的心情。

"你怎么去了法律史专业呢?"

在这九个月里,我日复一日地来到学院,这是我这么长时间来第一次敞开心扉,以诚示人,我需要这样做。

"事实上,我本来更喜欢其他专业,但只给了我这个职位,我想抓住机会。尽管刚开始这个学科并不吸引我,但是我觉得我可以做出些不同的东西,比如在宪政史方面。"

"你导师是谁,是加西亚·巴连特吗?"费尔南多问我。

"哎,事实上,我既没有导师,也没有选定博士论文题目。在系里,我还没找到属于我的位置。适应环境对我来说很难,那里的环境不仅夸张,而且还很荒谬。"

"这都是陈规旧俗建起来的壁垒,真的是这样。有的人很有学问,毫无疑问,加西亚·巴连特就是这样的人。但是,我必须承认,总的来说,这些人没有适应现代大学的理念。"费尔南多慷慨陈词。

"然而,他们在'那种'事儿上,可算不上保守。"胡里奥略带讽刺地指出。

"好吧,我猜你说的是'牛津病',已经在七楼那层广泛地传播开来。这种病毒在大学里可算是由来已久,"费尔南多说道,"这条倒挺符合最古老的大学传统的。"

我不太明白他们所说的"牛津病"是什么意思,然而让他们再详细地解释一番似乎不太妥当。我们亲切地互相告别,说下次还在咖啡厅见。那天上午我没回系里。那次偶然间的见面对于我来说,好似破土而出一样,尽管只有几分钟的时间,却让我沐浴到了阳光,呼吸到了新鲜的空气,因为在过去的九个月里,我的生活仿佛在地下一般。那天上午,因为我感到自己无法招架安赫尔可笑的谈话,所以我就直接回家了。第二天,事情开始有了改变,我突然感到愤愤不平,我怎么能如此忍气吞声呢?那些白痴以为自己是谁?

十一

"我仍不确定今后做什么来过活,"克里斯蒂娜对我说,"相较于我想做什么,我猜我更清楚不想做什么。"

"万事开头难。"我说,试着鼓励她。

"比如,我知道自己不想在马德里生活,那里有我太多的过去,是束缚。我还不知道要到哪里去,但我知道我不想在哪里生活,我要离开马德里。"

妹妹停了下来,呷一口杯中的咖啡。

"况且,我尤其喜欢独处。我不知道未来的生活会怎样,是否会生养儿女、再婚,哪能知道这些事。现在,我得一个人,为自己做决定,不能再依靠爸爸、卡洛斯,或者任何人了。这就意味着我不得不找工作,我会尽量找一份能养活自己的工作。我在巴黎本地的门槛出版社有一个熟人,我想做翻译。而且,我还可以教西班牙语挣点钱。"

一边听着妹妹的话,我心里一边想:能够面向未来的人,总归是幸运的,能天真无邪筹划斗争的人,也是幸运的。制定计划,开启远行,抛下旧时的羁绊,把过去的一切都变得更纯净吧!

"我想要书写我的人生,你知道吗,路易斯?我想写成一本书,精心打磨词句,就像妈妈曾经那样。"

"我猜,她现在依旧如此。"

"当然。"

"你的人生小说,写到哪个篇章了?"

"我在书写我的过去。"

那段日子，我不知道妹妹在做什么。反观我，不停穿梭在普拉多博物馆的展厅间，寻找生活的意义；在酒吧听安赫尔花几个小时长篇大论地讲述自己；花费好几个下午帮奥斯卡干零活，只换来一句高傲的"哦！谢谢，你真周到"。他并没有看我，接着说道："你能给我写一份司法部档案内容的简要概述吗？我估计自己没兴趣去亲自查阅，下周能给我吗？"

我记得，那段时间克里斯蒂娜总到家里陪伴母亲，每次都捎带礼物：圣诞节前的大只烤鸡、东方三博士节当天阅读的书籍、一件给我的衬衣和一幅能遮挡清冷墙面的精美画作。她想陪母亲找房子，当时我们终于能够买房子了。她动用了所有关系，做了大量调研，最终成功地在马德里老城近市政广场的位置找到一间房，宽敞明亮，价格公道。

"我查看过房产登记，确认房屋所有的债务都已经结清了，目前只有债务记录的撤销费还没缴纳，所以这套房子看上去还有欠款，这也是它没卖出去的原因。但事实上，这套房子已经没有任何欠款了。机会难得，你要是不买，我就让卡洛斯买下来。总而言之，也不需要再商量什么了，你有房子住了。况且，这房子多好啊！将来还要加装电梯呢，社区已经批准了。只是还没开工而已，房价还没涨。这个房子是一份遗产的一部分，遗产继承人们想拿卖房子的钱去支付遗产税。公证人是我们的朋友，不要钱的。你把外公的店铺一卖，我觉得你可以全款买下来。你知道你的养老金还有多少吗？"

妹妹很激动，她憧憬母亲苦尽甘来的日子，在马德里漂亮的公寓里，享受平静安宁的生活，就像她年轻时在她叔叔家里一样。

母亲买下了那套房子。出售普罗旺斯的艾克斯的店铺没有让我们感到伤心，因为这么做对大家都好。倘若外公仍健在，他也会同意的，况且正是托他的福，他的外孙才能在马德里拥有一套属于自己的房子。母亲的退休金足够支付生活开销，更何况我现在可以自力更生。除非我在大学里安心工作，不然母亲含辛茹苦的日子就到不了头，那么我就无法原谅自己。我有感觉，如果当时我说出实情，妹妹肯定会为我摆平。"天啊，你怎么能忍受这些？你没有必要再干这个了，我们给你找事做，你别担心。你不想当律师吗？你可以先给别人的律所干。你想想，爸爸和卡洛斯都是干这个的。"但我对自己说，我不能辜负母亲，我应该默默忍耐，不能如此索要帮助，我应该一个人继续前进，献身到与书籍相关的事业中去。

"你在书写你的过去……那么，你在构思一本充满权谋和冒险的现实主义小说吗？"我有些讽刺地问我的妹妹。

"路易斯，是魔幻现实主义小说。"她回答。我的过去就是那样，我知道，但是我想把它写出来。我想要做的，是不再为了一个自己和身边人共同创造出来的人物而继续生活在折磨中。我想要重新阐述我自己，从另一个角度理解我自己，感受生活中命运的惊诧，我需要找到让自己存在的魔力。

"克里斯蒂娜，我不得不问你，你想把赛义夫怎么办？"

"一想起赛义夫，我就感到困难重重。我尽可能不去想，我要崩溃了。"

"好吧，你别担心，这件事，我们找机会再说吧。"

"你看，路易斯，"她打断了我，"赛义夫这么多年都没跟我。我觉得他可以再忍受几个月，直到我想清楚怎么办。在此期间，他跟他父亲会过得很好。我不会辜负他的，我想要成为他的母亲，但是要以我的方式。再过几个月，我就和卡洛斯谈，我们将在共同拥有一个儿子前提下，以最好的方式安排各自的生活。"她沉默了，她看向我，问："你认为妈妈抛弃贝尼托了吗？"

"没有，相反，我认为母亲很识大体。留下儿子，自己离开，这对她来说，我并不觉得是件易事。很明显，贝尼托留下跟着父亲是最好的选择。他当时已经十四岁了，整天和父亲形影不离。"

"然而，在爸爸家中，我们的母亲被永远判定为自私且精神失常的人。"

"我猜这也难免。离去的人总会引起他人的悲伤之情和孤零之感。祖母和叔父们会怎么说呢？那个时期，都没人离婚，更别说是由女方提出来了，而且她还'抛弃'了一个儿子呢。妈妈早就知道这些会发生。她只要走，就会远远地走。"

我们沉默了一段时间，各自想着自己的路。

"但是，无论怎么样，"我说，"难的不是离去，最为艰难的是归来。"

休憩片刻后，我们从咖啡馆离开。午后的天气很热，我们还有三间公寓要看。克里斯蒂娜想要尽快找到住处。可是我不能继续陪她找了。现在我应该继续一个人住在机场的酒店里，再过几天我就离开巴黎了，我也不知道要去哪儿。如果不是因为这个事情，我也是愿意跟她一起的。

我们乘坐地铁出行，选了一个地铁站出来，自认为距离目的地最近。但回到街面上，我们才发现反而走了更多的路。不是这里，我们走过了，应该往回走。一位年轻女士在大门口等待我们。为什么他们总是穿着西装，拿着文件夹？又没有电梯，这次是三楼。这几套公寓所在的区域都很安静，也相对富裕，但有点乱糟糟的。这里算不上家，仅是一个歇脚处罢了。"我就住两个月而已，估计除了买几个花盆，不会投入太多。"克里斯蒂娜说，"我希望这里能好看点儿，因为这是我非常重要的两个月。我不认为自己会一直住在这里。厨房一团糟，我要去问问，如果我想住，房主是否同意交房时把厨房打扫干净。没什么了，我们就还剩一套要看了，虽然贵一点，但就在塞纳河和植物园附近的埃斯基罗尔街上，咱们走吧。"

"很遗憾你不愿意跟我一起住在这么漂亮的公寓里。"克里斯蒂娜说，我们坐在植物园对面的酒馆露台上，她脱下鞋，感到轻松与幸福。桌子上，啤酒杯旁摆着巴黎地图、地产中介广告册、地铁图以及食物残渣，仿佛刚发生过一场艰难的"战争"。"我没想到能以这个价格为接下来两个月的生活找到一间如此之好的公寓。"她高兴地说，"明天下午我就入住，我的生活开始了。"

说真的，那间公寓小巧精美，家具现代，墙上的挂画也别具格调，卫浴设计前卫，窗户视野宽阔，恢宏的街景尽收眼底，这些巴黎市中心街道上的建筑外墙是对贵族资产阶级的最佳诠释。这间公寓的房主正在美国度夏。房东只有这两个月才租给值得信任的房客住。克里斯蒂娜手里有封她在大学外语学院的同事为她写的推荐信，恰巧这位同事认识房主。"我没想到这个土老帽居然有这么好的熟人。"今天晚上，中介会给波士顿打电话，如果房主同意，一切就都敲定了。

快到晚上八点了。我跟克里斯蒂娜说我很累，要回酒店休息。

我确实很累。回程我先坐地铁后乘公交，让自己沉浸在沿途的市民生活图景里。一位非洲裔黑人妇女，身着鲜艳的长袍，头戴繁重的头巾，怀里抱着一个孩子。她很安静，孩子也似乎睡着了。她坐着，我猜在一旁守护她的那个人是她丈夫。他穿着简朴，是西式风格：运动鞋、牛仔裤和印有百货商店广告的保罗衫。他的面部表情僵硬，眼睛很大，似乎在监视着一切。

我让前台送一份三明治到房间来，我太累了，感觉自己没有力气到楼下餐厅去吃晚饭。我应该立即思考坐哪趟航班。卡洛斯和克里斯蒂娜接连到来，时间在不经意间匆匆溜走。航空公司可能会声称我根本不打算回去。有了说明我情况的文件，我应该明天就坐航班回到马德里。哪怕航班出于什么原因无法起飞，我也不愿继续在巴黎逗留了，我想换一个城市。我将乘坐经停罗马的航班飞往马德里。那么等不了多久，我就会在日落时分漫步在纳沃纳广场。

今天晚上我不想见克里斯蒂娜。她坚持要出门。"我们可是在巴黎呀！"她说，想要说服我。但是，我需要一个人独处，我喜欢再去读一读我的信件，这有助于我的回忆，有助于我回想起故人的点点滴滴。

马德里，1986年9月

你好，路易斯：

我通过了教师资格考试，就连我自己都无法相信，我要成为安达卢西亚自治区的一名文学老师了！几个月之后，我需要去一所学校实习，但是那里我谁都不认识。你猜怎么着，那所学校就在加的斯的圣玛利亚港。

卡门司法考试运气不佳。但是，下次考试的时间很快就要公布了，下次是检察院的考试。我感到很惋惜，因为她学得很刻苦，而且法律艰涩难懂，至少我是这样认为的。如果她通过考试，你不知道我会多么高兴。她情绪有点消沉，看着很虚弱，她必须要休息了，但是不同批次的考试间隔不到六个月，她根本没法让自己好好休息。最糟糕的是，很快我也要走了，我得去找找房子，安顿在安达卢西亚的生活，只能留她一个人孤单地住在这间公寓里。她不希望她母亲来照顾，也不想听见别人这样劝她。她应该回到乡下去，然后每周来城里演奏一次，但是她不愿意，非说在乡下无法学习。

我现在的感受和海难遇险者最终获救的感受是一样的：带着些许惊讶，回归正常生活，重新发现日常琐事的美好。我仍然无法习惯无所事事地任由时间流逝。当你准备公招考试时，时间就是一切。你甚至会吝啬吃饭或睡觉的时间，因为你花在学习上的时间总是不够。

有天晚上，我去了"选择我"酒吧。我已经很久没去那里了。当我听到人们演奏音乐时，你不知道这触发了我多浓厚的怀旧之情。我似乎看到了自己站在舞台上，被声音和烟雾围绕。我很多次都在想，如果我们的乐队能坚持下去，会怎么样？可现在小伙子们都散了，我不确定是否告诉过你，佩佩在当消防员，卡洛斯在一所培训学校教英语，哈维尔是唯一一个继续做音乐的人，他签了一支帕昌加管弦乐队，专做乡下节庆喜事之类的活儿。我和他见过一次，他有点垂头丧气。但是他仍在努力，也组建一支新乐队了。祝他好运吧。

跟我说说你，你还坚持写作吗，想给我寄些作品吗？我特别想读。最近几个月，我难过了好几次，因为不能多多给你写信，不能每周都写。你不知道公招考试的毁灭性有多大。你只能一心学习，其余的生活都必须远离。虽然最后考上了，但是很明显，也失去了许多。这么做是否值得，就无从知晓了。

告诉我，那列火车摆在你房间的什么位置？

热情的拥抱，

皮拉尔

躺在酒店的床上，我回忆起大学岁月，尤其是那些朋友。许多因素把我们聚在一起，其中之一就是社会阶层。我们的家庭都属于中等偏下的读书人家庭，不仅安于贫穷的日子，也习惯了独裁统治，总之靠着梦想过活。这也衍生出了一个共同点，就是我们都没钱，这决定了我们的娱乐活动是什么。另一个共同点就是大家都鄙夷学院的教学，所以也不怎么去上课。

上课需要早到教室占个好位置，要不然就坐在地上，窗台上，甚至老师的讲台上。上课时，教室里会挤满听写老师口述的学生，他们簇拥着从远处看起来矮小的老师，而这种过度拥挤并没有促进半点的思想交流。而且，根本没必要遭这个罪，课堂笔记可以通过各种方式获得，最简单的方法就是到附近某家复印店去购买。但必须小心，因为需要确保笔记是你上的那门课和你的任课教师的，而且往往笔记内容"失之毫厘"，就会酿成"差之千里"的后果。由于我们不去上课，所以相约在学校或者其他机构的公共图书馆学习。找到一个安静宽敞的好图书馆，此外还得允许读者自带手册和笔记来自习，这并不容易。图书馆害怕学生成群袭来，所以经常百般刁难。

我们的时间在图书馆和咖啡馆中度过，或者在街上漫无目的地闲逛之间流过。我们的聊天从来没有尽头，我们的圈子并不封闭。与其说是圈子,不如说我们创造了一种环境,人们可以进出自由。在所有这些人中,罗伯托和阿尔贝托是与我经历了最多重要时刻的人。

罗伯托是巴斯克人,是家中独子,母亲是老师,经常给我们做午后餐点,他没有父亲。罗伯托的眼睛很黑,头很大,刚满二十岁,就展现出令人惊讶的成人幽默感。我不记得他说过任何与自己的想法相左的话,哪怕是出于礼貌也没有这样说过。

阿尔贝托租了一户人家的单间。这家的父亲在马德里郊区的工厂仓库打夜更,所以白天睡觉,饭点前家里不得有半点动静。阿尔贝托说两点一到,三个不听话的孩子,几位气息奄奄的老翁老妪和穿着睡衣裤的这位父亲就会聚在明亮的外廊,紧接着就看到披头散发的妻子,一脸疲惫,端着一口热气腾腾的大锅从厨房里走出来,宣告安静秩序的结束。虽然阿尔贝托住着不习惯,但那里是唯一便宜的住处,足够他的父母从给他的生活费里省下些钱,来满足周末的逍遥自在。阿尔贝托身材矮小,面带微笑,总是闲不下来。他的父母在雷亚尔城经营书报亭,夏天他也过去帮忙。他喜欢读书,我们讨论两人都读过的小说时,他的评论总会让我耳目一新。他会在角色的动机中发现一些我从来都想不到的侧面。

通常来说,这群朋友里没有女孩。

周六晚上,我们在阿多查、乌埃厄尔塔斯街或马拉萨尼亚街附近的一众酒吧间游串。酒吧里会播放我们喜欢的西班牙乐队的音乐,那些地方烟雾缭绕,人头攒动,热情激昂,价格厚道。其中几家,人们可以坐下来听乐队现场演奏。在我记忆中,那时候的夜晚是必不可少的经历。每周六,我们都期待晚上会有非同寻常的好事发生,这种期待一直让我们挨到天明。所谓好事基本上与我们盯着看的女孩有关,但她们从未看我们一眼。我想象着抚摸她柔顺卷发的感觉,那个皮肤黝黑的女孩在笑,看起来很开心。我想象着和她在一起的感觉,感受她的目光照亮我的一生。

我们经常谈及政治(我们所有人多多少少都算左翼),也花很长时间去评论年级其他同学的生活。这一点上,罗伯托非常风趣。他观察能力超群,总能把本周看到的种种细节一一道来,然后阿尔贝托会补上有关人类动机的犀利解读。

"佩德罗也起得太早了吧,他八点钟就到学院为米凯拉和她的朋友们占座了。"罗伯托盯着他的啤酒笑着说。

"我感觉他住得特别远。"我说。

"在莱加内斯。"

"他从莱加内斯赶过来,每天都能八点到?"阿尔贝托带着疑惑,用讥讽的语气说。

"我不知道这是不是接近米凯拉的最佳路径。"我陷入思索,同时看向小舞台上准备唱歌的姑娘。这间名为"选择我"的小酒吧里全是年轻人,到处都是烟雾,到处都能听到说话声、笑声和"秘密"乐队唱片里的音乐声。突然,一切都停了下来,这是在提示大家一组乐队即将开始现场演出。

"他要是从现在一直坚持到毕业,那我祝他好运吧。这些女孩想要的就是奴才,她们把这个和爱情搞混了。可怜的佩德罗,我看他可有罪受了。最糟的是,剩下的整整三年,他要不能坚持到底,所有的付出都会打水漂的。"阿尔贝托预言道。

我心里暗暗盘算:你的年龄和我们相当,你身上有我们缺少的安全感。我记得你戴着棕色的宽檐帽,头发和眼睛是相同的板栗色。在舞台上，你占据了所有人的目光，几乎抢走了乐队其他三个小伙子的光芒，他们披散着头发，此时正沉浸在极具表现力的演奏中。

  伴着音乐，我沉沦了，难以自拔。在那拥挤的地方，一切都在呼唤美梦。在酒吧幽暗、烟雾迷绕的氛围里，人们很容易迷失自己，他们的灵魂在酒精和香烟中沉醉。大把时间在听音乐和一杯杯地点啤酒之间过去。人们时不时醒来和朋友聊上一会儿，又沿着歌声的道路，坠入梦乡。

  我困在此地，我想念飞翔，
  风的颜色在我心中低语。
  我困在此地，在方形的日子里，
  逻辑的滴答声想要标记我的步履。

  我想象着演出结束后，我认识了你，我们聊起自己，制定计划。我感到自由，勇敢，我的生活就是我的冒险。

  一切如旧，清晨灰蒙蒙一片，
  一切如旧，总是那样的方便，
  无人打破地图走向另外一侧，
  我也未曾尝试。

  一首歌又一首歌，梦在我脑海中串联起来。我看到自己在那间酒吧的吧台旁和你聊天，我给你讲述我的计划，你在听我诉说。我对你说我想创立劳工办公室，我在写小说，我应该去出门远行，我告诉你面对世界是有多么的艰难。

出门走到街上,寒冷和路灯的光芒突然把我拉回现实。那个女孩是遥不可及的。而我近期要考试了,现在就得回家,周日我能学点东西。我们把手都插在大衣口袋里,逐渐聊回年级同学的话题,回到了诙谐的评论中。就这样,告别的时候到了。

"我们可以去'再来一杯'酒吧喝最后一杯,你们觉得如何?"阿尔贝托提议。

"太晚了吧。"罗伯托答道。

仍然在迷醉之中的我,决定加入他提出的计划,因为仍然可能有不同寻常的事情发生。我们和罗伯托告别后,再次钻回马拉萨尼亚街。时间确实很晚了,但是"再来一杯"酒吧依旧人山人海。

"你想喝什么?我去点。"我主动说。

"一杯啤酒,你看,吧台那边有空位。"

我们靠在吧台边上正准备聊天,这时我感到有人磕到了我的后背,原来是一群班上的同学,其中有几个已经和我们聊了一阵子了。我们不可避免地聊起了迫在眉睫的考试、最害怕的老师、最特别的同学等。我们一直在聊着,从一个酒吧到另一个酒吧,直到天都亮了,还剩下四个人。卡门提议去她家喝最后一杯,她住得特别近。

卡门是个黑头发、个子不高的女孩,性格很是平淡。她是跟我刚才碰到的同学们一起来的"再来一杯"酒吧,我不记得之前在学院见过她。她看起来和那群小伙子十分合得来,她的性别也没有引起任何不便。她梳着短发,素面朝天,穿着长裤和肥大的毛衣,谈不上丑,也算不上漂亮。或许她直率的性格和身上些许的土气,让她身上的女人味荡然无存,进而成为了大家的新朋友。

我们去了卡门的家，爬了许多层的楼梯。进门后的走廊十分窄小，我们不得不一字排开，一直走到应该是家里客厅的地方。我最后一个进来，当时卡门已经在给大家介绍在那里的另外两个女孩了，其中一个就是你。

夜晚最终兑现了她永恒的承诺，我从未质疑过这一点，从未。我感觉自己就好像经过了多年艰苦航行，最终抵达了梦寐以求的岛屿。我突然一惊，猛地意识到如果梦想成真，会以让人意想不到的方式实现。我突然感觉自己变成了梦想成为的人，我被这个人物形象所带来的安全感给迷住了。我望着你，仿佛我已经认识你一辈子了，一直都是。

轮到我自我介绍时，我感觉你知道我是谁，你在舞台上早就看到我了，而且你已经跟我讲了你的规划，已经和我一起畅想未来。不戴帽子的你，看着更加的平易近人。你很友善，向大家说抱歉，因为沙发很破，坐下会一点点陷进去，活像个吞人的食肉植物。你帮卡门给我们一一都倒了家乡的美酒，是你老家村子里酿的，那儿离瓜达拉哈拉不远。随后，你面带笑容地和所有人告辞，接着你就和你的朋友回房间去了。

光一闪而过，如同神灵显身一般，仿佛天使的食指触碰了我，我的眼睛被诗人们的光芒点亮。突然间，我能看到万物既私密又耀眼的真实模样。

十二

那天夜里，我梦见和你说话，看着你在台上唱歌。有你在耳畔倾听，我拥有了自己的未来，我拥有了一个我相信的未来。这就是为什么从那天晚上开始，我做的每一件事都有了唯一且真正的动机，就是再次见到你，就是假设你考虑过后，我会得到你的批准。

你跟一个法学院的学生合租公寓，所以我随时可能在学院遇见你。你说你学的是哲学与文学，所以我猜想你几乎每天都会去学校。一天中的每时每刻，我都在想你是否会出现。这种想法让我走路挺得笔直，步子迈得更加坚定。我开始留意自己的举止风度，仿佛你就在看着我一样。

我花很长时间想象我们在聊天，我向你讲述生活，尽心与你真诚地交谈，因为最重要的一点是，我要做我自己，我想以谦逊的态度展示真实的自己，这样你才会了解真实的我是什么样的人。但当我和你聊天时，我的词语赋予我的生命故事以深刻的意义，我的计划也变得充满力量。我的未来，既不同又特殊的未来，成为一个被选中之人的命运。

我无法不去谈起你，无法把你从聊天中撇去，因此我很快在罗伯托和阿尔贝托面前吐露了我对你的情意。

"卡门是敲门砖，接近女人最好的方法就是借道她们的朋友。首先，你应该研究卡门。"罗伯托提出了见解。

"事情远比你想象的要复杂。"阿尔贝托确认道，他稍作停顿，准备开始独到的心理分析。"一方面，这个女孩是做歌手的，学的专业又是文学与哲学。所以她肯定喜欢浪荡不羁的东西。但是，另一方面，她来自瓜达拉哈拉的乡下，还和卡门同住，所以看起来是个简单的人。"

"我记得卡门在她家组织过一次聚会。"罗伯托说，他也想参与到讨论中来。"我们得想法子加入他们。"

"但事实是，那天晚上她跟我们在一起的时间连两分钟都不到。"阿尔贝托指了出来，语气带有讽刺的意味。"她帮忙倒酒，然后就和朋友一起消失了。要么是因为她很腼腆，可她每周末都上台表演，我不觉得她是腼腆的人。要么是因为她感觉法学院的学生都很无趣。除非我们邀请她担任歌手，否则她是不会参加卡门组织的聚会的。"

我沉思许久，把所有能接触到你的方式都想了一个遍，考虑了全部能让我轻松接近你、了解你的可行策略，比如在图书馆和文哲学院的餐吧度过一天；加入卡门的圈子；周五和周六晚上出门，在卡门位于马拉萨尼亚的家周围闲逛；打听到你们乐队的名字，再看一次你们的演出。最后，我决定走一条最艰难的路，是唯一真正的冒险之路，勇气之路，直面风险的道路，但你值得我这么做，我决定拿出我的真心和诚意。你家门前有个酒吧，改天我会早早地过去等着，直到看到你出门来。那个时候，我会把真心实意告诉你。

那天是个冬日的一个周一，太阳出来得有些晚。我不等闹钟响，便早早起床。我记得我穿上深蓝色粗呢风衣，走上空无一人的街道，那时路灯仍旧亮着。我在最近的公交车站下了车，看到酒吧已经开门。酒吧不大，门口摆着两台老虎机。一个缺少牙齿的女服务员在吧台处招呼，旁边靠着几个干瘦憔悴的年轻人。那里有两张用富美家板材做的小桌子，我在其中一张坐了下来。临街的窗户上贴着一张过往音乐会的海报，它可以让我在不被看到的情况下注视你们家的单元门。我的手表显示现在是七点半，我点了一杯加奶咖啡。咖啡装在一个掉瓷了的杯子里，那个女服务员随意地给我端了过来。

我喝了好几杯加奶咖啡，把那群干瘦憔悴的年轻人都熬走了。此时，顾客的类型也开始发生改变，吃午饭的工人们来了。

"主菜是煎蛋配红酒，另外有咖啡和一杯餐后酒，五百比塞塔。"缺少牙齿的女服务员报了菜单。

我猜他们要用我坐的这张桌子，所以我挪去了吧台。我旁边坐着一位大腹便便、秃顶的男人，他吃煎蛋吃得满头大汗。他身上的西装对他来说太瘦了，脱下外套时，露出了皱巴巴的衬衫和腋下好几圈的汗渍。我问自己，将来我会变成什么样子？我想这个男人也年轻过、苗条过，他曾经也梦想过拥有美好的未来。我试着猜他的职业。他穿着西装，所以一定是销售，因为穿西装会给人良好的印象，以获得他人的信任。他的业务一定很早就开始忙了，因为现在是九点，很明显他已经工作了好几个小时。看他衣服那么瘦，他的工作也挣不了几个钱。他应该有孩子，这个年纪的人差不多都有孩子，或许已经离婚了，在给前妻付完抚养费后，工资勉强能糊口。

他咖啡喝得很快，那杯白兰地不到两口就干了，看得出他很着急。他在桌子上留了一张一千比塞塔的纸币。

"不用找了。"他对缺牙的女服务员说。她拿起钱，犹豫地笑着。"改天再见。"

当这人离开酒吧时，我看到你从门口走了出来。你比我记忆中的样子还要漂亮。你很瘦，穿着一件深色的长款开襟大衣，卷曲的长发在街上飘动。几秒钟的时间转瞬即逝，我没从吧台起身，因为我来不及反应，整个人都动弹不得。我如果继续坐下去，或许也会点煎蛋配红酒，但我带的钱不够。

第二天我又去了。我知道会很艰难，但我必须这么做，没有其他办法。差不多八点半，我看到你从单元门里走了出来。我早已付了加奶咖啡的钱，为了随时可以从酒吧冲出去。

你走得很快，我在后面追得很费劲，因为我不想跑。

"皮拉尔，你好！"我说道，把手搭在了你的肩膀上。你吃惊地转过身来，一脸不解地看向我。

"你好，皮拉尔，我估计你还记得我是谁。差不多一周前在你家，我们见过面。我那天晚上是和卡门一起来的。"

"是的，我当然记得你，路易斯。"她笑着回答，"你住附近吗？"

听到你还记得我的名字，我备受鼓舞。我对你说我住得很远，在阿尔杜罗·索里亚街附近，我想请你喝一杯咖啡。你回答说不行，因为你掐着时间要去学院。你挤出了一丝微笑，为你的匆忙道歉，说完便辞我而去。我瞬间感到深深的失望，我尽力掩饰。我想如果我再坚持下去，你会觉得我是块甩不掉的狗皮膏药，或者是一个疯子。但我意识到不能再去你家对面的酒吧等你了，得等很久才能再有机会见到你。想完这些，我跟了上去。

"哎，其实我今天搞砸了。"我有点不好意思地对你说，"我从早上七点开始就在街对面的酒吧等你。我昨天也来了，但当我看到你从家出来时，我不敢走上前去。我很喜欢听你唱歌。你歌中唱的歌词，你知道吗，我感觉就像我自己写的一样，我想说我感同身受。你要是还有演出，我特别希望再见到你。此外，我还想告诉你，无论是你表

134

达自己的方式,还是你漂亮的外表,都让我觉得你是一个极好的人。而且,我今天来就是想告诉你,我想做你的朋友。"

我很紧张,声音在颤抖,而且天气还冷。你惊讶地看着我,可我不觉得你感到害怕或认为我已经疯了。你惊讶地看着我,眼神中带有温情。我现在知道了,我当时在你的双眼中感受到的情感,只有在人们年轻时才会情不自禁地流露出来。有了孩子后,这种情感就传到了儿女们身上。如果没有儿女,这种感觉就会消失枯萎,我们便再也不会为了一个与之没有共同回忆的人而感受到这种情感了,因为我们的生活快要落幕,因为我们自己即将离去。

"你今天不想去大学吗?"你开心地问我。"我们可以一起去,顺便聊聊。"

于是,我们走在一起,我跟你说我想成为一名作家,我从没告诉过别人。我觉得直到那一刻我才确定自己的想法。

"有时我读一本小说,感到自己十分认同书中的某个人物,我甚至觉得这本小说可能是我写的。但它又不是我写的,就像别人抢走了我的故事一样,我会感到愤慨。"在地铁中我对你说,而你就坐在我的身边。

你抱着装满书的袋子,微笑着点头。我和你聊起了我自己,在跟你讲述生活的过程中,我也认清了我自己。

"小时候,母亲会给我们写短篇故事,她会读给外公、妹妹和我听。这些故事都精彩纷呈,许多故事中的情节也成为了现实,成为我们生活的一部分。"我告诉你,给我家送面包的人,我们都叫他"麻袋佬儿"[1];楼下邻居的狗在遥远的阿富汗当过牧羊犬,历经万险才到达

---

[1] 麻袋佬儿,为西班牙民间传说中的人物,形象为身背麻袋的人,常在夜里拐骗小孩,把他们装进麻袋掳走。民间常用此形象来吓唬小孩子,让他们早点回家。——译者注

法国；外公的手表来自一位善心的无政府主义者，叫法布雷加特，他认为要想他的理念深入人心，靠的不能是炸弹，而是时间，所以他会送手表给别人。

我们在文学院的门口分开。你几乎一句话没说，但是你在纸条上写了什么，塞给我，原来是你的电话号码。"这样你就不用一大早去我家对面的酒吧了。"说完，你挥手告别。那时大约是早上十点，新的一天就在我的眼前，生活也在我的眼前，世界等着我去探索，光芒在我心中闪耀。

"你不写短篇故事了，妈妈。"

"不写了。"

"为什么不写了？"

"我也不知道说什么，或许是因为我的短篇故事原本是写给你们看的，但是你们现在已经长大了。"

"而我希望你能继续为我写。"

"我也没有太多时间，但是既然你这么说了，我尽力吧。"

"我不想增加你的负担，我只是觉得写短篇故事对你来说是一件美好的事，你要是不写了，我觉得挺遗憾的。"

"你说得对，我应该写。"

"还有你的那些作家朋友呢？现在我们回到马德里了，或许你可以再见到他们。"

"谁知道他们在哪里呢？他们中有一位现在是知名的女作家了。"

她继续擦着客厅的窗户，看起来若有所思的样子。她心不在焉地待了许久，好像在另一个世界中。我觉得她在构思还没有动笔的短篇故事，她在一件件地回忆往事。

从那时起，我开始看重自己的外表。二十岁出头时，我又高又瘦，有着和母亲一样的绿色瞳孔。从小我就听别人说我有一双漂亮的眼睛。我开始留头发，头发乌黑又卷曲。然而，改善我的衣着却不容易，靠着母亲给我的那点小钱，我勉强能维持简朴的社交生活，而且我知道我没办法再向她开口要钱。幸好此时上帝施以援手，那年圣诞节妹妹克里斯蒂娜送给我两件漂亮的衬衫，卡洛斯送给我一件派头十足的皮夹克，母亲送给我两条裤子。在我和往常一样去看望父亲的时候，他说在我这个年纪，尤其是上了大学之后，我应该有点生活费，"没什么特别的，我的意思就是给你一笔小数目。让我在这方面出一份力吧。你很快就会参加工作，也就不缺这些了。但是现在对你来说是好的。"说完就塞给我一个存折，此后他每两个月都会往里存一笔小数目，而这笔小数目却是我母亲给我的十倍之多。

我在家里没有说起你，但是很明显，他们都知道了。虽然我不清楚他们到底知道了什么，因为事实是我没和你约会，也没交女朋友。我猜他们知道的是一些显而易见的事情，就是我找到了生命的理由。

那年的圣诞节是真正意义上的圣诞节，天气很冷，许多天的早晨都是雾蒙蒙的，而且还下雪了。我给你写了一封信，这封信我写了好几天。把它放进邮筒时，我预感你收到时会感到惊喜，进而在那段日子里，在你老家的小村庄，你会记起我。

除了那两条裤子，母亲还答应了我的请求，送给我一篇短篇故事。她通过这个方法告诉我她知道我心中的波澜。故事的题目叫《越南姑娘》。许多次，我都在思考故事的含义是什么，特别是在当时的情景下，我在想母亲要表达些什么，我认为我想到了。抑或，这就是一篇故事而已，母亲当时并没有想告诉我什么。

越南姑娘

一

他去巴黎是为了学习厨师的手艺。他的父母在布列塔尼开了一家简朴的餐馆,就在孔卡尔诺市的港口边上。地方虽小,却很漂亮,来店里吃饭的游客不少。店里母亲掌勺,父亲除了跑堂,每天还去港上的市场买菜,走过各种气味、寒暄、欢笑与海鸥环绕的道路。

路易不喜欢读书,但喜欢在灶台前后转悠,帮母亲打打下手,顺便琢磨惊艳食客的法子,比如往酱汁里加入难以察觉的调味料,上菜前好好搭配菜品的颜色,或者让食物的最后一口留香唇齿之间。他的点子独具创意,赢得了一些顾客的口碑。嫩绿的橄榄果塞上杏仁,最熟的奶酪搭上清淡的葡萄甜酒,巧克力甜点撒上一撮精制盐,白煮蔬菜配上少量海鲜,这些点子中,有的是从市立图书馆的菜谱里看来的,有的则是自创的,或自行改良的。

如果食客夸赞了他菜品的某个细节,父亲则会骄傲地在厨房里告诉他,他便到桌前感谢客人的赞美,并送上一杯免费的咖啡甜酒。

夏天餐馆会把桌子摆在室外,大海的气味徐徐而来,目光所及之处小小的渔船停在港上,它们随着波浪轻轻摇晃,等待着下次出港。请收下我的名片,桌旁一位吃晚餐的文雅绅士对他说:"如果哪一天你想去巴黎最好的餐厅学习厨艺,请打给我。"

"就一年而已,"父亲对妻子说道,"然后我们就可以重整餐厅,把生意做得更好,儿子的未来也有保证。"去大城市生活,在高档餐厅学习厨艺,这让路易兴奋不已。只不过,他现在还不知道他会多么思念海鸥的声音。

他需要在1月份的某个周一早上十点去那间餐厅报道，但是他周五就到了巴黎，一来可以看看城市的风光，二来还可以把住宿安顿妥当。他的房间很小，衣柜隔断积满了灰尘。厕所又潮又旧，得和另外两间客房共用。尽管下着大雨，周六下午他还是决定去旅店外面走走，因为他感觉自己像是被关进了四面光秃的格子间。

所有的大城市都有唐人街，东方人不仅在那片街道上居住，还开起了餐馆。尽管唐人街总被和糟糕且危险的居住环境联系在一起，但事实上那里大部分地方都很安全，而且吃饭的价格也很公道。

住所离唐人街很近，路易走在空空的街道上。大雨不断，他只能一路在屋檐下躲雨。他喜欢那些街道，感觉通往剧场、电影院和餐馆的后门隐藏在其中。路上有垃圾桶，他还遇到了躲雨的野猫，在栖身之处用深邃的眼神打量着他。路面是砖铺成的，形成了许多水坑。冬日晚上的八点时分，夜幕已经落下许久，雨中的街灯好似在冒着白烟。

他浑身都湿透了，决意进一家餐馆避雨。一位东方姑娘朝他走来，他把被雨打湿的外衣递了过去，说他一个人吃晚饭，并询问厕所在哪儿。他希望厕所里有手巾可以把头擦干，顺便整理一下头发。确实有一条，他如愿以偿。

落座后，他觉得刚才自己对女服务员很失风度，连句谢谢都没说，光顾着脱去外衣，好到厕所里整理仪表。此时，只见女服务员拿着菜单来到桌前，他发觉这女子长得十分漂亮，身材娇小纤瘦。她东方人的眼睛中闪烁着一种优美的悲伤。她的穿着极为简单，只有刺绣衬衫和宽腿黑布裤子，和餐厅里的其他东方服务员别无两样。他猜不出对方的年龄，因为东方人的脸都生得光洁滑嫩，很难猜出年龄。他决定要表现得格外客气一些，遂请她推荐菜品。她问他是否了解越南烹饪,他回答说并不了解,但恳求姑娘不要给他吃狗肉。她笑了笑,说不必担心,最后给他上了份烧鸭青菜配米饭。

他注意到女子的法语说得不好,便问她在法国生活了多久,她说自己二十一岁就来了。由于不知道她的年龄,直接去问也不成体统,所以这事就成了未解之谜。

在上菜和询问想吃什么甜点的时候,在索要账单、打印账单和付钱埋单的时候,两人交谈多次。他们聊起巴黎的美丽、餐馆的工作和巴黎人的傲慢。他说他刚来巴黎,没有朋友,并询问哪天是否可以打电话约她一起散步。她说可以,随后在拿给他外衣的同时,递给他一张写有电话号码的纸条,女子的柔情化于无形之中。他把纸条当成金子一样宝贝,用手绢包上揣好。电话号码的旁边写着女子的名字,她叫蒂娜。

周一来到,随之来到的还有路易的新生活。他工作的那家餐厅极尽奢华,厨房相当宽敞,那里做菜用的是大口径的钢制平底锅和浅口锅,每一件都锃光瓦亮。厨师们戴着最具特点的白色高顶帽,各处的人们都有不同的活儿。他得给多位厨师打下手,留心学习各类操作。一切都是全新的,学习是美好的,所以那几天的日子颇为快乐。

尽管新事纷至沓来,他也没有忘记蒂娜。周四他打了电话,两人约定周六上午十一点,在圣母院前的广场见面。

二

桃,三十八岁,比路易大十八岁。她有一个女儿,正值豆蔻年华,在法国人面前,也被叫做蒂娜,和她母亲一样。桃认为这个西式小名简单易记,这样女儿可以更容易地融入欧洲的新生活。她女儿放弃了越南名字,也不记得越南的事了。她年幼来到法国,现在觉得自己是法国人。假如她能选择一个愿望去实现，她或许会把自己东方人的眼睛换成绿色、圆形的漂亮眼睛。

路易打电话找蒂娜，接电话的人不是桃，而是她的女儿。他紧张地问起是否还记得周六在餐馆的相遇，但是她直截了当地说不记得了。他十分困惑，遂连忙解释说自己是那个高个子的小伙，黑色的卷发略长，眼睛是绿色的，那天是她招待的自己。她想象着那双明亮的绿色眼睛，说是的，她记得他眼睛的样子，于是便答应了周六上午十一点和他见面，见面的地点是圣母院。

蒂娜还没到跟母亲隐瞒心事的年龄，所以她跟母亲说有一个法国小伙打电话到餐馆来邀请她去散步。尽管她不记得这个人，但这个人看起来一片真心，且出去见个面也无伤大雅。令蒂娜感到震惊的是，母亲没有断然反对这场约会，蒂娜本以为母亲会要求表哥跟着一块去，或者让她早点回家。正相反，母亲十分善解人意，只是要求她要以诚待人。

面对女儿，桃感到十分羞耻，但她忍住了没有告诉女儿是她本人把餐厅的电话给了那个法国小伙，心里期盼着有朝一日他能打电话来。她感觉他很无助，浑身湿透了不说，还有一点些迷茫。在简单了解之后，当听到他说自己没有朋友时，她便想把女儿介绍给他。

周六那天路易赶到时，圣母院广场已经挤满了人。那天的天气在冬天里算是宜人的。他在大教堂的一扇门前认出了蒂娜。她穿着一条不过膝的黑色短裙和一件皮制的大夹克。他上前打招呼，她对他笑了笑。两人走了好一阵时间，享受着阳光的舒适。她说她早上坐办公室，下午去餐馆，但是她更喜欢餐馆，因为可以在厨房聊天、大笑，顺便抱怨一下客人。他说他也在一家餐馆工作，但是他在餐馆几乎没有时间讲话。两人走到一处她知道的角落,在那里吃了美味的鸡肉泥三明治。蒂娜脱下夹克,露出一件醒目的红绿双色毛衣,和一条长长的项链,上面串着五彩石子。这夺目的色彩让他感到惊讶,和第一天见到她时,她的那种朴素很不一样。餐厅会要求服务员们统一着装,他想。但是她本人就是眼前的样子。

午饭过后,她提议去一所学校看看,她的同族乡亲们正在庆祝春节的到来。

两人穿过铁栏大门,看到操场上没有什么人。他们来到了一栋装有铁窗栏杆的老旧教学楼。她说上三楼,接着两人就朝着破旧不堪的楼梯走去,那边传来节庆的嘈杂声。

大会堂里挤满了各个年龄段的越南人。舞台上表演着各种各样的节目:舞龙、儿童节目和歌曲。路易感到很敬佩他们,但没有激起她同样的热情。演出结束后,人们可以购买饮料或者越南菜,路易感到很有意思,但她却不建议买。路易以为她在那里认识很多人,但她并没有介绍任何人给他认识,也没看到她和任何朋友或亲戚打招呼。

两人在傍晚六点时分开,她得去餐馆工作了。路易给了她自己的电话号码,以便哪天想起可以给他打电话。就这样,路易带着奇怪的感觉回到了住处。他觉得蒂娜东方人的眼睛很美,但是她的眼神里缺少第一天的柔情。然而,那个神秘的东方世界让他痴迷,他仍在记忆中回味第一次在蒂娜眼神中看到的那一抹美丽的哀愁。

桃询问女儿约会如何,她说很无聊,那个男生几乎不怎么说话,喜欢静静地走路。她带他去了学校,因为不知道还能和他做些什么,但她注意到她的表兄弟们用一种不悦的眼光看着她和一个法国人出现在一起,或者是因为她穿了超短裙的缘故。

几天过去了,路易无时无刻不想起蒂娜、舞龙和东方的神秘。他决定再给餐厅打一通电话。接电话的人是桃,而且她听出了路易的声音。两人约定在第二天的下午七点在附近电影院的门前见面。那天下午,她的女儿正好没有餐厅的工作,所以可以赴约。但是,女儿不想接受约会的邀请,她对母亲说不想再寻没趣,而且那天下午她已有安排。"下次他再打来,要是我不在的话,就跟他说我临时出去了。"她斩钉截铁地说道。

到了那天,桃无事可做。想到那个法国小伙许久等不到人只能独自离开,她感到十分过意不去。在最后时刻,她决定亲自赴约。她想把其中原委解释清楚,让他明白她的女儿仍然很孩子气,不懂得寂静的美,也不明白温柔的价值,但她是个好姑娘。她带着这样的想法,在奥德翁影院的海报下等待着。这时,她看到路易从远处走来,她感受到了他内心的不安,还有无助眼神中的清澈。他走到她的面前,沉默说明了一切。此时,说话是多余的。她从这份沉默中听到了他想说的一切,反而说话会将这一切打破。

路易在奥德翁影院的巨幅海报下看到了她,她站在进出大门的人群中,带着一抹哀伤的微笑。路易走近时,感受到了她的目光,他立刻知道,他无须多言。

两人走了许久,来到了一家中餐厅的门口。门脸是高大的红木门,上面雕刻着盘龙。他问要不要在那里吃晚饭,桃觉得太贵,特别是对于他这样的年轻人。所以桃提出她埋单,但是他没同意。"下次吧。"他说。

服务员对他们额外地关注,用母语跟桃说话。不久,盛着各式各样饭菜的盘子就摆上了桌子,她负责夹菜。这一切好似一场仪式,路易吃起菜时，心里感受到了爱情的暖意。

他对她说起自己梦想回到布列塔尼改善家里的餐馆，还说起自己的父母、家乡的海港和自己在巴黎十分怀念的海鸥。

她则回忆起自己的丈夫。他去世的时候，和路易的年龄差不多。而且，他也和路易一样，心里满是对故乡的回忆，对战争发生前童年的回忆。

桃有一头乌黑的长发，质地如同丝绸一般。路易说他从未见过如此美丽的秀发。桃知道蒂娜想学法国女孩剪一头短发，所以问他，"你不觉得剪短更好看吗？我正考虑去理发店呢。""不要剪。"他说，"你的头发这样最好看，很别致。"

路易感到桃很紧张，因为她的法语水平和上一次约会时比更加的飘忽不定。他感觉她的年龄很难猜，她细长的双眼所散发出来的柔情似乎表示她年长于他，尽管庆祝春节的那天路易感觉她更年轻，或许是穿了亮眼衣服的缘故。然而，那天晚上，她却穿得简单朴素，一件灰色衬衣、黑色长裙和一双平底鞋。

"你芳龄多少？"他鼓起勇气问道。她焦虑地看向他，应该回答自己的年龄还是女儿的年龄？"年龄对你来说重要吗？"她反问他。"不，真不是因为这个。"路易说，"只是想知道，就这么简单。我二十岁。""好。"她说，"如果对你来说年龄不那么重要，我宁愿不告诉你。"

服务员拿来一个袋子，里面是打包好的饭菜。夜里不冷，两人向唐人街的方向漫步而去。然而，桃不想让他送到门口。她在两人即将分头走的街角停下，把饭菜递给他。"这些饭菜很可口，"她说，"你们餐厅做不了中餐。"

接下来的几天,当他从餐厅回到住处时,他都会打开一盒那晚剩下的食物。当他品尝蔬菜炒饭或杏仁鸡时,他也重温着桃眼中流露出的那带有一丝哀伤的爱意。那几天的晚上,他睡觉时,梦到了童年的往事。

在那个即将分别的街角,她问他是否有女朋友。他回答说没有。"那么,你是在寻找妻子吗?"她又问道。"我没有在寻找,"他说,"但是我很想能遇到一位。"

三

路易希望她能打电话给他,但是几天之后他便等不下去了,于是给餐馆打了电话,询问蒂娜的情况,接电话的人正是蒂娜。那天下午我很开心,而且我不介意和法国男生去电影院,也许这次比第一次有意思,她想。

蒂娜利用下午的空闲时间去理发店,她还为此和母亲发生了争执,但她不能理解母亲为何阻拦她剪短发,她没有不尊重母亲,也没有做错任何事。她已经十八岁了。她从展示给她看的各式照片中选择了一款非常现代的发型,理发师说这发型很适合她。

那天她躲着自己的母亲,因为她不想再因头发惹祸上身。所以,她也不能告诉母亲她和那个法国小伙约了第二次见面。

蒂娜在奥德翁影院门口等着,她充满自信,不仅是新发型的缘故,还因为她穿了件美丽的新大衣,谁看到这件衣服都能感到它是由各式各样的彩色布料拼接而成。她看到路易走了过来,略显笨拙地穿过人群,心里想不应该给他这第二次的机会。

她选了一部中规中矩的音乐喜剧片。看电影期间,她决定结束后去她朋友学习的培训学校让她们看看自己的新发型。最后一节课九点结束，所以如果电影能快点放完，她就可能在那里碰到她们。

他有些困惑，她看着不像是同一个人。他惊讶于她剪短了头发，因为不久之前她还问过他的看法。她的着装再次变成了醒目显眼的风格，她的眼神十分遥远，好像在寻找着比远方更远的东西，她不会注视他，也不会欣赏他。她看起来不像之前让他轻松回想起老家的过去，以及追忆童年片段的那个姑娘。

他给她买了一件礼物，是一个小小的雕花银相框，和他床头柜上放着的那张装有父母照片的相框一样。他想跟她说他每天睡觉前都会看看那张照片。她可以把想看的照片放在里面，这样她睡前和一觉醒来也同样能看到心爱的照片。他还想询问她家人的情况，因为一起去吃晚饭的那天她几乎没有谈到自己的生活，她几乎都没讲话。她的目光可以诉说一切，所以没必要把它说出来。

从电影院出来后，和计划好的一样，蒂娜跟他说自己得走了。他瞬间迟疑了，因为他期待可以到一家咖啡馆再聊一会儿，然后把礼物送给她。她发觉了他的慌乱不安，便继续和他一起等公交。

两人走到了街道尽头的公交车站，在一个拐角处，那里有一家常年开门营业的杂货铺。他不知该拿礼物怎么办才好，他本想着在一个特殊的时刻送给她，但已经不可能了。但是，他也不想带着礼物回去，他不愿把这件不会被打开的礼物放在房间的床头柜上，时刻提醒他所遭遇到的失望和悲伤。

在等公交车的间隙，他把用精美包装纸包好的相框递给了她。蒂娜看到他的眼里满含悲伤，瞬间感到一种难以承受的负担。她想，如果她不直接拒绝他，这个法国男生会一直给他打电话。"这是一个相框。"他解释说。"十分感谢你的礼物，"她说，"我会放一张我母亲的

146

照片。"

公交车来了,乘客开始上车。他看着她手里拿着一件未打开的礼物,越走越远。突然,她转过身来说:"你不要再给我打电话了,我能出门的时候会打给你的。"而且,又重复了一遍:"我会打给你的。"公交车发动了,排气管在车身后留下了一缕白色的烟云。

他走向住处的一路好像在梦游,回到房间时,他已经心灰意冷。他不能理解为什么她给人的感觉会如此的不同。他认为东方人很内向,一般不和其他族群往来,也鲜有东方人和法国人结为夫妻。他想或许因为出门和他约会,她和父母闹了矛盾;或许她已经有男朋友了,但是两人吵了架,所以她才和自己约会;更可能的是她的越南男友已经和她复合了,这就解释了为什么她的态度大变。他想他不应该再打电话过去了,他应该等,他一想到自己只能苦等,便悲从中来。然而,他会等下去的。

晚上十点,蒂娜回到家中。她害怕母亲看到自己短发的反应。走到楼梯中间,心里正在合计该怎么对母亲说的时候,她打开了路易的礼物。昏暗中相框发出了光芒,就像一个新近被发现的宝物。她想这是一件很好的礼物,可以送给母亲,母亲可以把蒂娜父亲的照片放在里面,尽管蒂娜已经记不住父亲的样子了。那张照片,桃保存在卧室床头柜的抽屉里,每晚睡前都会亲吻。照片和相框的尺寸很搭配。她想这个细致的举动会让母亲开心,从而不再追究头发的事了。

看到女儿的新模样后,桃感到厌恶。这不像她的女儿,倒是像大街上路过的任何一个法国姑娘。"妈妈,你别生气。"她抢在母亲发威之前说,"我想我已经十八岁了,自己决定梳什么样的发型是很正常的事情。我给你带了一件礼物,你可以把爸爸的照片换上。"

桃觉得相框美极了,她寻思蒂娜一定是攒钱攒了好久才买下它的。她想,女儿依然是自己的好女儿,模样的事情变得不那么重要了。她想那个法国小伙肯定喜欢女儿的新发型,因为他也是年轻人。
　　母女俩走到卧室给相框换上照片。相框背面是天鹅绒的,有几个压条,一挪就可以打开相框。蒂娜确认相框和照片大小很匹配。这比放在抽屉里好多了,她说,你可以一直看了。桃看到了结婚当天她丈夫的笑容,鼻子一下子就酸了。在结婚的那一刻,两人的面前是一辈子,他深爱着她。玻璃片让照片更富有光彩,而这件银制相框,也象征着他们婚礼那天的短暂奢华。这张照片在抽屉里放了很久,现在永远都会摆在桌子上。蒂娜离去,留母亲一个人坐在床上拿着照片仔细端详。

十三

我知道有人创作短篇故事是为了哄我开心;我知道夜里的行者,他不是巫师,他不会在废物中翻出宝贝送给穷人家的孩子;我知道楼上房间的声响不是因为顿德精灵[1]在劳作;我知道相框里镶的不是价值连城的画作,不能解救我们摆脱贫苦;我知道我生得并不好看;我知道有人为了我遮住眼泪,装饰悲伤,穿上梦幻的衣裳以掩盖内心的不安;我知道牢笼里的鹌鹑不会到森林里去生活,兔子不会打洞到地球另一头去游逛;我知道有些人不盼望我好,没有天使在守护着我。这些我都知道,但是我不在乎,因为我认识短篇故事的作者;我见过夜里的巫师;我亲耳听到过顿德精灵的声响;我亲眼看到过价值连城的画作;我觉得自己很好看;遮掩的眼泪让我乐在其中;粉饰后的悲伤让我备受安慰,幻想中的未来让我欢欣鼓舞;我多次看到鹌鹑飞出牢笼;我目睹兔子从地球对面回家;我仍然相信最后坏人会得到宽恕;只要我还活着,没人能阻止我去相信守护我的天使就在身边。

"你们是我最宝贵的财富。"母亲对我和妹妹说,"我的孩子们,你们太好了!"

我记忆中的母亲总是带着些许的忧伤,忧伤是她的一部分,成为她内心深处的生存方法和处世之道,就连她对子女和父亲的爱,也沾染了忧伤的气息。

---

[1] 顿德精灵,为西班牙语国家民间传说中的房屋精灵,西班牙语的意思为房屋的主人。——译者注

我认为许多次母亲发愁是因为她放心不下我的哥哥贝尼托。她为他织毛衣、围脖，给他买漂亮的生日礼物。她每次都在生日那天给贝尼托打长途电话，撂下电话，她会黯然哭泣。贝尼托偶尔来家里探望，基本是在圣周的时候，只有一次是在圣诞节。

我对母亲的悲伤感同身受。如果把她的悲伤画成画，画面中应该是阴云沉沉的午后；应该是微弱昏黄的灯光下，一本书摊开在桌面上；应该是寂静且干枯的特鲁埃尔山丘；应该是冬日傍晚六点的火车站，抑或是绵绵的春雨。我眼中的自己，也像我眼中的母亲，带有同样的忧伤。我认为我和母亲能如此亲近就是因为我通晓她的悲伤。

小时候，母亲走到哪里我都跟着她。有时，我看见她哭泣，我会问："妈妈，为什么难过？""因为我想起了我的母亲。"她总是这样回答我。"妈妈，你为什么难过？你想起了你的妈妈吗？""是的，我的孩子，是的，我想她。我在想如果她看到现在的我，看到我身在此地，她会说什么。""妈妈，她会说什么？""她会同意我的选择。"你望向内心深处的自己，回答说："是的，她会这么说。"

她的母亲非常爱她，甚至惯坏了她，以至于她要什么就给什么。第一次行圣餐礼时，她母亲给她买了一个小巧精美、嵌有蓝宝石和钻石的黄金十字架。我还记得有一次母亲从卧室取出破旧的绿色首饰盒，拿出那个小十字架给我看。但是我更喜欢华金妮塔的十字架，她跟我们说她的是一个彩色木制十字架，比我的那个大得多。所以，我跟她交换了十字架。你不知道那天家里人发现时有多难过，但是我可怜的母亲却生不起气来，因为她在我做的每一件事中都能看到美好天真的一面。

"十岁时，在我母亲离世的那天夜里，我突然间长大了。我此后没再回家，而是去了萨拉戈萨的寄宿女校，一直住到内战结束。之后，你外公不得不远走法国，我的叔父何塞就把我带到了马德里。所以，从十岁开始，学校就成为了我的家。她们在那里教我读书写字。"她一边说着，一边回忆着。"因为我小时候娇惯坏了，旁人要是对我想要做的事情说不，我就抓狂。我不习惯被拒绝，我会倒在地上大喊大叫，连踢带打。伊拉里亚修女安静地说：'且由着她闹吧，过一会儿就好了。'她是教我做人的老师。她教给我良好的意志品质，还有耐心。'要学会等待。'她说，'这就是你的目标，学会等待。'"

我的母亲把她童年的学校塑造成了一个梦幻的家。在那里发生了很多趣味横生的故事，许多个夜晚母亲都会跟我们讲起这些故事。比如，马尔蒂尼卡的故事，她夜里会从床上坐起来，嘴里开始嘟囔着一种叫加泰罗尼亚语的奇怪语言。再比如，伊莎贝利卡的故事，她一天比一天苍白、瘦弱，因为她想飞到上天去。或者，帕尔塞罗先生养驴的故事，那头驴最终不得不被修女们买下来，因为有一天学校里疯传帕尔塞罗先生要把驴卖给屠宰场。这消息惹得小女孩们哭个不停。所以，她们组织了募捐，想赎下那驴，她们还宣布绝食抵抗。最后，伊拉里亚修女同意驴可以一直养在学校的花园里，这样才平息了风波。自然，那头驴最后被叫做小银[1]。

"跟我们讲讲你在马德里认识的那些作家吧。"我和我的妹妹向她提出请求。

"哦！在那个时代，有些人很不简单。内战后，马德里一片断壁残垣，城市里满是穷困潦倒的人。这听起来不可思议，但其实马德里

---

[1] 小银，出自西班牙作家胡安·拉蒙·希梅内斯的作品《小银和我》。——译者注

也有欢乐存在。确实,一切都艰难无比,可是有的人就是才华横溢,头脑中全都是计划和憧憬。"

"是的,但是跟我们讲讲你在马德里认识的那些作家。"坐在厨房小凳子上的我们继续坚持。

这时,母亲搬过来一把小凳子踩在上面,打开了客厅上方的柜子。柜子里储存的东西来自母亲留在马德里的文学世界。

那个年代的诗歌集都附有精美的插图,我很喜欢。我还喜欢它们的纸张,陈旧暗淡,似乎在暗示书页里藏着许多秘密。母亲给我们朗诵诗歌,还有短篇故事,跟我们说起作品的作者。印象中,我对《船头》或者《诗之弓箭手》上的所有诗歌都钟爱有加。一些杂志有致敬的主题,这是它们的历史和过去。

在那些陈旧小册子中,有一本的题目叫做《根》。我感觉它的封面图案很奇怪,像是一棵树从人的脸上长出来。在这本书里,我翻到了一幅铅笔手绘画,毫无疑问,画上的人就是母亲。此时,母亲的脸上泛出一种浓厚的幸福感,她从未如此。

"哎呀,妈妈,是你!"我们把画展示给她看,要求母亲解释。"一张画着妈妈的画!"

"是何塞·路易斯·伊达尔戈给我画的。"

"是这本书的作者吗?"

"是的,他是画家,也是一位杰出的诗人。"

"他现在出名吗?"

"不出名,也许出名吧,我不知道怎么对你们说。我们相识一年后他就去世了。他最初经常来我们的文学茶话会。他虽然是桑坦德人,但住在瓦伦西亚。"

"他是什么样的人?"我的妹妹问,她需要非常具体地想象母亲口中人物的样子。

"他很瘦,干瘦干瘦的,黝黑的肤色,留着一撮精细的胡子,眼睛乌黑,很有洞察力,他似乎只需看上一眼就能比旁人体察到更多东西。他性格安静,几乎不讲话。"

母亲说那本被我翻出画像的书,她自己并不喜欢。所以,我们最好挑一首别人的诗歌来念,或者一篇短篇故事也可以。"不,不,不,我们说了算,就给我们读一首画像先生的诗吧。他没有写过哪首诗献给你吗?"

车站(傍晚六点)

车站是黑色的,
因为它承受了时钟和秤的重量。
有时它是灰色的,
因为里面总在下雨;
昨天下过雨,
今天在下雨,
明天会下雨。

但在午夜,它们都是蓝色的,
因为梦游的火车到了,
电梯不眠不休。

我们已经等了很多年，
等那辆载着孩子的车厢，
他们会让站台上的石头变得柔软，
那件空外套一直在买香烟。

我在百科全书里寻找，翻遍了高中图书馆里讲世界文学的书，我想寻找给我母亲画肖像的著名画家兼诗人何塞·路易斯·伊达尔戈的资料，但一无所获。我想，如果画的作者是一位时乖命蹇的诗人，或者是一位出名的画家，那幅肖像画应该价值不菲。我在高中图书馆的一本美术史书籍中寻找他的名字，但是那本书里也始终没提到何塞·路易斯·伊达尔戈。

几年过去了，有一次临近母亲的生日，我想到了一个主意。我想把那幅陈年的画像装上相框后送给母亲。于是，我就去柜子里找那本书，虽然不记得书名，但是依稀还记得它的封面，是一个人的脑袋上长出一棵树的样子。书还在那里，画也在。由于这幅画很小，店家推荐我把它放在一个简单的玻璃框里。这样一来，画面上的笔触就变得更加清晰明显。

那天是2月21日，外公、母亲和我，我们三人一起吃晚饭。那个时候，克里斯蒂娜已经去西班牙生活了。尽管没人说，但是所有人都清楚那一天是我从未谋面的外婆的忌日。外公常常看着母亲的面庞，然后陷入对外婆的思念。外公说她们母女长得一模一样。晚饭吃到蛋奶羹时，我把相框送给了母亲。她感到十分意外。我外公觉得这个想法非常好，相框让画面增色不少。母亲吻了我一下，我记得她对我说：何塞·路易斯十岁时也失去了母亲。

她把肖像放在了自己的卧室。从那以后，无论是在普罗旺斯的艾克斯的家，还是在马德里的两个公寓里，那幅画一直都在，旁边摆着三个孩子和外公的照片。可是她自己从来没有拍过照片，有的只是那幅肖像画。

回到马德里后的一天，我在学院咖啡厅的一张海报前停下了脚步。海报上是系列讲座和诗歌朗诵会的信息：布兰卡·安德列乌诗歌朗诵会，我不知道她是谁。讲座"战后第一代的诗歌：何塞·路易斯·伊达尔戈的《逝者集》"，我心里感到意外，因为这个人我知道，他就是给母亲画像的作家。

我没有跟家里说就去了那场讲座，因为我想自己探索一下那位四十年前给母亲画像的诗人，以及更多与他有关的事情。好像上天给了我一个机会，让我通过这件小事去窥探某些母亲给我们讲了一遍又一遍的古老故事，可以说确实如此。

讲座在文学院的一间教室举行，来听的人不多。主讲人是桑坦德大学的老师，他给我们介绍了诗人的一生并朗读了几首他的诗作。何塞·路易斯·伊达尔戈出生在坎塔布里亚的托雷拉韦加市。据主讲老师说，幼年丧母的经历塑造了诗人的性格，因为他母亲去世的时候，他只有十岁。他渴望孩子们幸福，也喜欢看到孩子们开心，所以他写了多首摇篮曲，主讲老师也朗诵给了大家听。

内战爆发时，何塞·路易斯·伊达尔戈被动员去了安达卢西亚，当时他只有十九岁。他在那里的工作是登记战亡士兵的情况，需要逐个记录士兵的名字、婚姻状况、子女和籍贯等信息。"我们抗拒死亡，却不会正视死亡。"主讲老师说，"我们都知道人必有一死，但事实上，我们并不清楚。死亡是未来，还是末日？如果我们真的能深刻地理解这个问题的话，我们的生命会变得很不一样，我们未来的道路也不会完全相同。或许，我们没有梦想。如果知道时间会抹去一切，那我们会给自己设定什么样的目标去完成呢？为什么要如此辛苦呢？"

何塞·路易斯是知道他必将走向死亡的。在他生命的尽头，他同样会在这人世间留下一片虚无，就像逝去的母亲在他心中留下的虚无一样。这个想法驱使他去寻找上帝，去寻找他在许多场合都没遇到过、并质疑过的上帝，去寻找因祂的缺席而让自己备受煎熬的上帝。

主，我的问题是人的一生，
这一生血流不止，不舍昼夜。
祢是否在漆黑的天空背后，无情地燃烧？
或者，祢只栖身在我的言语中？

那位老师朗读了何塞·路易斯·伊达尔戈的诗句来佐证他的观点。在那个只坐了一半的教室里聆听几首动人心魄的诗歌是那场讲座最美好的时刻。

在我睡着的夜里，祢看着我，
在所有星辰的光芒之中。
在我醒来的白天，祢的目光
安静又清澈，时刻留心。
当我死去时，主，祢的眼睛会不会
宽广又茫然地将我凝视？

他本想要成为父亲，他爱孩子，或许是因为孩子们能让他想起已故的母亲，想起他幸福的童年时光。

我愿意死去，
当我的热血融入别人的血液中，
当我的真心成为一粒种子，
在另一个枝头，含苞待放。

"但他的痛苦太深，所以他与幸福无缘，也与成为丈夫和父亲无缘。他意识到，他的身边人都需要忍受沉重的负担，忍受他的痛苦与失望。我认为也是出于这个原因，他逃离了爱情，去寻找孤独。他希望自己的离去不给人间留下任何痛苦，他不希望别人分担自己的死亡。"

现在我只身一人，可以离去。你明白的，
人终究会走向死亡，无人为我们哭泣，
遮盖住燃烧的爱之玫瑰，
那不过是我们夜里梦到的影子。

"他人生中最美好的一年是1945年。"老师解释道，"那一年，他在马德里度过，开始在文学界最优秀的作家圈子里出人头地。当时的他只有二十五岁，但已经在《文学报》上发表了作品，还在桑坦德举办了一场颇受好评的画展。然而不幸的是，从那开始一切都进展得很快。他患上了肺炎，在瓦伦西亚病倒了，那是1946年的中旬。他被转院到马德里的查马丁·德·拉罗萨医院。我读到的大部分他写的诗歌，都是他在医院里完成定稿工作的。何塞·耶罗在这件事上也出了很多力。直到生命的最后时刻，他都在修改校样文稿。然而，他没有撑到诗集出版的那一天。1947年2月3日，他离去了。几天后，他最后一本诗集《逝者集》问世了。"

有学生提问："这么说，他没结婚吗？"瞧这问题问的，我心想，真是一点都没懂。"没有，他没结婚。"老师回答，"他有过一个女朋友，现在仍健在，叫哈辛塔·希尔。但是他们最后并没有结婚。他是一个多愁善感的人，他不是没有爱过别人，而是他心中的苦闷无法和婚姻平衡。"没有人继续提问了，主讲老师宣布讲座结束，并提醒学生如果选择战后诗歌作为结课论文的主题，他们需要在周五之前选好一位名单上的作家。

这天晚上，我在客厅上方的柜子里找寻，果然找到了《逝者集》。下午听到的诗歌几乎全都能在这本书里找到。老师在讲座上朗诵了一首写大海的长诗。这首诗我并没有在这本书中看到，也不在母亲肖像沉睡多年的那本诗集里。

第二天，我跟母亲说我去听了一场有关何塞·路易斯·伊达尔戈的讲座。我给她简单复述了在讲座上听到的他的人生经历。"确实如此吗？真的和那位老师讲的一样吗？""我不认为他身负巨大的痛苦。"母亲回答我，"他是一个感情细腻丰富的人，然而这也让他成为了一个忧伤的人，他无法理解伤痛的意义。他总是沉浸在自己的世界中。他不光写作诗歌，更是一位真正的诗人，他的生活就如同诗歌一样。"

"你还记得多年前你给我们朗读过的一首他写的诗吗？是关于午

夜里一座火车站的诗歌。昨天讲座老师没有选择这首诗，但是我觉得它很美。这首诗的故事是什么？他把这首诗献给你了，是吗？"我问她。

"哎，我想起来了，但我不知道这首诗是否是献给我的。他回瓦伦西亚时，我送他去了火车站。我们两人都喜欢火车站。在那里，我们看到旅客来来往往，但不知晓他们去哪儿。我们感到火车站是一个悲伤的地方，也就是因为这种悲伤的感觉，我们喜欢多逗留片刻。他去世之后，我又去了一趟火车站。在去往瓦伦西亚的站台上，我和他告别，这是他生前嘱咐我做的，我完成了他的心愿。"

何塞·路易斯·伊达尔戈能看到死亡。我们其他人看不到，他却可以。所以，他是一位真正的诗人，因为他能看得更多，能看到隐藏在现实迷雾背后的真实所在。他把看到的真实写了出来，加以审视、描述和刻画。最终，他也带着这份真实离开了。

我的母亲也可以看得更远。她的悲伤从何而来？当我们看到真实的事物时，她在看什么？她看到了什么，让她如此伤感？我脑海里想象着1947年马德里破败的图景，我想象着她来到站台上，向一列火车做最后的告别。那列火车上空空的，它载着一位诗人，驶向生命的终点。

我去了一趟文学院，去了西班牙当代文学系。跟其他同学一样，我询问并查看了战后诗歌作业的作家名单。他们告诉我几乎所有作家都被选中了，因为一位作家最多只能交两份作业。"好的，谢谢，让我看一眼作家名单，我再决定。"上面写着"战后第一代诗歌"的字样，名字是按照姓氏首字母顺序排列的：卡洛斯·博索尼奥、加夫列尔·塞拉亚、维多利亚诺·克雷梅尔、安赫尔·克雷斯波、安赫拉·菲格拉·艾梅里奇、巴勃罗·加西亚·巴埃纳、何塞·加西亚·涅托、拉蒙·德·加西亚索尔、何塞·路易斯·伊达尔戈、何塞·耶罗、米格尔·拉沃德塔、路易斯·洛佩斯·安格拉达、莱奥波尔多·德·路易斯·里卡尔多·莫利纳、拉法埃尔·蒙特西诺斯、拉法埃尔·莫拉莱斯、欧亨尼奥·德·诺拉、布拉斯·德·奥特罗、萨尔瓦多·佩雷斯·巴连特、何塞·马利亚·巴尔韦德。

我写下了他们所有人的名字，想把他们的作品都读一遍。那时的西班牙破败不堪，尘土飞扬，满目荒凉。在那时的西班牙，他们创作过诗歌，他们做过诗人。

我开始旁听那位老师下午的文学课，我坐在教室的最后静静地听，没人和我说话。在这门课上，老师专门讲授西班牙40年代的诗歌，在他看来，这是被遗忘的一个时代。人们一直说内战切断了西班牙的诗歌发展，但事实并非如此。抛开个人悲剧或者死亡不谈，"二七一代"的创作者们，无论是在内战前还是内战后，都一直被人们认为是西班牙诗歌最权威的代表。他们中有些人流亡海外，如阿尔贝蒂或者塞尔努达，另外一些留在了西班牙，如达马索·阿隆索或维森特·阿莱克桑德雷，有几位甚至最终被允许回到西班牙，如佩德罗·萨利纳斯或豪尔赫·纪廉，并继续在本土出版作品。他们中的好几位都成为了文学教授（如达马索·阿隆索、纪廉或萨利纳斯），进而极大地巩固了他们这一代的文学传奇地位。

"然而，"老师解释道，"即使到了50年代，'二七一代'的作家们也没有穷尽西班牙诗歌的所有范式。内战后，西班牙兴起了极具个性且深受痛苦和斗争影响的诗歌艺术。后来出于各种各样的原因，这个我们在后面的课上也会讲到（国际上对西班牙的封锁解除、独裁统治进入相对宽松的时期等），40年代的作家失去了统一性，他们中的有些人歇笔了，有些人的作品发展成了我们如今了解的社会诗歌。"

"如果给这个时代的诗歌或者那一代作者下个定义，您会怎么说？"我提出一个问题，这是我大学五年间唯一一次在课堂上提问。

"定义，也就是区别于其他年代的特点。"他高声地重复了一遍，他在思索，也在质疑。"可以说，他们身上都有一些宗教性，一种天主教的宗教特点，但是他们与上帝的关系是有争议性和话题性的。或许，这一条也不是他们的作品区别于其他诗歌的突出特点。如果想要以某种方式给那个年代下定义的话，"他底气十足地说，"要指出一个属于他们整个群体的特点，我会说这个特点是悲伤，是的，他们的悲伤。"

十四

不经意间,一个信封从门缝塞进房间。一定是卡洛斯或者妹妹给我的口信。然而都不是,是酒店给我的一封信。我需要明天就离开酒店?否则我就得自己支付酒店费用?天啊,这么看来,拒绝航空集团的解决方案是有后果的。

想想这也正常,我已经很久没坐直飞马德里的航班了。但航空公司直接向旅客发难,我还是第一次见。长久以来,他们都很礼貌:"我们诚挚地道歉"、"你在城里所有的费用将由我们承担"、"我们将通过集团为您提供飞往马德里最便捷的航班"。

我有存款,因为我把奖学金第二年的全部资助都存了起来。如果情况恶化,我可以应付一段时间,恐怕也仅仅是一段时间而已,能撑多久呢?我的身上突然冒出汗来,心里一阵苦闷。我必须放松,坐下喝口茶,冷静下来。

我的行李箱躺在一张可折叠的小木桌上,里头空空的,它在等待着新的旅程。我再次叠好衣服,准备抛下刚刚熟悉起来的环境独自离去。我想取道罗马回家,我喜欢那里的纳沃纳广场,以及圣依搦斯蒙难堂身后交织的街道,那些古老而破败的街道能够唤起人们心中逝去的荣耀,心生对旧时的惆怅,在回忆和长谈之间慵懒地徜徉,期待在露台的春光里阅读一本好书。

或许,他们不会允许我转机罗马再回到马德里。肯定是这样,我敢肯定。我还是希望他们能提供给我一张直飞的机票,到时候肯定会发生什么事情，要么飞机无法起飞，要么备降至其他地方。这样一来，航空公司将不得不再次接手我的食宿。我呢，只是不能决定要在哪里耽搁而已。然而，我仍然期望回家。或许我这次能回去呢？如果飞机降落在马德里，如果公司已经决定允许我返回怎么办？我的态度，我的抗拒，我对记忆的坚持，一定对他们造成了很大的伤害。毫无疑问，我是一个顽固的敌人，已经成为机场和航站大楼的象征符号。这里有一个准备好回家的人。也许他们决定接受挑战，也许他们决定让我回去。

夜幕降临，城市里华灯初上。明天我会早早地赶到机场。希望妹妹好运，我无法和她告别了，也许就这样别过挺好。我不知道什么时候才能再见到她，还有卡洛斯和赛义夫。

我们希望所有的故事都能拥有一个结尾，一场结局，甚至是拥有自身的意义，但生活不是这样的，或许是因为我们每个人的小故事永远都不会结束。这些故事具有开放的姿态，在生活中继续被书写。我们死后，这些故事在别人的回忆中又会被改写。这就是为什么我不喜欢告别，这就是为什么我宁愿一言不发地离开，直到生活给我带来新的相遇，给我新的机会。我很高兴见到赛义夫，也很开心再次见到卡洛斯和我的妹妹，祝他们好运。我永远不会忘记那年圣诞节的礼物。当时他们知道我恋爱了，谁都没问我，只是默默地把衬衣和皮夹克当作礼物送给我，还找父亲商量，让他给我点生活费。当时父亲害怕，他怕母亲和我拒绝他的好意，哪怕是一点小小的善意也不行。所以对他来说，主动提出给我生活费很不容易。我妹妹和卡洛斯这些年来帮助过我很多次，不知道为什么那一次我记得那么深，在我的记忆中最深刻。如果生活给我一次机会，我希望我能够在他们的记忆中留下一个爱的印记，像那次他们帮助我一样，微小，纯净。

我应该开始收拾行李了，越早起床去机场越好，这样我就有更多的航班可选择。

我的衣服不仅越穿越旧，还多次在行李箱中被叠压，这对衣服没有益处，而且酒店的干洗剂对夹克和衬衫的伤害也很大。我第一次穿这件夹克就是为了见你。自从父亲开始给零用钱，我用这笔钱买的第一件东西就是这件夹克。现在，它的袖肘处磨损得厉害，但还不至于扔掉。我明天出发就穿它了。

那一年的圣诞节刚刚过去，我就想再次见到你。当时，我在商店橱窗里看到了这件夹克，是翻毛皮的，很漂亮。我想和你在一起，这件皮夹克会给我力量，我的心里会很有底气。我以前从未经历过这种感觉，从没有在橱窗里看到一件美丽且昂贵的商品就立即进店买下。这件皮夹克花光了我所有的积蓄，但下个月，父亲会给我更多。

你给我家里打来电话，这正是我暗暗地期待的，因为在圣诞节期间我给你写了信，盼望你的某种反应。我们约定在文哲学院的咖啡厅喝一杯咖啡，我穿上这件夹克欣然赴约。

能来到你的身边，我十分满足。之后几天我什么也没做，依然沉浸在关于你的白日梦中。我感受到你眼神中的情意，我心满意足，你似乎对我有了信任。这就是为什么我无法忍受每次分别后袭向我心头的不安。我什么时候才能再见到你？分别让我满心焦虑。一隔许多天，我都没有你的消息，我甚至不确定是否还能再次回到你的身边。

不知何故，我想出了和你约会的新方法。比如，我会到马德里的某家酒吧去听你的音乐会。再比如，如果好几周没有你的消息，我会直接给你打电话。或者，我会在文哲学院的图书馆里找到你。和你在一起的几个小时里,我急切地想要成为我自己。在这个过程中,我也认识了我自己。我惊讶地发现了内心的自己,我甚至不知道他的存在。有你在,我才敢去梦想,但我必须把梦想变成现实。有你在,我把自己塑造成了一个自由勇敢的人,不怕面对全世界与明天。

  我开始写诗,而我的诗歌也都围绕你展开,你最喜欢的那首诗就是写于那个时期。我在那首诗里倾吐了离别之后的不安。我将它命名为《未说再见》,那是一首简单的诗。

> 我没有看到洁白的手帕,
> 也未曾拥有过冒出蒸汽的火车,
> 任何人都拥有火车。
>
> 我的再见没有告别,
> 没有语言,
> 就像一个院子,
> 没有水。
>
> 漫长的再见,
> 充满了往昔与疼痛,
> (人不知道何时停下脚步,
> 永远都只是说"下次再会"。)
>
> 直到有一天,
> 我看到死亡停留在你苍白的双眼中,

那时我知道,

在深深的疼痛中,

漫长的再见结束了。

那年冬天的一个晚上,我把那首诗拿给母亲看,告诉她我想成为一名作家。我记得她回答说我已经是一位作家了。她说作家不是一种职业,而是一种生活状态。我已然是作家了,即使我未曾察觉,即使我不曾写作。

"但我想成为一名真正的作家。我的意思是,靠文学为生,在大型出版社和报纸上发表作品。"我对母亲说。

"然而这些不取决于你,我的孩子。这些更多地要靠运气、智慧和毅力,与文学本身的价值无关。"

我记得她拿起那首诗,又细细地读了一遍。她并不是在恭维我,她只是实话实说。

"这简直是一首歌谣,它的内部有非常好的音乐性。或许你应该试着把结尾写得再丰富一些,最后两行与其他诗句相比稍显逊色。最后几行诗句削弱了整首诗的力量感。"

我全情投入地写出这些诗句,我觉得自己没有能力修改任何词句。我猜母亲从我的脸上看出了我的心余力绌。

"这首诗是美的,诗中的体验也很有意境。诗中等待的思想、抗拒分离的斗争以及呈现出的画面都非常美,这一点最重要。只要有恒心,肯下功夫,你自然就会掌握诗歌的形式。如果你不是诗人,形式永远不会出现,因为这是你看待现实的方式,是你理解世界的方式,这是你永远都不要放弃的东西。"

我还记得那天晚上发生在家里厨房的简短对话，我意识到它对我的生活具有极其重要的意义。奇怪的是，前几天我又听到妹妹说同样的一句话："你是一位作家，即使你不写作。"

明天我要早点起床。

出发前一晚，酒店房间里衣柜的门开着，里面空荡荡的，而我的行李箱却塞得满满当当，在门口静静地等候。我知道我会早起，我知道我大概再不会踏进这个几天来被自己当成家的房间。

毕业前一年半的时光，在我与你断断续续的约会中一闪而过。这些闪光的瞬间充实了我的诗歌和生活，这让我生活中的其他方面显得十分无趣，比如在图书馆里学习，度过既漫长又乏味的午后；阅读催眠的商法、财政法或民法的复印笔记或手册；周六晚上在酒吧的迷雾和歌声中徘徊；乘坐地铁出行，一站接着一站；在大学咖啡馆里长篇大论地聊着无关紧要的话题。

不知怎的，我过上了两种生活：一种是日常的、徒劳的、无精打采的生活；另一种是我的文学生活。我和你聊天，然后把内容写进诗里。这个时候，我的文学生活也获得了某种延续性。我非常真切地觉得这第二种生活比第一种来得更真实。虽然它不是现实的，但它是真实的。

在我们曾经住过的那间房子里有一个狭长的走廊，母亲在那里的旧书柜上摆放她的书。那个书柜就像浩瀚的大海，而上面的每一本书都是海中的宝藏。这些书很旧，很多是我母亲最早住在马德里时的书籍。我拿起一本翻看，很快我就会被带离到世界之外，走进书中的现实，比如托尔斯泰的《家庭的幸福》、巴罗哈的《知善恶树》和卡门·拉福雷特的《空盼》。有一天，我拿出一本平装的旧书，上面写着"新藏书系列"。书的封面是棕色的,书口处可以看到奥斯卡·王尔德《意图集》的字样。这本书收录了多篇王尔德的作品,其中第一篇题为《谎言的衰落》。在一个沉闷的周六下午,我开始阅读西里尔和维维安之间的对话。我发现书中这几行句子被笔勾画过:"生活模仿艺术远甚艺术模仿生活","直到某人看到了一件事物的美好之处,他才有所看见。于是,只有在那时,那事物方始存在。现在人们看见了雾,并非因为有雾,而是因为诗人和画家们已经把那种景象的神秘魅力告诉了他们"。

我在想这些勾画的痕迹是否出自我母亲的笔下。然而,她本人对书十分呵护,读书前会给书包上书皮,她不赞成在书页上写写画画。我也想到了自己日复一日的生活,以及生活中的谎言与虚无。日子很虚假,一旦过去,我几乎就不会再次记起。然而,它们并不是被遗忘了,而是因为它们本身就不是真实的,因为它们是谎言。可是我不能忘记我的梦想、我的期许还有我的愿望,尽管它们还不是现实,但我确信它们会成为现实,因为它们是真实的。

我觉得我理解了那些被划过的句子。生活,依赖于人的创造力和勇气。有了它们,音乐、绘画、诗歌和小说的价值在每天笨拙的现实和谎言面前才得以凸显。

"奥斯卡·王尔德书上的句子是你划的吗?"某个周六安静的下午,我问母亲。

"有可能,我的儿子,我已经记不得了。"她推了推眼镜,一边读着那些划过线的句子,一边对我说。她喜欢和我聊有关书的话题。"你为什么问这个问题?"

"因为我赞成这话的意思,真正的生活来源于艺术,来源于文学。"

"那你喜欢真正地活着，还是活在谎言中？"她严肃地问我，或许她只是忧愁。

我一时间不知说什么好。她站起身来，把缝了一半裤腿的裤子搁在了桌子上。她来到走廊，打开忽亮忽暗的黄色电灯，从书柜里拿出了一本小诗集。这是她多年前在马德里结识的一位诗人的作品，他叫卡洛斯·博索尼奥。我跟你提过他，母亲对我说，现在他是一位著名的诗人，但这是他的第一本书。他很想真正地活着，就在离天空不远的地方，但他发现这不是一件容易的事。

那本书题为《向上，接近爱》，里面有一首诗叫《夺走我的光》。我认为母亲给我这本书就是让我读读这首诗。

真实与现实没有必要重叠，因为现实有可能是谎言。

我觉得人们只有通过艺术的方式才能抵达真实的彼岸。我的艺术就是文学，为了能活下去我只能写作，而其他的事情都是谎言。

在我担任大学助理教师的第一年，这个想法让我的内心获得了意想不到的力量。那一年，我觉得每天在老师的荒唐事上浪费的时间是现实的，但它们是谎言；安赫尔·普里梅若复杂的胡言乱语是现实的，但它们是谎言；奥斯卡·斯夸尔的精致礼仪是现实的，但它是谎言；我对那些没有光环角色的恐惧是现实的，但那是谎言；我在办公桌前花费数小时去阅读如此虚假的西哥特法律断代问题，但是这些与我的真实和我的生活都相去甚远。

我的生活是我的梦想，是我与你共度的时刻，是我悲伤的诗歌，是我周六午后阅读小说的时光，以及窗外街灯下的黄昏。我的生活就是和母亲充满沉默的谈话，是我秋日清晨在丽池公园的漫步，一边走着一边聊着雾中会出现的鬼魂。我的生活,抑或是冬日下午在普拉多博物馆里倾听戈雅画作中每一个面孔的故事。我的生命没有春天和秋天。我的生活藏在心里,它不是现实的,却是真实的,它不是谎言。

我很高兴我的生活能超越现实和谎言。然而,当时的我并没有意识到在这条路上布满崎岖,必须要克服疲倦和庇护所中的孤独。最重要的是,我没有意识到现实之上、在真实之外的荒原竟是这么的寒冷。

我的母亲把我带到了那里。

我想那天是母亲生日的第二天。前一天,我送给她一个相框,把诗人何塞·路易斯·伊达尔戈为她画的肖像嵌在了里面。那天我惊讶地发现外公在我母亲的卧室里看着那幅肖像。后来,我开始在外廊里学习时,他还是照旧坐在摇椅上,默默地抽着永不离手的烟斗,但我看得出来他想和我说话。

"你母亲住在她何塞叔叔家里时,那位先生送过她一束玫瑰花。但是我弟弟告诉她是出版社的律师送的,所以你母亲没有去谢谢那位先生。不久后,他生了重病,虽然住在瓦伦西亚,但被送去马德里的医院医治。你母亲经常去看他。你母亲不知道花是他送来的,而他也行将就木,做不出任何承诺,所以两人都没提及玫瑰的事情。"

我现在很后悔没继续跟外公询问更多信息。难道是叔外公何塞对我母亲撒了谎,还是他搞错了?玫瑰花的卡片上只写着何塞·路易斯的名字。外公是怎么知道这个故事的,是通过我的母亲,还是通过他的弟弟?我没有问他,我只是看着他,像往常一样,我只是默默地听着。

"我的弟弟何塞非常担心你的母亲。他感觉她最终会委身嫁给那些经常在出版社露面的诗人中的一位,尽管这些人既没有财产也没有未来。他认为这些人在道德上靠不住。"外公决断地说,"你的叔外公何塞与巴塞罗那一家非常有名的律师事务所有工作上的联系,两家往来的中间人是事务所老板的一个儿子,也就是你的父亲,他当时正在筹建马德里的公司。你父亲之前在出版社见过你母亲。他被迷住了,便请求你叔外公何塞准许他约她出去。我的弟弟给我写信问我的看法。我告诉他该做决定的人是你的母亲,别的没有多说。"

我的父亲年轻、聪明、富有且长相英俊。我看过许多他那时的照片,看起来很像当时的好莱坞演员。在这些相片里,他都身着华丽的西装,或打着领带,或打着领结。他留着一撮薄薄的小胡子,用亮黑色的发胶给头发定型,看起来完美极了。

我想我知道父亲在母亲的身上看到了什么:简单,震撼心灵的简单之美。他试着和她聊天,他清楚地看到这位年轻女子并没有被他任何明显的美德所打动。比起前途光明的英俊青年,这位伟大出版商的侄女更喜欢和可怜的梦想家们在一起。也许在某个时候,父亲感到自尊心受到打击。如果是这样,他的这种感觉也不会持续太久,因为母亲人很好,他看得很清楚。也许这就是她没有注意到他的原因,也许这就是他在别的女性那里很成功的原因。

多往出版社跑几趟成了要紧的事情。为此,他会编造各种借口,他需要见到她,和她聊上几句。光是这样,他就可以撑过几天,等着什么时候可以随便找个借口回到那几间办公室,从而再次见到她。

当那束红玫瑰送到家时,叔外公何塞理所当然地认为这束花来自他的律师何塞·路易斯,一位心地善良的小伙子,因为这个小伙子甚至请求他准许自己追求他的侄女。何塞后来意识到,那个小伙子没有迈出那一步，也许是因为害羞，也许是因为优柔寡断，不知是什么原因。自打他要求和曼努埃拉见面已经快三个月了，而小伙子并没能够走进他侄女的生活。

所以，毫无疑问，当他看到客厅里放着一大束玫瑰花时，他自然会很高兴。"是送给曼努埃拉的。"她的一个女儿肯定会这样对他说，而他也迫不及待地看向那张卡片：何塞·路易斯。卡片上只留有一个名字，并没有旁的说明。如果卡片是我父亲留的，他会在一张印刷精美的纸卡上签上自己的艺术体签名。然而，叔外公何塞并没有分辨这些细节。很显然，那个小伙子很害羞，他在情场上的举动稍显笨拙，但这些都是真诚和纯情的标识，全都是他的品德修养。

为什么父亲没有澄清玫瑰花不是他送的，对我来说依然是个谜。正常情况下，错误的发现会带来羞耻。但事实是，这个错误直到很长一段时间后才得以澄清。

话说回来，尽管送出的玫瑰花不属于父亲，可是自从我母亲收到那束花起，父亲就开始送她很多鲜花，以至于家里没有足够多的位置或花瓶来摆放它们。在这么多束鲜花的衬托下，最开始的那束十二朵玫瑰，那束他从未订购过的玫瑰，就失去了意义。人们不会在意那束鲜花是别人为母亲尽心挑选的事实。

几个月后，何塞·路易斯·伊达尔戈在马德里的一家医院去世，再也无法与母亲共享生命的旅程了。事实就是如此。从这个角度看，错认了玫瑰花的赠送者也没造成什么后果。此外，实话实说，我父亲也向母亲表达了爱，并真诚地让她相信他们可以共度余生，一家人共筑爱巢。母亲决定嫁给父亲，是因为父亲付出的一切努力，而不仅仅因为收到了一束张冠李戴的鲜花。

我记得我读过一篇马克·奥普的文章，他在文章里思考了我们未曾走过的道路对我们人生的重要程度。我们会以何种方式，一遍又一遍地向自己求索着答案：如果我们走上另一条路，生活会什么样；如果做了那个决定，如果踏上那次旅途，如果把那句"我同意"说出口，结局又该如何？

不曾发生过的事和发生过的事一样，都构成了我们生命的真实。

不知何时，母亲发现那束花是何塞·路易斯·伊达尔戈送来的。她可能是看到了父亲的签名和笔迹，意识到两者不同。或者，她可能是看到了诗人送她的那幅肖像上的签名何塞·路易斯，想起了那张经过剪裁的纸卡，还有伴随纸卡而来的十二朵玫瑰。那张卡片，她至今还保留着。

即使母亲知道是他送的玫瑰花，也不会增加去医院探望生病诗人的频率；即使母亲知道是他送的玫瑰花，也不会报以更深的柔情和她那既开怀又悲伤的微笑；即使母亲知道是他送的玫瑰花，也不会多去几次阿多查火车站去跟开往瓦伦西亚的火车告别。那场误会没有影响到生活的现实，不过却影响到了母亲生命的意义和真实。

我想起母亲在知道我恋爱后送给我的那篇短篇故事。如果那个男孩路易发现了他的错误，故事的结局会有什么样的改变？其实可以想象，什么改变都不会发生。蒂娜的母亲永远都不会同意做路易的伴侣。毫不知情的她，从路易那里得到了一个相框。但在相框里，她却摆上了自己丈夫的照片。照片中的丈夫和那个男孩的年龄相当，她会含情脉脉地看着丈夫的照片，眼神跟她温柔地看向那个男孩时的一样。

多年之后，那幅何塞·路易斯·伊达尔戈给母亲的肖像画被我装进相框送给了母亲。当她收到这个礼物时,她在画面上看到了什么?

母亲没有走过的路是孤独之路,是失败之路,是悲伤之路。如果她接受了他送来的鲜花,这几条路就是摆在母亲面前的道路,而那条未经之路,就像所有我们偏离的道路一样,一直陪伴着母亲。一直以来,母亲努力和父亲过着幸福的生活。我们没有做过的事情不是现实的,但它也不是谎言。我们没有做过的事情可以构成一种真实。这种真实的深刻程度远超我们每天创造的现实。

我从未和母亲谈起过这些话题。外公讲述的送花人的误会,母亲得知我恋爱后送给我的短篇故事,这些趣事和插曲都被我当成真人真事来构建故事的原貌。

所以,我不能也不可以把这则故事讲给妹妹听,因为归根结底这是母亲的故事。而且我讲述的真实,尽管我敢肯定不是谎言,但也不是真真切切的现实。

母亲最终知道了他爱着她,也会在记忆中想起他。若干年中,她不得不克服重重困难,这已然成为她生活中诸多真实的一个侧面。她的婚姻让她感到窒息,她陷入厌恶的情绪和琐碎的日常磕绊中走不出来。她的这种真实,越来越难以为继。

现实无法抗拒人们对未曾发生事情的记忆。

我现在理解了她远走的决定,她为何自愿踏上流亡之路。我也读懂了她的哀伤,她对现实的轻视,她对记忆真实的赤诚,尤其是她对未竟之事的热忱,这些是最重要的事情。

夺走我的光

主,我想要穿越那广袤的土地,

祢胸口上广袤的土地。

不然就航行在祢的海面,

泥土、根须与火焰的海面。

我朝祢穿越过去,我逆流而上,

我在激流中游泳,我在激流上航行,

我向祢航去,主,我向祢游去,

祢那波涛汹涌的土地。

我被石头毒打,石如雨下。

暴烈的石头捶打我,

我想走下坚硬山脊的峭壁,

永恒的世界在向我咆哮。

不,主,不要,我认输了。

我不能抵达祢的天空,

不能接近祢的圣容,从那里

落下所有的大江大河,刮来剧烈的风。

我不能,夺走我的光吧,

把我带回肮脏之中,

在那里我会感到浓浓的阴影气息,

在那里我会种下一棵树,然后在黑暗中逝去。

十五

我继续每天早起去学校上班。这份工作不错,"能够终身学习是一大幸事",父亲曾这么对我说过。母亲在为我骄傲的同时,心中也不免怀念往昔。她觉得走廊里那老旧的书架很快就不够用了,因为架上的书籍只是一扇敞开的门,通过这扇门最终的目的是抵达远方。皮拉尔听闻后,和往常一样一言不发。我之前和她说过我无心于法学,但是研究体制的起源是纯粹的哲学问题,是对万物追问一个"为什么",为什么出现家庭,为什么产生所有制,为什么建立国家。

在大学里我固步自封,像自我禁足的囚犯。我紧紧地抓住牢房窗口透出的一抹蓝色,那是一片永远都在的天空,它拯救了我。

那段时间,安赫尔·普里梅若逐渐扩大他在我生活中出现的范围:中午的咖啡时间延长至下午两点,午后的谈话甚至被推延到落日时分。慢慢地,我的日子俨然成为了他的日子,他一步一步地把我的生活榨干,再据为己有。在我内心深处,一种不断增长的、不可抑制的抗拒正欲爆发。

就在安赫尔·普里梅若对我的关注与日增加的同时,堂·曼努埃尔·加西亚·巴连特年轻门生的领头们对我却越来越冷漠,像是对我在隐藏着什么。在他们冷漠的背后,我可以轻而易举地察觉到一种不加掩饰的蔑视。我在系里越来越受到敌视,遭到孤立,这使得本就在我生活中无处不在的安赫尔·普里梅若让我感到更加难以忍耐。

我无法理解被孤立的原因。我曾尝试用谦逊有礼的方式做一些补救,但是这帮人中的每一位在走廊里遇到我时,都对我的问好置之不理。由于我在系里没有任何职务,无法和他们建立工作上的联系,也就无法证明我的价值,更无法消解敌意背后那些黑暗且未知的原因。此外,这种态度正在蔓延开来,因为这些年轻人已经踏进了通往学术认可第一步的便门。这些与堂·曼努埃尔·加西亚·巴连特保持日常直接联系的年轻人主宰了七楼法学院的整体人际氛围。这些依附关系的江湖规矩通过这群人的态度以一种微妙的方式强加给别人。无一例外,别人也只能有样学样。

对我来说,除了精神上的自我放逐之外,我别无选择。

为什么过去的我不另外找一份工作,然后一走了之?为什么我从来没有告诉他们我的想法?我为什么不曾反抗?因为我没有能力,因为我是个懦夫。

"你听说外交部奖学金的事了吗?"

胡里奥·波梅德总是对各类奖学金和培训班的消息一清二楚。他很适应行政法系的工作。和他见面,已经成为我维持正常人际关系的"强心剂",我每隔一段时间都需要给自己"打上一针"。

"奖学金十分丰厚,"胡里奥热情地对我解释道,"每月十五万比塞塔,和在这里当助理教师的薪水差不多。瞧瞧,这也太棒了。这是一个很好的游学机会,现在新政策要求研究人员都得具有海外经历。"

我们坐在学院的咖啡厅里。春天已经来到,4月份的好天气宣告着本学期即将结束,然而在那个时候,我的精神却处于溃败之中。

"你记得奖学金登在哪期公报上了吗?"我问他。

"当然记得,就登在了前天的国家公报上。我很想去博洛尼亚,在那里待上几个月。我敢肯定这会对我的研究起到很大的帮助，而且也会给我的博士论文一些启发。但是我不知道到底能不能去。明年学院给我排了很多教学任务，我自己还要上博士生课程……"

我很羡慕他，他才是真正的助理教师。他有博士论文题目，讲授实践课程，自己还念着博士，环境很适应，充满了梦想。当然，正是他当下拥有的一切让游学梦想变得困难重重，这一点我能想象到。我没有教学任务，也没有博士生课程可上，甚至连论文题目都没有。没有什么能阻止我申请奖学金，没有什么能阻止我离开那里。

我没回家吃饭。中午的图书馆几乎空无一人。我查阅了刚才谈到的公报，寻找着外交部博士奖学金的内容。上面说必须要提交由"中心负责人"签过字的研究计划书和"研究许可"。我来到机关楼，在众多办公室中找到一个可以为我答疑解惑的地方，我一一问了他们。"中心负责人"是学院的院长，"研究许可"是大学允许申请人在奖学金期间离岗的授权书。这份授权书应该是校长签发的，但真正重要的一步是申请人所在的系里必须先行通过，而且学校不需要因此另外聘请人员来讲授离岗老师的课程。要是满足了这两个条件，校长肯定会签发"研究许可"。

"不用管那么多，先说你想申请多长时间的研究许可？"那位我不认识的行政人员问道。

奖学金最长可以资助两年。我一秒都没有犹豫，回答说："两年。""很好，那就没有问题了。"她跟我解释道，"申请一年以上的许可是没有工资的，学校可以用这笔钱来支付代课老师的酬劳。"

那天下午，我一直在撰写奖学金申请书。我认为研究宪政比较史会很有趣。检验各国政体对西班牙的影响，以及研究各国的宪政传统会让我的游学充满动力。现在，整个世界向我敞开了怀抱，我可以逃脱那副枷锁了。

这天下午七点左右，安赫尔·普里梅若像往常一样来到我的办公桌前。"你的时间都用来做什么了？"他煞有介事地问起我来。"我在读宪政史的资料。"我回答道，试图掩饰他让我感到的巨大厌倦。"哦！"他装模作样地吭了一声，"不好，不好，这些是那些平庸的行政法系和宪法系研究的东西。来，来吧，把你手上的杂事放下，我们来讨论讨论你，我一直在考虑你的未来。"

安赫尔总是花样百出地让我无法回绝，并陪他出门散步，他总能成功地让我陪他数个小时，流连于多个小吃吧、咖啡厅和酒吧之间。

通常来说，他都以关乎我个人利益的事情为借口，好彰显受邀的正当性。有一次我们走在路上，或许是坐在咖啡厅里，我试图把聊天引到由他提出来的见面主题上，也就在这个时刻我幡然醒悟了。

"您觉得我昨天提出的论文主题怎么样？"

"这个，这个，"他夸张地摇着头，面露不悦之色，"我当你的导师，这个题目是万万不行的。我们从事的不是新闻行业，我们是法律史学者，你把这几个字记在脑子里。你说的那些政党研究和第二共和国问题是给另外一些人搞的，不是我们的事情。你别再烦我了，这事以后再说。现在，你还是去读手册吧。"

他待在那里，眼睛貌似正盯着某处。他的嘴张着，仿佛发出了"哦"字的声音。我感到一阵苦恼，胆战心寒。我眼睁睁地看着一个月的时间白白流失，而我仍没有找到正确的方法，来摆脱那可悲又可耻的境遇。

无论谈话的主题是什么，我都无法把我的观点说完。在我开口后不久，他会打断我、纠正我，或者就我的论述和我争执。很明显，他乐在其中。他十分享受责骂我、说服我、打断我和让我心烦意乱的过程。我不管他，我不捍卫我的信念。我不介意承认他说的都对，我不在乎他是否想听我说话。我只渴望早点结束大学生活的闹剧，我只渴望成为一名普通教员，能够开始我的博士研究，在系里成为一个普通的人。

当时我身上就带着奖学金的公告，但是我什么都没对他说。我不需要他给我签字，征求他的意见，图什么呢？而且他的回答很明显是：不。现在不是游学的时候，你还在学习过程中，你不知道我有多么羡慕你，你有人生的大好时光！别再烦我了，到时候我再告诉你什么适合你。

当时的情景，我为什么没有直接面对？我不得不伤心地承认，我的隐忍是为了微薄的薪水。那就是我的价格吗？那么低？但也许我忍受这一切是为了别的东西，为了一个梦想："能够终身学习、思考与写作，是一件幸事。"这话是我父亲说的，我自己重复了一遍。我向皮拉尔说了一遍，我还告诉她我正在研究宪法和比较政治史。我跟母亲说了，还跟她讲了系里的老师们多么有趣、与他们聊天让我受益匪浅以及大家上的课程多么具有启发性。我还跟本科的老同学照样说了，我需要让他们相信学院内部真的比看起来的样子更有趣。

生活对我来说近在咫尺，因为我编造了它。

我撰写了一份不错的申请书，计划把西班牙的宪政史与法国和英国进行比较研究，此外还打算比较几个拉丁美洲国家。我花了六个多月的时间阅读法律史书籍，这份苦功总算起到点作用。申请书中，我说明研究工作时长为两年，需要横跨欧洲和西班牙语美洲。

依照申请条件上的要求，我需要的第一份文件是由学院院长签字的"中心负责人授权书"。

我从未踏足学院的那个区域，那里有一条又长又宽的走廊，尽头就是院长办公室。走廊两边的墙上挂着历任院长的巨幅肖像油画，画中所有人都穿着长袍，表情十分严肃，有些人还挂着奖牌。画框底部钉着一小片金色名签，上面写着这些显赫人物的名字和他担任这份要职的时间。看到走廊里的一扇巨大的木门，就意味着院长办公室到了。办公室地上铺着柔软的地毯，摆放着深色皮制扶手椅，墙面装饰有胡桃色的护墙板，宽大的窗户上挂着飘逸的窗帘，让白色的光倾泻进来。墙上挂着更多的画，画的都是些有头有脸的人物。那间屋子里有好几扇门，其中一扇的后面就是院长办公室了。我紧张地走过那扇门，发现自己来到了一个外间，一个年轻女孩坐在桌子后面，礼貌地问我想要办什么。"我想请院长先生批准我的奖学金申请。"我解释说，"院长什么时候可以接待我？""院长没有必要为此接待你，"她回答，"你把申请放在这儿，过几天来拿就行了。"她笑着伸出手，我把文件递给她，"我的申请书、基本信息、证明文件、打印好的申请表，应该在这上面签字，签在'中心负责人'那栏里。"

我没回座位，我很高兴，一切都很容易，几天后就能拿到我需要的签名了。但是，我还缺"研究许可"，只有大学校长签署这份文件后，我才能离岗深造两年。我获悉，拿到"研究许可"的关键一步就是系里开出的同意报告，这是不可或缺的一环，因为校长会着意查看这份文件。我还得知，大学多半不会在签发一份无需支付薪水的许可上找我麻烦，因为省下的钱可以用来雇佣临时替代人员，但我的情况又不同寻常，因为我没有任何职务，所以哪怕我离开了也不会留下没人照看的摊子。说白了，停发的薪水不会用来另聘他人，因为我在学院里谁都不是。如果我离开了，不会留下任何工作，也不会有任何人需要替代。

我得告诉安赫尔·普里梅若。除了告诉他我的计划并请他在秘书处帮我申请之外，我没有其他办法可以取得系里开的报告。这个方法最为妥帖，因为他是我的"老师"，他指导我的博士论文。可是，什么博士论文呢？我连研究题目都没有，连读博士课程的授权书都没有签，我只是读了将近八个月的手册文献。一切都是那么的不正常，以至于我已经不指望好事发生了。

那段时间，我丧失了耐心。我在校园里走来走去，自言自语，同样的路，前前后后地走了一遍又一遍。已经六点半了，不行动，更待何时？行动应该越早越好。我应该立刻回到学院找安赫尔·普里梅若交谈。那段时间，我没有耐心。

六点左右，系里不剩几个人了。我坐在办公桌前，面前放着仍未读完的若干卷手册中的一卷。看到这本书，我心里产生了极度的厌恶之情。我翻开看书，开始等待安赫尔·普里梅若的到来。他肯定会来的。

像往常一样，大约七点三十分的时候，我看到他了。他穿着一件破旧的灰色切维厄特羊毛外套，打着每天都系的褪色红领带，手里掐着香烟，死性不改。他向我走来，一边走还一边拿腔拿调地吐着烟圈。一来到我桌边就冲我厉声说："亲爱的朋友，我认为你已经读了足够多的手册了。放下吧，不用看了。我们得谈谈。"

我稍显兴奋。安赫尔·普里梅若的意思是他已经给我想好了一个博士论文题目吗？我已经结束系统性阅读学科手册的阶段了吗？我现在可以像其他助理那样正常地开展活动了吗？我已经可以开始教一些实践课并与其他老师合作授课了吗？我已经可以注册博士课程并开始研究我的论文主题了吗？哦！如果是这样，我甚至愿意放弃正想和他谈的奖学金。我合上手册，去了他的办公室。他正在把一些书塞进一个旧的黑色手提箱里。办公室里有一股糟糕的烟味。他合上手提箱，想了一会儿，好像想起什么重要的事情，然后示意我到他办公室外面去。

我们开始缓慢地向咖啡厅走去。我记得他那天的演讲与教育部部长的丑行有关。当时的部长是一位著名历史学家的儿子，他想改革西班牙的大学制度。演讲的核心论点是改革会威胁到学术等级制，会削弱大学最神圣的原则：威严。

从校园里出来，我们乘坐出租车来到了普林塞萨街，那里有一家他喜欢的咖啡馆。到了之后，我像往常一样，点了一杯可塔朵咖啡，而他却跳过了中间两三杯啤酒的步骤，直接来到了点金汤力酒的环节。

尽管时至4月，白天变长了，但下午的阳光也渐渐暗了下来。从那个咖啡厅，可以透过不太透明的窗户看到街道。从那里看，这座城市看起来脏兮兮的。

"我的手册研读阶段结束了吗？"我问。

"研读阶段？你看，我仍然时常在研读这几本手册。"他的话刺痛了我。

"好，是的，当然了。我刚才想说的是……我理解，之前您跟我指出的意思是我即将开始新的培养阶段了。我的意思是……"

"好吧，好吧！"他打断了我，"你的培养由我来指导，因为你对我很信任。不要着急,常言道慢工出细活。在适当的时候,我们再进入相应的阶段。"

"是的,当然。"我就这么认了。

接着,他说起了他的老师堂·胡安·佩拉尔。他每天都给我讲他和这位即将退休的老教授之间的轶事趣闻,他恭敬地称他为"堂·胡安"。他想以此方法点拨我,让我明白该如何与他相处。

对老师至高无上的钦佩,对其智慧的认同以及无限感激,构成了他与老师交往的核心三要素。堂·胡安不是什么有权有势的人,从一开始就给他打过"预防针":"你看,安赫尔,我没有影响力,我尽力让你当上兼职教师,别的我也做不了太多。""堂·胡安,"他回答说,"做您的助理,是学生的荣幸。学生十分感谢您。希望老师别再因我操心劳神了。"

他喝得越多,说话的威风就越大。我要是插嘴,连两句话都讲不完。他会打断我,纠正我,然后接着自己讲。大学里的权力危机是他最喜欢的一个话题。他总说:"照这样下去,我看就没有继续的必要了。"况且,我认为像他这样的人,这种嘴里说着"没有继续的必要"的人,离开了真假难辨的学院,在现实世界中不会过得太舒坦。安赫尔·普里梅若每天大约十二点来到大学(如果那天是他上班的日子),转身直接就去了咖啡厅。然后,他会和奥斯卡·斯夸尔一撮人吃午饭。下午,在每周三天、每天一小时的授课后,他就来到我桌前,开启每天的醉酒之旅。

那天我们在十点半左右离开了第二家咖啡厅。像往常一样,我旁敲侧击地提醒他说我得回家了。"嗯,是的,你很自律。"他说,"但是,行吧,行吧,你不会因为大晚上喝了这么多的咖啡而感到难受吧。"当我终获自由地走向最近的地铁站时,我听到他在背后说出他那句老生常谈的告别:"记着学习,为了自己学。"

但是,脱身并不容易。很多时候,他会让我先陪他再去一两个酒吧,然后才允许我离开。这也害得我不得不找个电话亭给我母亲打电话,告诉她别等我去睡觉吧。我从来没有告诉她实情。我跟她说的是我正和一些朋友在一起,玩得有点晚了。如果坦言发生在我身上的事情,我会十分难堪,再者我也不想让她担心。

在那些酒吧里,安赫尔会和一些朋友寒暄客套几句。他们中大部分人都比他年龄大,而且在晚上十一点左右的时候已经喝得酩酊大醉了。他们钦佩安赫尔是大学教授,也知道我是他的助理。有一次,安赫尔当着他们的面,以一种仪式性的方式批准我回家。我转过身去,正当我带着解脱的宽慰往远处走时,我听到安赫尔说道:"记着学习,为了你自己学。"

那天十一点之前,在一个几乎合理的时间,我可以离开他了。彼时他已经四杯金汤力酒下肚,正要去会他那群狐朋狗友,一群酒鬼。在这帮人的面前,他可悲地端起大学名师的架子。我正朝地铁站走去,而此时我突然有了一个疯狂的想法。我走了回去,在远处看到安赫尔后停了下来。只见他正张望着路过普林塞萨街和西班牙广场拐角处的汽车,好像要打出租车。我看见他举手拦下一辆。就在这时,我左侧红灯旁边也停着一辆空闲的出租车。

我上了车,让出租车司机跟上前面那辆刚刚开上格兰大道的出租车。我请求司机尽量不要靠得太近,以免另一辆车注意到我们。有几分钟我以为我们跟丢了。但是,在大道尽头的红绿灯处,我看到他就在那里。

我心想司机肯定觉得这样开车很有趣，像极了小说里的情节，正好是第二天的谈资。我们尾随安赫尔·普里梅若的出租车沿着阿尔卡拉大街行驶，绕过西贝莱斯广场和阿尔卡拉门，直到某一刻，右转驶入丽池公园方向。

安赫尔·普里梅若的出租车停了下来，五十米后的我们也停了车。几分钟后，安赫尔·普里梅若从车上下来，那辆出租车向前开去，留下身后的他在人行路上点起了一支烟。我请求我的司机务必等我。"拿着。"我说，里程显示器上显示两百比塞塔，我给了他五百，"请您一定要等我回来，我很快回来。""听您吩咐。"他回答，接着把广播的声音调大，舒舒服服地靠在椅子上，似乎要惬意一会儿。

夜幕降临，公园的路灯亮了起来，创造出黑黑的影子和阴暗的角落，引来顿德精灵和鬼怪。我们都来到水池，水面波光粼粼，倒映着月亮。安赫尔的步子很快，也很坚决。随着我们越来越深入公园的内部，路也变得越来越稀疏偏僻。为了防止他看见，我不得不在他很远的地方跟着，借着路边的行道树躲避。我在树枝和树根上绊倒了好几次，我的鞋也沾了泥。我不知道自己为什么要这样做，为什么大晚上监视安赫尔，暗中跟踪他，会有什么样的结果。

安赫尔走到了一个空旷无人的广场，那里矗立着坠落天使之像。我在学生时期白天经常路过这里，早就听说这是世界上唯一一个为魔鬼而设的广场。我从来没有在晚上来到那个广场。安赫尔停了下来。广场上有些许路灯的光亮，因此我能看清他。我藏身在与广场相连的路边树后。

安赫尔转过身来，挑衅般地扫了眼周围幽暗的树林，然后在广场上缓缓地绕着圈子。他似乎在等待某些仍未到达的东西。忽然，他站住，面对路灯光线之外的黑暗地带。他盯着一处看，同时从烟包里拿出一支新烟，非常有仪式感地点燃了。我认为我看到他在吐出第一口烟圈时笑了一下。他朝那里走去，没身于黑暗中。

我突然感到一阵恐慌，感觉安赫尔随时可能出现在我的身后。我看不到他在哪里，周围一切都是黑暗。我感觉听到了一些声响，遂转身过去，感觉瞥见有什么东西正穿过林子向我走来。我吓坏了，开始在黑暗中一路奔跑，沿着小路的光亮原路返回。一路上，我跌跌撞撞地踩进了水坑，双脚陷入泥泞，直到赶回出租车前，我才停下。谢天谢地，出租车还在公园门口耐心等我。我跑得筋疲力尽，汗流浃背，双脚泥泞，一句话也说不出来。出租车司机面无表情地看着我。我坐到后座，听到他问我："现在去哪里？"

十六

"现在是上午时间六点整,现在是上午时间六点整,现在是上午时间六点整,现在是上午时间六点整……"闹钟反复地重复着这句话。两年前,哥哥把这台红色大眼猫头鹰造型的闹钟作为圣诞礼物送给我,之后不久我就离家远游了,时至今日仍未归去。我的脑海中突然浮现出那天清晨的回忆。和往常一样,我按下猫头鹰头上的按钮,它停了下来,改口说"早上好!"。今天的我要努力回家,遥想彼时的我,却刚刚开启一段旅程。

那天,母亲起来和我告别,我依然记得她当时的模样。家里的其他地方仍在一片黑暗中,只有走廊的灯亮着,她站在那里帮我收拾行李,随后倚在妹妹身边等电梯升上来。妹妹前一天就歇在了家中,她也是前来和我说再见的。我们相拥,蓝色的长衣抱住她们的衬衫。我走了,再见,再见。

要是今天真的能回去呢?

回到哪里去呢?

我已经把去机场和旅途中要穿的衣服准备妥当。尽管是夏天,卫生间里还是透着凉意,我不确定是否要刮刮胡子。还是刮了吧,不管发生什么,保持得体的外表总不会错。

卫生间里透着凉意。

在这样一个夏日清晨,我穿过酒店空无一人的走廊,拖着几只沉重的行李箱。如果人们认为行李箱里装的是我毕生所有,即物质层面上的一切，那么这几个箱子也算不上太沉。但是，难道我还拥有其他的东西吗？是的，我拥有我的回忆，我真实的生活，还有我的梦想。我从未背弃它们，正因如此，我才拥有它们。

我跟前台的小伙子道别，他说我出门就可以打到出租车。酒店旋转门外，天色微亮。一位整装待发的出租车司机迫不及待地接过我的行李。"去机场。"我睡着了，汽车的轻度摇晃让我恹恹欲睡，像个摇篮里的孩子。司机才不会让我继续睡着，到了之后就把我喊醒，都不让我好好地休息。

路灯就像明亮的行星，看着比天空中微弱的星星要庞大。天亮之前，有成百上千盏路灯在亮着，也有成百上千辆汽车，像我乘坐的这辆一样，开着车灯，在路上行进着。酒店的位置不远，所以我们很快就能到达机场，或许这次我可以回家了。

司机帮我把行李搬上了金属手推车，我说了声谢谢，这样推行李就轻松多了。我得找一找今天早上有航班飞往马德里的航空公司，以及他们的值机柜台。我希望航班越早越好。虽然现在不到七点，但是那个值机柜台也应该开始办理了。

我不知道是不是因为太累了，也许是吧，还是因为平日里滋生的疲倦，这么长时间我第一次觉得可以回去，有可能回去，终于可以在长途跋涉的旅途终点歇下脚步。尽管如此，我不确信能否重新适应回去后的生活。

旅行要开始了，我发现今天早晨很不一样。天已经亮了，夏日里朦胧的光笼罩着一切，而在彼时1月寒冷的早晨，亮着的只有路灯和汽灯。

那天，我下楼来到了大门旁，透过大门的玻璃看到你已经到了。

你坐在那辆破旧的小汽车里等待着我。"要我送你去机场吗？"我不知道为什么有时你看我的神情带着一丝悲伤。我拖着行李来到街道上，你马上过来帮我。天气太冷了！行李箱太大，放不进后备箱，所以我们一起把它抬到后座上。有时候我真的觉得这三个手提箱里装着我的所有家当。

出发前的一个月，我已经把消息告诉了你："皮拉尔，这份奖学金十分丰厚。我可以在两年内到访许多欧洲和美洲的国家，完成我的宪政史比较研究。我1月份走，这个圣诞节过后。"

"你想让我送你去机场吗？"你问我，语气略带伤感。

当时我猜想你的伤感是因为我要走了。自从那天清晨我在你家门前等你，时间已经过去了好几年。我在你的生活中扮演一个时断时续的角色。可是，现在我要离开你了，所以你为此感到悲伤很正常。

"除非你的家人不去送你，否则我不想添乱。"

"不，不，我母亲没有车。我本想打一辆出租车来着，我得好好谢谢你。"

在那之前，我从没有坐过飞机。那天是第一次，而且办理值机手续还挺顺利的。

我们在贩卖机里买了两杯卡布奇诺咖啡，我们站在一起，一边喝着咖啡，一边回忆往昔的瞬间：你的演出，大学的时光，还有在你与卡门合租公寓里的聚会。毕业后，你们俩继续住在那里，因为你们两人都在准备公开招聘的考试。

"你将来肯定会成为一位出色的文学老师。"我对你说。

"前提是我得通过资格考试。"你忧郁地回答我。

我看了一下手表，现在就得走了，过了安检门，你就没法再陪伴我了。我看着你，想到再次见到你会是很久以后了。我心里明白，即使我们之间从未说过，现在终于来到了说再见的时刻，来到了我们这段脆弱的、藕断丝连的关系的终章，来到了这段从未分别，且超越平凡的友谊的结尾。

然后，我对你说了一句话，一句让我自己也感到意外的话。我很小声，说出了那句我之前从未说过，后来也再没说过的话：我爱你。这是真的，我真的爱你。过去，现在和将来，我都真的爱你。

我猜你没想到我会对你袒露心声。你虽然早就心知肚明，但是你从来没听我说过。就在这时，你从口袋里拿出一样东西，是一个打着金色蝴蝶结的小盒子，里面装着你的礼物。时间所剩不多，我没有说话，打开礼物看到一辆小小的水晶列车车头。

"现在你有一列火车了。"你说，然后你朗诵起了多年前我送给你的诗句："我没有看到洁白的手帕，也不曾拥有冒烟的火车，任何人都拥有火车。我的再见没有告别，没有语言，就像一个院子，没有水。"

航空公司给我提供了一张早上九点回马德里的机票，一个小时之后登机。我需要在一份声明上签字，保证如果我没有乘坐已经接受的航班飞往马德里，将放弃所有赔偿、改签和住宿的权利。办公室里只有我和另一位懒洋洋的女人。她穿着空中服务员的制服，或许她确实是，她只是现在处理一些文秘的工作，过一会儿就会登上飞机分发早餐。

"如果我想几天之后再出发呢？"我惊讶地问。

"您哪天走，我就给您看哪天飞马德里的机票。不过在此期间，您在巴黎的一切费用只能自己掏腰包。"她百无聊赖地回答我。

"您能看看，比方说两周以后，还有航班吗？"我问她，心里有一股欣喜和解放的感觉往上涌。

她翻了翻文件，打了一通电话，站起身来，走进里面一间看起来像是资料室的房间。她出来后，又坐回到我面前的办公桌。

"可以，原则上我可以给您安排 8 月 29 日上午九点法航的航班。您希望去哪间旅行社领取机票？"

她给我一张领取机票的凭证和一份声明书的副本，并祝我旅途顺利。我很可能在去马德里的飞机上再遇到她，就在十五天之后。

我推着行李车，在机场里漫无目的地走着。如果我可以回去了，又能回到哪里呢？

如果我回到马德里，我得找一份工作。好吧，我确信能搞定这事。目前我有足够多的钱可以让我在没有收入只靠存款的情况下过上几个月。

如果回去了，我在马德里的大部分时间，都会努力做到真正地活着。我没有放弃我的回忆，所以我可以这样做。这就是为什么我对航空公司来说很危险，这就是为什么飞机会改变航线，不想带我回家。但我觉得这次的航班会不一样，也许现在我被允许回到马德里，带着我所有的记忆回去，就真的是回去了。很多人自认为自己回去了，但是他们错了。有些人改变过，也失去过，最后却走入迷途。我和他们不同，我不会这样。我曾云游四方，目的是回到家乡。所以，我的道路十分漫长。

我回忆起游学开启前的那几个月，那个夏天给我的打击很大。在那之前的一整个学期，学院占据着我的全部时间，因此我并没有完全意识到我生活在闹剧之中。但是，我的 7 月和 8 月变成了一片刺目阳光下的炎热沙漠，四周都是沙丘，连一条固定的小路都没有，毫无方向，毫无意义。

"你夏天会来上班吗？"安赫尔·普里梅若问我，带着他一贯假惺惺的腔调，和我早已见惯了的虚伪距离感。

系里7月份有7月份的规矩，几乎没人来上班。我下意识地应答，编了一句瞎话。

"不，我得陪母亲出门。本周是我来这里的最后一周，回来就是夏天过后了。"我装成漫不经心的样子在回答着。"夏天您会继续来系里上班吗？"

"不，不，我需要休息。"他用略带怀念的语气说道，"我应该会到山里的房子那儿去。"

那年马德里非常热。我记得母亲热衷教区的事物。退休后，她把大部分的时间投入到关心各类边缘群体的项目和活动中去，经常出门很长时间。至于我，我几乎没有什么朋友可以叫出来。当时罗伯托在休达的兵役即将结束，阿尔贝托读完了一个工商管理的硕士，刚开始在一家合作社做主管的实习工作。我在大学期间的朋友或熟人都各奔东西，不是在准备公开招聘考试，就是去当兵了，或者是干起了第一份工作。

那个时期，我经常去普拉多博物馆，那里总是挤满了游客。

我不理解为什么我当时不拿出时间来写作。我有写作的热情，我想成为诗人或者小说作家。事实上，我把最美好的时光都奉献给了诗歌。我思念皮拉尔的时候总有诗情萌发。我无法以其他方式思念你。

但事实是，那个夏天我并没有选择将孤独倾注于系统的、自律的写作之中。在那个时候，写作对我来说是一个梦。成为作家是我日后想要做的事情，它是一个不会促使我采取任何具体行动的目标，是我理解自己在世界上位置的方式，因为我的眼睛习惯于欣赏母亲童话里的风景。

我十五岁那年，外公送给我一本篇幅不大的小说，是拉蒙·何塞·森德尔的《黎明纪事》。这本1942年版的书和其他书籍一道被当作礼物，由墨西哥的西班牙之家送出，来到寄居普罗旺斯的艾克斯的共和派人士手中。我的母亲跟我说起过书的作者，母亲说她在马德里时没有机会结识作者，因为他很早就流亡海外了。但是，她知道这位作家后来名声鹊起，甚至是诺贝尔奖的竞争者。那本书几乎是我和母亲同时阅读的。我记得小说中的某个章节，有人在一个古老的城堡中发现了一张写有拉丁文的羊皮纸。村里的神甫负责翻译文字。这份手稿封存着一个过去的秘密。上面说如果一个人想要有尊严地活着，需要在三种天赋中选一种：英雄、圣人，还是诗人。小说的主人公毫不犹豫，他想成为英雄。我也毫不动摇，我想成为诗人。

我如果有这样的天赋，肯定源自我的母亲，源自她一次又一次创造的回忆，那些对40年代的马德里和她诗人朋友们的回忆。在法国的家里，我们经常怀着欣赏的心情谈起那些英雄们，他们的目光背后都隐藏着伟大的故事。从他们的身上，我们可以看到万物内在的魔力。我渴望像他们那样做一位诗人，我希望有朝一日成为他们的样子。

我还得益于母亲的短篇故事。许多傍晚时分，在我们等待外公回家的时候，母亲就给我读这些故事。母亲的故事都很悲伤，故事中的人物都是些心地善良的男女，却都肩负着生活的重担。他们不懂得如何生活，有些笨手笨脚，缺乏必要的热情去和别人争抢自己想要的东西，他们无法在拿到手里后就头也不回地走开，做不到毫不迟疑。这些人物全都是英雄的反面，但是他们却是真正的人，像其他众人一样，因为恐惧而畏畏缩缩，没有理解为何事情会发生的能力，被街坊四邻和自己的家束缚住脚步。我知道这些人中的大部分都是被多年的怨恨打败的人。但是，我也知道他们中的一小部分依然保留着最纯真无瑕的童年回忆，用爱滋养着旧时的梦想，支撑自己，一直站在大地上。母亲短篇故事中的人物就是一群这样的人。和那一小部分人一样，我接受的教育就是如何去失去，去抵抗。这就是我作为作家的天赋。

现在我感觉自己解放了。我朝登机口走去。要是现在能回去呢？两年半后，降落在马德里，重新操持我的生活，重新发明我的生活，再来一次，或许会更好，比任何时候都要完美。这都是因为我现在知道我是谁，我把自己握在手中，我的回忆点亮了我的眼睛。我从未忘记，是的，我懂得回忆。因此，我可以回去。

那年夏天即将来到尾声，我也消沉了下去。在干燥炎热的马德里，孤独让我陷入绝望。我筋疲力尽，没有力气放弃大学里骗人的工作，不想再次成为母亲的负担。她已经退休了，对我的成功感到骄傲和自豪。可怜的她并不知道我已经成为她笔下故事中的一个悲伤人物，没有安身立命的本领，更愚钝地不懂得遵守不成文规矩的道理。

某个在普拉多美术馆度过的午后，或是一场电影的散场时分，我对自己说："我不能再这样继续下去。"马德里的夏天应该是一片荒漠。可是游客让城市变得奇怪起来，它褪去原本的容貌，扮上别人的模样。游客们心满意足地走了，只有居民失去了城市原本的生活。8月的马德里，我在反复思索着我的失败，在游客中间走过，参观着各种博物馆，逃离着炎热的天气，也逃离我的家。我认为也是从那时候开始，我有了在咖啡厅里阅读的喜好。

我本可以找父亲或者卡洛斯商量，让他们给我在律师事务所里谋取一个实习的机会。或者，我也可以参加公开招聘考试，也可以说我判断失误，因为大学不是我想象中的样子。人们尽早承认错误，也是为了尽早改正。这些我本可以做到，但是我又不会撒谎。我做不来律师、法官、检察官，更做不了那些可以通过公开招聘考试考上的职务。我，就定义而言，我是作家，是诗人，大学老师的工作是目前和这二者最接近的工作了。大学老师的工作内容是读书、思考、写作和传授知识。怎么能说我错了呢？我没有错。这个滑稽可笑的院系才是错误，我不是。

9月一天天地过着，我也不断地推迟回校的日期。因为不想让母亲担心，我一大早就离开了家，要么在城里闲逛几个小时，要么就在咖啡店里看书。我记得在那个时候第一次读到海梅·萨比内斯的作品。

月初的一天，我坐地铁去大学，像往常一样早到了，因为课程还没有开始，所以没有太多活动。走廊里几乎所有的办公室的门都关着，可是秘书伊莎贝尔的办公室的门和往常一样半开着。我探头打了个招呼，问她假期过得如何。我们两个月没见了，但我立即就确认了什么都没有改变，我的笑容遇上了她掩饰拙劣的冷笑。"你怎么来了？"她说，"真勤奋！你的脸白得跟纸似的。年轻人，你的夏天是在哪个图书馆度过的？"看得出来，她的肤色倒是黢黑。

我来到办公桌前。两个月前，我在阅读法律史手册。这本卷帙浩繁、令人讨厌的书还摊开在离开时的那一页。我见此情景，心生一阵不快。它就像我命运无可救药的标志一样，谴责着我一生的平庸。

但是，书的旁边放着一个信封。我拿起来，发现是一封印有外交部官方抬头的信封。我的确在夏天之前申请了奖学金，但没有附上离岗两年的许可证明。我拿到了学院院长在没有见我的情况下为我签字的授权书，但是我还没有把这一切告诉给安赫尔·普里梅若，因为这事肯定让他恼火，他再也不会帮助我了。

我忐忑不安地打开信封，没想到他们会这么快回信，其实我已经完全忘记了还有这个希望。打开后是一封信，签名的人是外交部国际研究中心主任。我被授予了奖学金。真的，我被授予了奖学金。

我站在那里，一遍又一遍地读着信的第一段："我们愉快地通知您，经过国际研究中心委员会审议，决定授予您两项奖学金中一项。"是的，上面写得清清楚楚："决定授予您两项奖学金中一项。"

手里拿着那封信，我已经呆住了，一直站在桌子前面。突然，我心中一惊，想到可能刚才有人看到了我悄悄收到消息的场景。但是我身边没有人，现在是9月初，还没有人来上班。我坐了下来，又把信通篇读了一遍。下面的几段说我必须补齐材料，在9月30日前提交申请时没有附上的研究许可。我的天啊，我心想，这份文件我非拿不可了。

我片刻没耽搁，径直去了外交部。我得找个人说说，9月30日的期限太紧张了，我需要多宽限几天才能取得那份许可。我决心逃出那口平庸的枯井，不然我的热情就会腐烂殆尽，我不想再承受那群卑鄙小人的羞辱。这次我真的要抓住生活给予我的机会，我决不允许任何人夺走它，这次我真的要拼上一把。

大厅里响起催促旅客登机的声音。

大部分从巴黎返回的人都是来度假的。他们已经欣赏了巴黎的景致，或许也登上了埃菲尔铁塔，游览了卢瓦尔河谷城堡群，参观了卢浮宫还买了纪念品。他们挂着疲惫的笑容，眼睛中充满了对这座城市的共鸣和怀念。他们来过巴黎，他们也会回去。

我感到筋疲力尽，我起得很早，还没有吃早餐。在这间咖啡厅里，我可以喝杯加奶咖啡，吃个牛角面包。这是一间机场咖啡厅，毫无特色，可以看到一些霓虹灯的色彩。透过咖啡厅桌子前巨大的玻璃窗，可以看到机场跑道，飞机正在排队起飞。

我旁边坐着一对年轻情侣，三十来岁的样子，很吸引人们的目光。他们很幸运，因为年轻，所以毫无忧愁，日子也过得开心且富有情趣。他肯定是律师，要么就是建筑师。他的工作对技术背景的要求很高。我之所以这么认为是因为他穿着舒适的运动装，适合在巴黎夏日的街头漫步。他的无框眼镜很抢眼，风格现代，设计灵巧。一支印有万宝龙商标的钢笔从他T恤衫胸前的口袋里露出个头来。她很漂亮，皮肤被晒伤了，头发……她的头发让我想起了托·斯·艾略特的诗句："编织，编织你发丝里的阳光。"她宛如一位公主。两人牵着手，默默不语。他们累了，就这样静静地望着前方，但是手依然紧紧握着。他们一定在巴黎度过了一段美好时光。

我不是那样的人。确切地说，我的自我感知不是那样的。我认为我缺乏的是骑士特有的勇气和能力。我觉得自己就是个跟班，跟在一位可悲又可笑的贵族绅士的左右，不仅得忍受他的装腔作势，还可能分担他的不幸。我不配牵起你的手，不配让你爱上我，我不配。

旅行是一次救赎，是净化自身的机会，因为旅途会考验我，让我必须拿出勇气和能力，让我变得高大、强壮、俊朗。旅行会给我带来名声,当我回去时,旅行的经历会让我成功地站在你的身边。

旅行会带我去可以认识自我的地方。

但是出发并不是容易的。

我需要更多时间才能拿到系里的许可。我在外交部花了一天时间,想要寻到一位可以帮我的人。我找遍了办事窗口和柜台。"您应该去研究中心的办事处。等一下我告诉您地址。那里可以解答您的问题。"我重新坐上了出租车,重新走一遍身份验证的流程,重新爬上楼梯,接着是柜台、指路、更多的楼梯、无声的走廊、巨大的木门、尊贵的房间、古色古香的家具。工作人员说我可以进去见主任了。"好的,非常感谢。""这个机会对我来说非常重要,您不知道我多么渴望这份奖学金,只需要多给我几周的时间办理许可证明就行。您知道,大学9月份刚开始上班。十分感谢,您不知道我多么的感谢您。那么说我的时间延到10月30号了,多了整整一个月。万分感谢,真的,万分感谢。"

我又有将近一个半月的时间来获得那份走向未来的通行证。一方面,我认为系领导很难否决我的游学申请,因为我没有任何职务。但另一方面,我确信安赫尔·普里梅若不会同意我离开。

和他如实相告绝非易事。他一直没来系里上班,我等了好几天才见到他。我很紧张。我不想在没有事先咨询他的情况下提交请求。我必须这样做,即便我根本不会考虑他的意见。某天上午十二点左右,我正一筹莫展。这时,我听到他和秘书伊莎贝尔说话的声音。我想他很快就会来到我桌子这里,继续用贵族腔调跟我打招呼,并邀请我享受一段从办公室到咖啡厅的漫步。但是,这一切都没发生。他没过来。

我想也许他认为隔了好几个月的暑假，应该是我前去跟他打招呼。所以我起身去他的办公室。敲了敲门，听到他说"进来"，我便推开门。他正坐在桌子后面抽烟，盯着天花板出神。他的办公桌上什么都没有，看起来他毫无看书的心思，打字机里没有纸，也看不出他准备好要工作的意思。屋里的这些细节，以及我藏在心里还没告诉他的个人志趣，都促使我走进他的领地。"您好，安赫尔，我来看看您。夏天过得怎么样？"我向他伸出手。和他握手的感觉很差劲，他的手毫无力气，我就像握住了一块松软的肉一样。而且他也只是伸出手指头意思一下，握完马上抽了回去。

"哎，麻烦事不少。我父亲在山区病倒了。"

"天啊！"我打断说道，"希望病情别太重。"

"没有很重，都是好几年的老毛病了，岁数大了而已。兄弟们不能来探望，妈妈也没能力照应。总之，问题不少。"

我站在那里听，希望他请我坐下，或者叫我一起去咖啡厅，这样的话我就能逮住话茬跟他说我想接受一份奖学金，去游学两年的时间。

"好吧，我猜这就是我该承担的事，是我必须渡过的难关。我想你一定在忙于阅读。你和母亲的旅行怎么样？"他问我，做出了一个回见的手势。

"旅行……嗯，挺好，一切都好。我们回来有些时日了。嗯，一切都挺顺利的。"我说着开始往外走，"那就再聊。"

我离开他的办公室，没能把想说的话说出口，心里满是苦闷。

那天整个上午，我都只盯着书的同一页在看，同时绞尽脑汁地想该如何告诉安赫尔·普里梅若我想离开两年去研究比较宪政史的事。

那天下午，旧戏重演。他来了之后没有走向我的桌子。这很奇怪。放在几个月之前，他要是能给我片刻宁静，我真是求之不得。但是，当时我需要赶紧和他说上话，跟他讲述我的计划。我想直接出现在他的办公室，请求占用几分钟时间向他讲述我的计划。但是这会是一个巨大的错误，因为他不会让我解释完的。在我们师徒关系的不成文规矩中，很明显我应该听从他的支配，而且我不应该因"微不足道的小事"去打扰他，而这所谓的"微不足道的小事"是由他一个人裁定的，总的来说，是那些和他的胡闹不相关的事情。

周五那天他甚至都没来系里。我很痛苦，因为正式提出许可申请的事情一天都不能再拖了。否则，我很难在外交部的底线10月30日之前办妥所有文件。

我回到家里时，感到深深的沮丧。与奖学金失之交臂将会很可怕，因为在那个可悲的地方，没有人愿意帮助我。我正一点一点地沉没在一个荒谬且不可告人的生活中。

我在电影院度过了周末，这是我逃避自己软弱无能的方法。在家里，我把自己锁在房间里。我打开老旧的唱片机，唱片一转就是数小时。我一遍又一遍播着在法国经常听的路易斯·利亚奇的黑胶老唱片。

我要从那里离开，离开那个只有我是可怜虫的地方。我要到许多片土地上去，在那里我可以成为一个达到我梦想高度的人物。

十七

周一来到，我下定决心结束这荒谬的窘境。周日晚上，我在家给位高权重的堂·曼努埃尔写了一封信。我把信连同外交部奖学金的复印件交给了伊莎贝尔。

尊敬的教授：

我想亲自向您表达一下申请外交部奖学金资助的想法，并借此机会进行为期两年的比较宪政研究。为此，我需要院系批准我离岗两年，当然，在此期间我不领任何薪水。

提交许可最后日期为10月30日。

恭祝顺意，

路易斯·冈萨雷斯·哈尔迪耶尔

"能麻烦你把这封信交给堂·曼努埃尔吗？"第二天早上，我问伊莎贝尔。

"当然。正好，他今天会过来。"她接过信封，略带诧异地回答。

这是伊莎贝尔第一次没有用轻蔑的方式对待我，我坐回办公桌开始等待。

和去年一样，周一那天所有人都来了。漫长的夏季过后，欢快的问候、笑声和表示欢迎的拥抱再次在这里上演。意气相投的人们上上下下，成群结队地出入咖啡厅。也和去年一样，我站在那些久别重逢场景的边缘，在现场远远地当一名看客，仿佛房间里的一件古老家具。那天上午我也看到了安赫尔，他还是不理睬我，只见他和奥斯卡·斯夸尔下楼去喝咖啡，后面跟着一群系内杰出的青年教师。

那天下午我没有回去。我听说他们人人都安排了各类午餐和碰头会，所以我猜肯定又是一阵觥筹交错，并且我确信堂·曼努埃尔不会很快接见我，所以我就又去了电影院。看哪部电影都行，我只想在梦里过一遍别人的人生，体会别国的风情。我只想做梦。

第二天，我经过伊莎贝尔办公室的门口，依旧例行公事般地说声"早上好"（我不期待任何回应）。这时，我意外地听见她在我身后叫住了我。我迈步回去，在门口探身问道："刚才叫我吗？""是的。"她肯定地说，眼睛都没从面前的文件上移开看我。"堂·曼努埃尔昨天问到你了。"说完这句话，她停下来静了几秒，接着假惺惺地读起桌上文件里的句子，边读边拿笔勾画着。

"堂·曼努埃尔吗？真没想到，他这么快就要接见我了。"我结结巴巴地说。

"他今天回来，我会跟他说你已经来了，你别错过了。"这次，她看着我对我说。

"我就待在办公室，哪儿也不去。"我满口答应。

我感到内心一阵翻腾。坐在自己的位子上，我想到我或许可以在等待的时候看上一本稍微有趣的书，这样等待的时间就不那么难熬了。我肯定不看那本由某位姓伊格莱西亚斯的教授写的手册，那本书虽然是最新修订版，但是糟糕极了，从夏天之前开始就一直摆在我的桌面上。我起身到桌子旁边的书架上找点有趣的东西看。书架上几乎都是属于研究资料类的书，各种各样的历史法律法规，比如《马德里市政法》《普拉森西亚市政法》《索里塔德洛斯卡内斯市政法》。老实说，我还不如接着看那位伊格莱西亚斯写的手册呢。《西班牙法典》《新编西班牙法》《西印度群岛各地区法律汇编》……我回到座位上，开始等待我满心期盼的事情发生。我呆望着地面，陷入沉思，以至于直到安赫尔·普里梅若出现在我面前我才注意到他。他站在办公桌的旁边，翻阅着那本法律史书籍。

"您好！"我惊惶地说。

"你还没有读完这本书。看起来这块大部头让你难以下咽。"他用他一贯的自负语气直戳我的痛处。"现在我有工作必须立刻完成。但是，如果你愿意，我们十二点可以喝杯咖啡。"他自信地说，"我们需要谈谈。"

他似乎很生气，语气中带着几分恼火。他转身朝自己的办公室走去。当他走开时，我意识到不能跟着他去其他地方，因为我已经答应伊莎贝尔就在办公室等堂·曼努埃尔。我三步并做两步，赶上了正大摇大摆踱步的安赫尔·普里梅若。

"安赫尔，不好意思，等一下。我十二点很难抽身。今天不行，抱歉。"我说这话的时候，观察到他的脸红了起来。"明天您方便吗？"

说完这最后一句时，我意识到犯了一个严重的错误。助理必须始终去适应他老师的计划。即使他有合理的理由也不能这样做。助理当然可以通过陈述理由来辩解，并恭敬地等待老师重新安排会面的时间。但是我口无遮拦，不仅没有任何理由，还在取消了今天的咖啡之后，安排到了第二天。这太过分了，这是不可接受的。这件事证实了我根本什么都没学会。

"明天我有工作。"安赫尔·普里梅若答道，同时在厚厚的眼镜后面睁大了眼睛。他的脸已经完全红了。"我什么时候有时间再通知你。"

他再次转身，径直朝办公室方向走去。这次他脚下的步子虽然迈得急，但样子滑稽。

我如释重负地回到了办公桌前，我已经摆脱他了。我不在乎他怎么想，或者他会做什么，我要真当回事就太离谱了。也许他已经发现我寻求离开了，更何况他即使知道了，也不是从我口中知道的。但是还能怎样？今天之前我都没有机会和他说话，他也不来找我。正巧今天，他至高的意志显露出与我交谈的想法。

这不值得我认真对待。但是，如果他昨天从伊莎贝尔的口中得知我的动向，或许会左右堂·曼努埃尔的决定，那么我的举动就会令人无法忍受。我不遗余力地申请奖学金，然而我的论文导师却不知道，他对此一无所知。我没注意到，在学术界，老师的慷慨与无私是以学生的忠诚为前提要求的。一位老师对我的学术生涯负责，无偿无私地指导我的论文和研究，他所表现出的慷慨最起码值得学生的虔诚，而我缺乏的正是这种基本的义务。堂·曼努埃尔会把所有这些道理都讲给我听。现在我还奢望系内全体大会批准我两年的游学假期？教授们的时间都价值连城，他们的时间当然不在我的支配范畴内。

那我应该跟堂·曼努埃尔说点什么呢？说安赫尔·普里梅若是个没有工作能力的酒鬼吗？连一本有用的书都无法推荐？连我的论文题目都定不下来？他当论文导师，甚至他作为大学老师都是一场彻头彻尾的欺诈？我能说这些吗？然而这也是最让我失望的原因。堂·曼努埃尔难道不会非常清楚安赫尔·普里梅若是什么样的人吗？

我是什么样的人呢？有一天，安赫尔·普里梅若让我帮他拎包。虽然是一个没什么重量的小件，但是我认为他之所以这么做是在测试我这个随从的听话程度。我照做了，我记得我的感受糟透了。我拎着走了几米之后，他就让我把包还给他。

"你别神游物外了。堂·曼努埃尔正在他的办公室等你。"伊莎贝尔用一种神秘的语气对我说。

我先是吓了一跳，随即站了起来，跟在伊莎贝尔身边，朝着堂·曼努埃尔的办公室走去。我知道是哪一间，就在走廊把头的位置。伊莎贝尔回到了她的办公室，并出人意料地祝我好运。在接近一年的蔑视之后，她终于给了我一丝体面。堂·曼努埃尔的办公室就在几米之外。办公室门边的木头有一块银色名牌，上面写着他的名字和职务：曼努埃尔·加西亚·巴连特博士，法律史教授。这处细节尽显教师身份的不同，因为走廊里别的门上都没有名牌。我敲了门，没人应答。我又敲了一次，听到一声不耐烦的"进来，进来，请进"。随即，我推开门。

那是一个巨大的办公室，在最里面的一扇大窗户前坐着堂·曼努埃尔，他的面前摆着一张华丽的桌子。这里摆放着用玻璃门锁起来的书柜，能看到里面一册册类似古书的书籍。我走到他的桌子前，左手边是由一张沙发和几把椅子组成的可以轻松谈话的地方。堂·曼努埃尔的桌子上摆满了书，还放着一架大型电动打字机，以及看起来似乎是一些旧时文件的复印件，上面的字迹很密。

"坐吧，坐。"他说，用手指向大桌子前两把椅子中的一把。

堂·曼努埃尔个子不高，但他总是站得笔直。他的啤酒肚很大，哪怕他挺胸抬头，最突出的也是他的肚子。在这一点上，他让我想起了佛朗哥的形象。他留着一撮黑色的小胡子和挺拔的短发。

"伊莎贝尔昨天把你的信给我了。"说着把信给我看了一眼,"很好。考虑到你是不请自来的,现在想要离开,知道打报告了,是进步的表现。"

他停顿几秒,我只能诚惶诚恐地听着,我根本猜不出堂·曼努埃尔会对我说什么。

"你看啊,年轻人。一年了,这是我们第一次谈话。现在大学的变化很大,有些变化不见得是有益的,甚至还出现了这样离谱的情况:我是这个系的系主任,居然对我手下的助理教师一无所知。你觉得这样正常吗?"

沉默,他看着我。几秒过去了,我意识到这是一个真正的问题,不止是一种讲话技巧。所以我试着作答。

"好吧,第一天的时候,我和斯夸尔老师,还有普里梅若老师谈过了。他们说我是他们的助理。普里梅若博士直到现在还承担起我的培养工作。我想他们和您讨论了年轻教师应该做什么。然后……"

"是的,当然。"他打断了我,"我当然知道你做了什么。这里是一个讲究规矩的地方。但是,你在申请本系助理教师一职之前,和我谈过吗?你看,一年前你就像伞兵一样空降到我们这里。毫不夸张地说,你确实是这么来的。然而这不是学界的流程。你在这一年之中应该学到了一些。"

再次陷入沉默。我再次等待几秒钟,我想确认这是抛给我的一个真正的问题,我也想确定他不再继续讲下去,继续自问自答。

"是的,自然。这一年我学到了很多。"我曲意逢迎地回答,只为了争取他的同意。"我认为我一开始就犯了错,但我也试图通过工作来纠正错误。我每天都来学习，系里随叫随到，这是我能做的。"

我感到挫败，不知道堂·曼努埃尔在想什么。我开始感到他不会放我走，他肯定会给我安排授课、批改试卷的工作，我都不得而知。我想到我在系里的前途可能就此改变，或许这样也挺好的，虽然不能出发去游学。如果我在马德里的工作环境能有所改善，失去奖学金也算不上坏事一桩。

"你看，我就不跟你拐弯抹角了。"他说，"我不觉得你的想法本身有什么问题。可问题是谁做你的指导教师？据我所知，普里梅若博士对此事毫不知情。"

"堂·曼努埃尔，实话实说，我也是不久前暑假返校之后才得知奖学金授予我的消息，还没来得及跟普里梅若博士解释事情的原委。而且，由于提交许可的最后期限太紧迫了，我决定写信给您，想看看如何解决这件事。"

堂·曼努埃尔似乎在沉思，他看向高处，盯着办公室的天花板，或盯着我身后右侧的某个地方。他的眼神清澈，透着硬气，令人生畏。

"你看，哈尔迪耶尔，我想给你一个机会。10月中旬有个系内大会，会上将讨论批准你许可的问题。原则上说，你会拿到这份文件。出于我的责任考虑，我个人觉得，每六个月我都得拿到一份研究工作的开展情况报告，包括你都去了哪些大学、研究的现状等。也就是说，我要拿到一份你所有行动与工作的详细说明。"

我向他表达了由衷的谢意，但他打断了我的感谢之词，用夸张的手势示意我该走了，不需要再谢了。那手势和安赫尔·普里梅若的一模一样，我见识多次了。他们都是用一只手示意我该走了，然后闭上眼睛摇头，好像不愿再看我，也不愿再听到我的感谢之言。

来到走廊，我不敢相信刚刚发生的事情，我全都做到了。生活就在眼前，游学的机会就在眼前。

飞机涡轮的声响让我回到现实当中。现实就是我要回去了，也许我真能回去。我看到远处的一架飞机在跑道上不断加速，它慢慢地起飞。那回来的人又是谁呢？是谁回来了呢？这些年来，我一直努力地维持我的回忆，为的就是不自我迷失，为的是有朝一日可以回去，或许十五天之后我就回去了。事实上，如果我可以回去，一定是因为我没有在时间的流淌和地点的变换中渐渐消融，是因为我依然是那天凌晨出发的我自己，我依然是那个我。

但是，谁是我？我又是谁呢？

后来，我依旧每天都到系里去，但是我已不再需要忍受安赫尔·普里梅若了。这对我本人来说是一场意义非凡的解放。另外，我继续被同事们无视。除了在位子上老老实实地默读资料外，我依旧没有什么其他工作。然而，还是有一个小小的改变极大地提高了我的生活质量。由于奖学金要开始了，我把阅读的资料从病态的法律史手册换成了各国宪法和政治史的专著。

日子就这样过去，到了10月中旬，这天系委员会要开会讨论我的研究许可申请。我并不紧张，我知道在那个场合做决定的人是堂·曼努埃尔。他之前就跟我说了，我会得到许可。

开会那几天，所有人都到学院来了。最高委员会的教授们穿得比平时更加精致整齐。那天的会议不过是人们各自显摆，搞一搞学会的传统仪式而已。会议在十二点开始，教授们陆续来到会议室。我看到安赫尔·普里梅若也来了。他穿了一套全新的藏蓝色西装，头发向左右两边梳开，湿漉漉的。不用猜都知道他前一天肯定喝得大醉，他这副样子好像刚刚冲完澡一样。我认为，对他而言，我的离开是对他权威的巨大挑战。那次会上要通过我自行做主的决定，况且我还没有征求他的同意。他来开会估计感觉别扭极了。是的，我看得出来他肯定因为看体育比赛喝多了，保不齐哪个可怜虫不得不在他旁边听他抱怨部长大人如何毁掉大学威严的话。

差几分钟两点的时候，门开了。教授三五成群地缓缓走了出来，彼此间说着话，态度严肃，好像在讨论重大问题。那天举行的全系委员会大会只不过就是走个过场而已。

最后会场静了下来，一个人都没有。我想是去吃午饭了。等到第二天，我去问伊莎贝尔如何获得我的许可证明，我猜想一定获得了一致通过。这天下午，我要去电影院。在看电影的时候，时间总是过得飞快。正当我沉浸在自己的思绪里时，有人拍了下我的肩膀。我太专注于自己的世界，完全没注意旁边的这位中年教师。我连忙起身，他说：“我做了一份大会决定的证明，你或许会用到。今天下午我肯定会给校长写一份报告，至于校长决议下来的快慢，就是别人负责了。他们尽快给你是最好不过的了。你如果需要我这个系秘书做什么，你就张口。”"非常感谢。"我拿着那张纸，说道。"希望你在外面的世界一切顺利。"他笑着说，并向我伸出了手。

我有一种尾声将至的感觉。从现在开始，最迟到1月份，我就要出发了。我决定不再频繁地现身系里。我感到人生的一个阶段结束了，新的阶段正在慢慢开始，一场远行正在慢慢开始。

我记得出发前不久，系里另一位助理在不知不觉中照亮了我前方的道路。我不知道他现在在哪儿，他大概猜不到他在多大程度上为我打开了一条通往命运的大门。

我乘坐的电梯停在了学院的一楼。门开了，只见何塞·玛丽亚·佩雷斯·科亚多斯站在门口。他是去年和我一起入职的助理，他赢得了招聘的另一个席位。他的论文由堂·曼努埃尔指导。他走了进来，跟我打了招呼，我们没有说话，只是继续坐电梯下楼。我们在出电梯时互致再见。虽然我们似乎走的是同一条路，但我们每个人都独自走着，相互之间有几米的距离。

突然，他停下脚步等我。此时，我正走在他身后几米的位置。

当我走到他身边时，他对我说："你好！你可能觉得很荒谬，但我想告诉你，你给我们所有人上了很好的一课。恭喜你获得了奖学金。"他语气坚定地对我说，向我伸出了手。

我握住了他的手，却不知道说些什么。

"非常感谢。"错愕之余，我回答。

我站在那里看着他离开。他是堂·曼努埃尔的门生。他不仅讲授实践课程，而且还研究阿拉贡王国融入西班牙君主制的问题，这是他的论文题目。佩雷斯·科亚多斯在助理教师圈里的人脉非常好，经常可以看到他的身影，甚至还可以看到他和奥斯卡·斯夸尔的跟班们一起喝咖啡。我不知道像我这样的人能给他那样的人上什么样子的课。"给所有人"，他刚才说，"给所有人上了很好的一课"。

我们一生都在寻找理由。我这么一个无名小卒，居然被享尽特权的人羡慕。我问自己为什么？日子一天天地过去，我慢慢地开始从另一个角度看自己。我猜，堂·曼努埃尔的那位特权门生也从这个角度看着我，从他的窗子向我投来钦佩的目光。

他那扇窗子所在的房间，我从未踏入。透过窗子被看到的人并不是我。或者说，确实是我？难道这个人才是真实的我？

享有特权的人会自问为何会拥有特权，其中的原因很难在缺乏特权的人身边找到。所以，我们才会选择不睁眼看世界，才会选择无视失败者。那位小伙子做的事情是有价值的。我不知道他如何取得特权的待遇，但是他并没有因此无视我，而是选择默默地看着我每天到座位上上班。他知道我的成功所在，他觉得我配得上这份成功，而且他还告诉了我。他在那条走廊里给予我一个道德上的容身之地，让我可以做回自己，要知道在那之前我什么都不是。

我与系里的合同还剩两年。虽然我按照与堂·曼努埃尔的约定，每隔六个月就毕恭毕敬地给他邮寄一份详细的长篇阅读报告，但是我没指望奖学金结束之后还能继续在那里工作。大学不用付我的薪水，省下的这笔钱可以聘请比我更合适的人选。我在那天的会议记录中看到了相关内容。记录上写着系里申请一位助理教师的岗位，以填补我离开之后的空缺。记录里还明确指出该岗位将通过紧急程序在不进行公开招聘的情况下报名，由系里推选出一位提名人，并公布提名人的姓名。

尊敬的朋友：

最新一篇有关比较宪政研究的报告已经收到。看得出来，你对北美、英国和法国的宪政传统以及它们在一些拉丁美洲国家的影响进行了认真且严谨的研究。无论怎样，我都坚持认为，对西班牙语美洲产生最深远影响的是我们的1812年宪法，并非法国或美国的法律。但是，上述个人观点并不影响我对你研究兴趣的尊重。

如果你必须向外交部提交研究结果的鉴定报告，随时可以向我索要。

至于你问我是否回到系里工作的事情，其实在我们这里的日子也不好过。如今实施的新课程方案已经把我们的学科边缘化了。我不想用空洞的希望耽误像你这样勤奋、有价值的人才。我确信，你肯定能轻松地给自己的未来找到一条宽广的出路，至少比眼下的大学环境好一些。

热情的拥抱，

法律史教授

曼努埃尔·加西亚·巴连特 博士

我本可以简单地将一切归结为别人对我的轻视。事实上，刚开始的确如此。然而，在我离开前的最后几周，到系里上班的我感到十分心安。我心里想，你们就留在此地，徘徊于卑躬屈膝和陈规旧俗之间，慢慢地腐朽没落；你们就留在此地，而我却飞向浩瀚星辰；你们就留在此地，真悲哀。

但在这几个月的寂寥中，在我的记忆中，我给自己找到了一个理由。它让我免于忘记他人，免于失去视野，免于双目失明。

我猜想，那位佩雷斯·科亚多斯对他特权的合法性也有所怀疑。虽然他拿下了两个助理职位中的第一名，但他知道我的成绩比他好。由此，他不得不感谢那些将职位施予他的人。我不知道他被强迫做了什么，想也不难，无非是些苦差事。然而，真正的重点是他看到了我。尽管他不和我打招呼，也没有打破众人对我的孤立，但他了解我的痛苦，他没有对我视而不见。这一切都让他对自己的特权感到内疚，对自己的胜利感到苦楚，感叹自己的成功是多么的得不偿失。尽管如此，他依然看着我，为我胜利的离开而感到高兴。我知道，如果他继续不放弃睁眼看这个世界，他如今的悲伤，总有一天会助他抵达某种高度，让他能够改善眼前的一切。

像他这样的人，是我们唯一的希望。他们可以在外取得胜利，而在内不被同化。像我这样的人永远也无法达到改变世界的高度，因为失败者是一无所有的。失败者只在敢于睁眼看世界的人心中留下印记。然而，这样的人又太少了。正是在这些少数人身上，栖息着我们唯一的希望，它脆弱、病态又隐秘。

我们这些失败者就是一束闪电，击中了被选中之人心中的白马；我们就是首诗，点亮了他们的人生；我们就是一段回忆，助他们有朝一日改变世界；我们就是那盏灯，一直都被罩在斗的下面，但有时候也会点亮希望。[1]

---

[1] 斗底下的灯，出自《圣经·新约》，表示被隐藏的光。——译者注

十八

"你好,克里斯蒂娜,我希望你的提议依然作数。"我站在她租下的豪华公寓门口对她说,旁边立着三件旧行李。

"当然作数了。"她感到惊喜,又有些好奇,回答我说,"请进。"

"这间公寓真漂亮,你已经安顿好了吗?"我问。

"好吧,我也没搬过来太长时间,刚刚才把卧室规整了一下。让我们看看你这行李箱里的东西放在哪里好。"她看到行李箱,对我说。

"别担心,我不会把行李都拿出来。我会把西装等衣物挂起来,再利用一下衣柜里的空档,其他物品会继续放在箱子里。我只待两周,我回马德里的机票已经拿到了。"

"你要回去了?"她惊呼,看得出她这次真的完全没料到。

"我不知道为什么,但是我觉得我能回去,到时候就知道了。我已经拿到了直飞马德里的机票。总而言之,你的提议要是作数,我就住两周。你要是希望我回酒店去,你就告诉我,真的。"

"你说的是什么话!"她打断了我,"我们能住在一起,我很高兴。"她挤了挤眉毛,露出俏皮的微笑。"来吧,我们看看怎么整理你的行李。小房间里有张沙发床,看起来不错,你可以好好休息。不过,要是你也愿意,我们先做些吃的,然后商量一下合住的规矩,最后你再去整理行李。"

她停了下来看我,就像看昨天的自己。

"但愿你能回去,路易斯。你在妈妈身边,她会很高兴的。"

没有合住的规矩,我们把这些都废除了,取而代之的是对彼此的慷慨和大方。我住小房间,有一张沙发床。这里其实可以用来听音乐和阅读,必要时也能住客人。衣柜是空的,差不多可以放下我所有的物品。房间还有一个二层隔断,我把行李箱放了上去。如果我看不到打开的行李箱,漂泊之感会减少几分。房间里的音响设备似乎很好,上面有很多按钮和指示灯。墙面的绿色很像开心果果仁的颜色,墙上古典主题的挂毯和现代家具形成了一定的反差。克里斯蒂娜说挂毯改善了房间的音响效果,房东应该很喜欢音乐。房间是临街的,铝制的大推拉窗上安了两层窗帘,不仅滤过了阳光,还能创造出一个让人凝神专注的空间。往简单点说,至少睡觉前不用非得拉下百叶窗不可。

"明天我得去门槛出版社一趟,看看能不能找到一份翻译的工作。"克里斯蒂娜满怀期待。

"如果他们给你这份工作,你留在这里的时间或许可以超过两个月。"我建议道。

"我不知道。"她回答说,"我什么规划都不想,我只想一步一步地拥有自己的生活,一切都会水到渠成的。"

我们坐在沙发上聊天,下午的时间漫漫流逝。

"我一点一点地读完了妈妈的所有信。"克里斯蒂娜告诉我,"几乎所有的信都是她婚前住在马德里时写的,都是些她在夏天与作家朋友们的通信。7月和8月,他们每个人都在不同地方度夏,信件也从各地寄来。好吧,虽然我说我已经读了她所有的信,但我必须说我读到的都是保留下来的信件,妈妈烧掉了一些,或者说烧掉了很多,这我就不得而知了。她老了,知道终点要到了,因而毁掉了很多东西。

其中原因我无法理解,就好像美丽的事物被抹去了一样。

"她把所有的信都收在一个鞋盒里。"妹妹在内心深处逗留片刻后,继续解释道,"我读完最后一封信,盖上盒子,感受到信里仿佛是一个充满幻想的奇妙世界,真诚的人、抱负、梦想……我不清楚,仿佛那整个有着不同的声音在说话的世界突然静了下来,被关在那个盒子里,这一关或许是另外一个四十年,抑或是永远。"

"她从未丢弃结婚前对马德里的回忆。"我不自觉地说。

"如今这个世界已经不在了,只留下了泛黄的信件。"

"我不认为那是一个消失了的世界。"我接着妹妹的话往下说,"因为她一直把那个世界带在身上。你想弄清楚她为什么离开,但是在内心深处,克里斯蒂娜,母亲从未离开。她一直都在同一个地方,无论生活在马德里还是在普罗旺斯的艾克斯。她从未舍弃自己的位置。我认为她一直都是她自己。"

"这么讲太文学化了,路易斯,但是事实上她真的离开了。她留下了爸爸,随外公走了。这一直以来都让我无法释怀,母亲怎么能这样做,尤其是在那个年代,把爸爸和贝尼托留在了马德里,她却在法国当起了佣人。"

"尽管如此,我认为我能理解妈妈。"克里斯蒂娜继续解释,"嫁人是做了该做的事,是走上了教会学校为她准备的道路,但这意味着永远地告别与诗人们共度的午后以及那些诉诸纸上的梦想。她竭尽全力地与之挥别。结婚五年,最后她做不到。"

"总有些事,是我们忽略的。"我打断她,"许多细枝末节的往事,我也不清楚,但是爸妈都各自沉默。就算我们得知爸爸对妈妈不忠,妈妈也发现了,或者类似的事情,我们能得到什么呢?"

"我得到的是明白为什么他们俩不能在一起生活，为什么几乎从不和对方说话，为什么他们两人和别人重新过上了日子。我需要明白童年时诸多个为什么，弄清楚为什么我们家从来都只能在两边中选一边。"

"那我回答不了你，我没有隐藏着的大秘密可以讲出来并解释这一切。我觉得妈妈心中的回忆从未抹去，而且现实是无法与回忆抗衡的，现实总是被回忆打败。因此，妈妈最后选择了她泛黄的信件，然后远走他乡。"

沉默让我想起了我的父亲。他身材挺拔，总是衣着得体。但多年后的如今，我能瞥见他无懈可击的外表下的不安。现在，他不再对我隐藏他的悲伤，他住在高墙之中，忧伤地踱步，凝视着合欢花，身后跟着他的看门犬。现在，他不再对我隐藏他生活的平乏。

"回去后，我要看看爸爸，向他讨教一些谋生之道。我现在有点迷茫，没法全身心投入律师或者公司的工作中，不知道自己能否胜任。但也许父亲可以帮助我找到一条不同的谋生之法。"

克里斯蒂娜目瞪口呆地看着我。"要是能帮上你一把，你不知道他会多高兴。"她说。

"在大学里我不知如何适应，一开始犯了错误。说实话，我觉得坚持走这条路不值得。"

"我一直以为你在系里很受人尊敬，我们都是这样认为的，因为事实上，他们给你钱让你周游世界，来写你的书。"

"看起来是这样，我知道。但是这些年我的生活实际上靠的是外交部的奖学金，而且六个月前奖学金已经结束了。好吧，这一年半以来，都是航空集团在支付酒店和生活费，所以我也节省了不少。其实大学不支付我的任何费用。"

"然而,你不是签了助理教师的合同了吗?"

"已经不存在了。我已经跟你说了,我从来没有适应那里的环境。他们更希望别人接替我的职位。我猜想,他们已经找到人了。"

"我确信爸爸能帮你一把,换成卡洛斯也会这样做。但是,他们都是律师。路易斯,他们能帮的也是在这个领域。然而你已经不再属于法律界了,你现在是一位作家。"

"一位不写作的作家。"

"你的人生就是一本小说,路易斯,你和妈妈一样。如果你还没有写出来,那你确实应该写。但是,我并不觉得像你这类的作家必须写作,因为像你们这样的人,书写的是生活。你们不仅仅在生活,你们是在书写生活。我觉得你也不会就这样停下来,因为你是一位作家,就像妈妈一样。"

本来,把想求爸爸帮忙的想法大声说了出来,我如释重负。但是,妹妹很快就点醒我,让我意识到我不是一位律师。而且她还提醒说我不是一个走捷径的人,我很特别,与众不同。毫无疑问,我比别人出色,但我和他们不是一类。不知不觉中,妹妹让我想起了我的人物形象,她递给我那张我尝试忘记的面具,鼓励我继续写作,不要只做一颗璞玉,而是登上舞台。

我记起一首路易斯·塞尔努达的知名诗歌,来自他最后的作品集《喀迈拉的哀伤》。

继续,继续向前,不要回头,
满怀赤诚直至长路与人生的终点,

219

不去留恋更轻松的命运，

你的脚下是不曾涉足的土地，

你的眼前是不曾见过的世界。

    我相信，人在一生之中至少踏上过一次能改变自己的旅途，一次重新启航的旅途。我感觉母亲的这趟旅途开始于她叔叔把她带到马德里生活的时候，就在 40 年代之初。从那时开始到她结婚，十年的时间覆盖了她路途的全部。40 年代是瓦砾与重建、胜利与复仇的年代，是难以解释的喜悦和哀伤的年代，是虚无缥缈的希望和在愤怒中的祷告的年代。正是在那些年里，她踏上了通往文学的旅途，因为文学就是那样一个地方，你到了那里，就很难回来了。

    我的情况很不一样，或许是因为我开启的不是旅途，而是逃避。我登上那架飞机，不带有一丝留恋之情，毫不心痛地抛下一段人生。我无法创造一个实现梦想的计划，我为自己的失败感到羞耻。这就是为什么我把一切都藏起来了，我没办法承认。就这样，我挡住了唯一可以弥补我悲剧的道路。

    我没有注意到别人的光辉里也隐藏着苦难，没有察觉出那些看起来是英雄的人，实际也并非如此。我只是无法接受命运在马德里给我的安排，我想要做出选择，然后我逃离了。

    我的妹妹是个幸福的人，我正在看着她在公寓厨房里准备晚饭。她从出版社回来了，还买了蜡烛、鱼肉、鹅肝。她想让我们都精心打扮一番，就和去参加豪华餐厅的晚宴一样。

    "他们会给你多少酬劳？"我问。

"这取决于不同的工作内容，但似乎不会太少。况且，我也可以用自己的钱先把工作干起来。我不用按时间表上班，按期交翻译稿就行。我不知道，走一步看一步吧。目前来看，我很感兴趣。这份工作，外加讲授几节西班牙语课，可以让我独立地生活。"

我看着她做鱼。"你会做饭！"我既吃惊又肯定地说道。"你别忘了，我是个家庭主妇。"她这边答着我的话，那边打开烤箱查看鱼肉怎么样了。烤箱门一打开，一股白烟冒出来，香味弥漫整个房间。这就是美式开放厨房的好处，气味会飘向客厅。闻起来真不错，你是怎么做的？"鱼很好做。"她回答我，"鱼要是新鲜，只需要在盘子底下放点水，这样便不会烤干。然后就是准备酱汁，想放什么都可以，十分钟就好。""是什么鱼？""鲈鱼，两条。你等下尝了就知道有多好吃了。"

"看，烤箱火灭了。你把桌子铺好，我再去收拾一下。你房间衣柜抽屉里有一块精美的桌布，你再从餐边柜里把纯银餐具拿出来。然后，还有你自己，穿得帅气些。今天是独立日！"

我已经穿戴整齐。我新上身了一件偏粉的白衬衫，外面穿着浅黄色调的单西外套，搭配深蓝色的亚麻裤子，没打领带。我很爱护鞋，此时脚上穿的是黑皮尖头莫卡辛鞋，上面的饰条看起来像个带扣。

我小心翼翼地把桌子铺好，在亚麻桌布上，摆好克里斯蒂娜买的水晶小烛台、蜡烛和餐具。

餐具是新的。我觉得纯银餐具必须得有些复古的韵味才好。不管怎么说，这套餐具都十分漂亮，有雕刻的花纹，设计颇具现代风情。客厅大柜子的下层橱柜里放着一整套卢臣泰瓷器，通体象牙白色，镶有金边。我取了几个盘子出来，克里斯蒂娜早已用一个大浅盘来盛鱼。像这样的瓷器一般是家传的，不是房主父母入手的，就是其祖父母购买的，也或许是房主在古董商手里获得的。这种家传瓷器，和老的纯银餐具一样，是父子相传的家族遗产。

路灯黄色的灯光倒映在窗户上。我只留一盏小灯亮着，营造出一种私密的昏暗感。我点上几支蜡烛，一个颤抖着、带有胆怯的明亮世界在桌子上被创造出来。

我打开了那瓶特意为今天的场合而购买的上好波尔多红酒，先让酒慢慢醒着。这里的玻璃器皿都是上等品，酒杯很大，我甚是喜欢。我轻晃杯中酒，酒香充分地散发出来。闻一瓶好酒就像在品味时间。树木葱茏生长的若干年间，周遭发生过的往事数以千计，而这一切都化为红酒，最终传递到人的心里。

正在思绪中的我，瞧见克里斯蒂娜穿着一身简单的红衣从房间里走出来，她把头发梳了起来，戴着一串彩色石子编的项链。很难想象这世间还有比她更美的女子。

今天是克里斯蒂娜的独立日，我们举杯庆贺。"也祝你回家顺利！"她对我说。桌子上，我摆了一些三文鱼卡纳佩小点心和鹅肝酱。我们聊起克里斯蒂娜眼下的处境，因为对她来说，夏天过后一切都将变得不确定。我们聊到了巴黎、她期望从事的翻译工作，以及出版社看起来趣味横生的工作环境。"你还记得妈妈给我们讲的那些作家们的故事吗？没准你也能在门槛出版社认识一些伟大又特立独行的人物。"

"我生命中有妈妈和你两位特立独行的人就已经足够了。"她说。

"好吧，你确实对我们充满了敬意。"

"大大的敬意，路易斯。"她言之凿凿地说，一边说一边笑。

理解别人眼中的自己，对于人类来说真是一件难事。

"是什么让你觉得我是个特立独行的人？"我诚心诚意地问她。

"我不知道还有哪个人会一边周游世界，一边和航空公司对簿公堂，来争取回归自我的机会。"克里斯蒂娜说，露出钦佩的表情。

我不知道怎么回答，我认为妹妹视我为英雄，正在从事一项艰难的伟业。她看到的不是一个人，而是一种人物形象。归根到底，她看到的不是我。

接受她投射在我身上的形象是具有诱惑力的。如果她不是我的妹妹，要是我女朋友的话，那就太好了，因为她所欣赏的这个形象会变得和现实差不了两样，几乎没有差别。而我会在这形象之中忘记自我，是的，我在其中会放弃自我。直到什么时候？直到日常生活的近距离接触让她心中的海市蜃楼慢慢消逝，她眼中我的形象顿时跌倒在地，化为成万千碎片。这就好像一面镜子，它的每一个碎片都会记起被镜子映照过的失落英雄。

没有这层投射，那爱又是什么呢？当我们放弃时，爱是相信别人瞳孔中我们的模样。这就是爱，一种让我们从地上站起来的眼神，让我们觉得自己可以成为儿时梦想中的自己。爱就是忘记自己，去接受别人赠予我们的形象。爱，是为他人生存，为他人而活。

"事情并不是这样的，克里斯蒂娜。"我略带倦意地对她说。

"是吗？那应该是什么样子？"她问我，面带伤感，为何这样我猜不透。

我意识到自己的真实由许多怯懦、无能、恐惧、错误和脆弱组成，甚至还得算上向来对自己的背叛。我脑海中自己的样子和倒映在我妹妹瞳孔中的形象差异很大。但是，它们哪个才是真的？我不得而

223

知。妹妹看到的形象不是编造出来的,因为她看到的都是会发生的。然而我不能忽视自己的恐惧、脆弱、怯懦。我做了那么多事,还很少被人看到。

"我认为我没有离开,而是逃走,这并不是什么勇气之举。之后发生了太多事,包括一些不可告人的事情,克里斯蒂娜。"

"你是一个人,"她善解人意地说,"人是有弱点的,会感到恐惧。但是,你的人生是不同的,并不是因为你比别人更勇敢、更聪明,或者更强壮。你的人生不同,是因为你对人生的打算不同,这并不寻常。哪怕你说你偷过教堂里的奉献箱,我的这个观点也不会轻易改变。"

"我不知道,克里斯蒂娜,谢谢你。我很喜欢你用这种方式看我。那么我就不跟你忏悔了,以免你改变想法。"我说着举起酒杯,"为我的形象干杯。"

"敬你。"她举起仍装满酒的酒杯。她没怎么喝,只是抿了几口。"路易斯,你知道吗,我觉得我比你想的更了解你。曾经有一段时间,我确实背对着你,我不能理解为什么你决定那样远离我们所有人。但是,发生了一件事,让我开始理解你。"

"你知道,我在大学里学的是法语文学。一次机缘巧合的机会,我需要写一篇论文,关于费霍神甫的《博学书简》,书中一则标题引起了我的注意:流浪的犹太人。费霍说至少从1299年开始就有关于这个人物的传言,那个时候人们看见过他穿行在亚美尼亚的土地上。"

"流浪的犹太人。"我饶有兴致地把这几个字念了出来,同时给一片烤面包抹上鹅肝酱。

"这是一个流传了几个世纪的传说。据费霍说,这个犹太人的真名是卡塔菲勒斯,在本丢·彼拉多的宅子里做看门人。传说耶稣背着十字架从那扇门走出开始受难时,他停下了片刻,也许耶稣感到疲倦和沮丧,也许耶稣为接下来的遭遇而感到痛苦。就在这时,卡塔菲勒斯推了耶稣一把,对他嚷道:'继续走。'传说耶稣看了看他,对他说:'你也会一直游走,直到世界的尽头。'"

"卡塔菲勒斯皈依基督教后,受洗改名为约瑟夫,然后开始他漫长的朝圣之路。这条路将一直持续,直至永恒的尽头,直到耶稣返回审判世人。"

"费霍说,1299 年,流浪的犹太人在亚美尼亚游荡,几个世纪之后,他在汉堡、马德里、维也纳、莫斯科、巴黎、伦敦等地被人看到。古斯塔夫·多雷在一幅知名版画中再现了他的形象。他看起来很苍老,留着极长的胡子和苍白的头发,走路借助拐杖,他身后十字架上的耶稣在望着他。"

我的妹妹期待她娓娓道来的讲述能引起我的某种反应,但是我却更喜欢她接着讲下去。

"你对这个故事的哪一部分感兴趣?"我问她。

"和其他流传千古的故事一样,这则故事也有着深刻的内涵,但并不容易领悟。"

"那你觉得这故事的内涵是什么?"我追问。

"展示了负罪感、人类的救赎和旅行之间的内在密切关系。"

克里斯蒂娜起身去盛鱼。她走进厨房,想用大浅口盘来盛。"我需要你帮我一把。"她对我说,我立刻起身,因为把托盘从烤箱里取出来,很难不烫到自己。蒜烤鲈鱼的品相看着好极了,她把鱼转盛到浅口盘里。"鱼盛在浅口盘里,摆上桌,会更好看。"我也是这么想的。"你拿好酱汁盅,我来端盘子。"她对我说。

我取出香槟,是一瓶唐培里侬。开瓶时软木塞爆裂的瞬间,我知道她肯定会拍起手来,大声地叫好,她这半辈子都是如此。她笑了,举起酒杯。"敬流浪的犹太人。""为流浪的犹太人干杯。"

"我知道你心里藏着秘密,路易斯。"她严肃地对我说,"但是,伸手去推受难的耶稣,或者看到他身负十字架,却一口水都不给他喝(流浪的犹太人对耶稣犯下的行径版本众多),我不觉得你干的事情会比这些更糟糕。"克里斯蒂娜的解释略显荒诞。

"你们当中只有一部分人能够真正地开始旅行。这就是为什么我认为你和妈妈很特别。我想知道妈妈为什么离开,并不是出于好奇,而是因为她的旅行在很大程度上决定了我人生的模样。我认为,我想了解其中原委是正当的。如果你自己不透露心声的话,我永远都不会尝试窥探你旅行的原因。"

此刻,在蜡烛与香槟之间,沉默悄然来临,我陷入沉思。我们俩对沉默的到来并不反感,我们三个可以融洽地相处,静静地去感受微弱的烛光,守住沉默让它不再缺席。

逃走,离开,重新开始,把不想再经历的过去抛在脑后。逃走是为了重新开始,为了忘记,为了赎罪,为了对得起自己。这漫长旅程的尽头是宽恕。这就是流浪的犹太人的惩戒:你将苦旅不停,直到我回归的那天,直到审判的降临,直到抵达宽恕的境地。

但是,如何抵达宽恕的境地?回归如何成为可能?人的使命是什么?忏悔什么?

我们走在路上,也期待着。我们望向天空,渴望某种征兆,等候生活给我们一个回归自我的机会,回归到已经失去的存在。我们期待上天晓谕我们的使命是什么，为回归之路做出阐释。这使命就是英雄的使命。

尽管自我迷失者不乏其人，但能回头看且打算回归的人却三三两两，寥寥无几。我是他们中的一员吗？我值得妹妹这般仰视吗？

我猜我不值得任何仰视，因为自我迷失的方式人各有异。每位旅者都有自己的过去和失败。只有你知道为什么旅程必须这般漫长，为什么归去那样费力。只有你知道为什么错过了那条路。我不值得任何的仰视。

我买了不少点心，有蛋挞、巧克力、酒香松糕、奶油和蛋黄布丁。"喝一杯吗？"克里斯蒂娜问我。"我觉得我们不能把这个酒柜一扫而光吧。"我答道。"为什么不呢？"她回答，"我们给他再补全就好了。""你看，这儿有一瓶干邑白兰地，这瓶身真好看，极品干邑白兰地。我们尝尝吗？看起来是好酒。"

"在巴黎这样的夜晚，我们充满信心地展望未来。有红酒和香槟为伴，我已微醺。美味佳肴过后，稍有困意，再品味一下白兰地的香气。明天似乎是一个安全的地方。"克里斯蒂娜说着的同时，摇了摇头，好像她人在船上。

我笑着点头，看着杯中的干邑白兰地，我想我应该乘坐回马德里的直航班机。

"你这些年的变化真大，路易斯。你变得这么可靠，这么文雅。"

"这些都是表象，克里斯蒂娜。我想要的恰恰是继续做你曾经熟悉的男孩，我想要你不要把我忘记。"

"当然了。我从不以貌取人，更何况这人是我的哥哥。我知道你是谁，但看到你成为一个真正的型男，我总是很意外。我没想到。"

"那么，你觉得如何？"

"你很英俊。然后就是今天太晚了，明天再收拾吧。我要去躺下了。"

"我来收拾吧，你不用早起。"

"晚安。"她说完，便面带微笑地从桌子前起身。

"独立快乐。"

"非常感谢，路易斯，明天见。"

此时，只有我留下，一人闲坐在沙发上，品味着白兰地的香气。我开始思考自己。我是谁？是在世界上最好的图书馆里广泛涉猎知识的翩翩君子？是长着一双聪慧的绿色瞳孔和乌黑油亮的头发，永远穿着上等剪裁西装的年轻人？是对餐厅细致服务表达的感谢要远胜于食物的食客？是看重橡木桶对红酒风味影响的饮者？我是这样的人吗？

小时候，我们（母亲、外公和我）过着双面生活，一面是私下的生活，我们从不外扬，因为它不够完美。另一面是公开的生活，我们努力做到最好，尽管我们从未完全做到。

我们三人都有在特殊场合穿的衣服：母亲的是靛蓝色布裙，外公的是深色西装，而我的是羊绒裤、白衬衫、漂亮的毛坎肩和穿在外面的外套。但是这身衣裳是一种伪装，真实的衣裳其实是我们平日里的穿着。

那时的真实是私密的。

多年来，我遇到形形色色的人们，他们只有一面的生活。那些人的华贵服饰就是他们平日里的穿着，他们在家里吃饭就好像在餐厅就餐一样，他们总是挺直腰背，笑容满面。当然，他们不会感到害怕，也不会跌倒，从不犯愚蠢的错误。他们就是那样的人。

多年来，每当我有机会，我都会观察他们。

卡洛斯如此，我哥哥如此，奇夫莱特的母亲和他本人也是如此。我的父亲是这样的，我的妹妹也是这样的，而且她依然这样。

在山区度夏时，我经常和孔查一待就是几个小时。她是家里的佣人，很喜欢母亲。她是父亲家中的主心骨，会自豪地跟我讲她是如何做事的，为什么决定使用陶罐、玻璃杯盏，以及为什么父亲和哥哥都那么的文质彬彬。她就这样在不知不觉中告诉我那些拥有完美生活的人的秘密。通过这种方式，我了解了优越性的艺术、贵族的配方、谈话的仪式、愉悦的耐心以及相关礼仪。

然后，我就成为了一名识别骗子的能手，我善于发现人们试图藏在虚假形象背后的丑陋内心、阴暗的侧面和平庸的本质。我立马就会认出他们，因为我也有两面生活，我和他们一样，他们自然骗不了我。

某些情况下，发现他人的双面生活，让我更接近他们的灵魂。这就是我多年之后再次见到卡洛斯时的感受。我看着他牵着赛义夫，努力做好一名父亲，却走向失败和被抛弃的境地。我知道，卡洛斯现在和我一样，过上了两面生活。他走在街上，把自己装扮成他早已失去的模样，那个稳重的、知道自己想要什么并奋力争取的男人。他已经失去了高人一等的条件。现在的他，在一天当中的许多时刻，都自我封闭在真实生活中，却不被他人看见。他的眼神被万分的悲痛所淹没。

那天下午，当我看到父亲略带驼背地走在花园里高大的合欢树旁时，我觉得我第一次感受到了对父亲的爱。我们互致道别，圣诞节到了，他再次把自己封在宅子里，在他的庇护所里，在他的真实里。

我猜想，在那个已经变得空荡荡的宅子里，他的回忆也一天比一天沉重。他的回忆会在灵魂中为他留出一个位置，一个越来越宽敞，也越来越幽深的位置。他会追思与母亲共度的年华，回忆起母亲望向他的眼神，还有两人对未来的憧憬。我知道，那些合欢树就是那个时期种下的。

我感觉父亲最终克服了与母亲别离的伤痛，他的灵魂中没有留给脆弱的位置。多年来他一直一个人生活。

我回想起那些年在山间度过的夏天，在那个亲朋齐聚的宅子里，我的叔叔婶子们掂量着笑话间的停顿，他们笑得含蓄得体，显得机智聪明。他们拿着酒杯，用手掌去温暖白兰地酒，让酒香四溢。这些都是孔查告诉我的。"只要留意看他们手持薄壁玻璃酒杯的方式，你就能知道这位是个什么样的人，留心些。"

别离没能让父亲屈服。母亲走了，但是他仍然过着只有一面的生活。

父亲的社交圈很广。在山区度夏的日子里，我凝望着他的光芒。小孩子们不能在会客厅玩耍，但我在远处可以看到耀眼夺目的礼服和西装、晶莹剔透的玻璃杯盏，还有杯中折射各种色彩的烈酒，以及酒色深红的葡萄酒。所有这一切都从表象之下的深处散发出光彩。

我的哥哥确实是这类场合里的一员。他比我们年长许多。他修读法律，很快就去了父亲的事务所工作。和父亲一样，他温文尔雅，自信十足。

出发前三周，和往年的圣诞节一样，我去探望了父亲。他也像往年一样，在那天下午快结束的时候，借给我一本法律书籍。"这本书你回来的时候要亲自还给我。"他对我说。我一直都是通过哥哥还书给他。那是一本曼努埃尔·加西亚·佩拉约的《政治迷思》。如果能回去，我很想和父亲畅聊这本书。

那天天气冷得厉害，他没有到门口送我并与我告别。在最后一次跨出那扇门之前，我回头看到父亲慢慢地往回走，他身边是花园里高大的合欢树。他的头发已经花白，身体不再强健，人也变得没那么自信。他孤身一人。

我还是那个在大约二十年前的夏夜里，站在楼上栏杆旁望向他的男孩。那时父亲有一头乌黑油亮的头发，留着小胡子。我记得那天晚上他穿着燕尾服，身边傍着一位女士，往台阶下面走去，两人一起远离了客厅里正在举行的派对。那位女士又高又瘦的，看起来像个演员，走起路来摇曳生姿。他们俩就坐在了台阶上。她坐得很近，看着父亲的眼睛，她的眼睛是蓝色的。

我还是那个站在栏杆旁望向他的男孩，但他却不再仅仅是过去的那个男人了。现在他的生活有了第二面。在这种私下的生活里，他频繁地回忆起他失去的一切。他过上了孤独的日子，连出门维护一贯形象的困难也一天天地增多，这让他无法履行作为大人物的责任，而就是这种大人物的形象把他带到了这样的境地。

我多么理解父亲，要是妹妹能知道就好了。

遇见你之后，我决定改变。真实的、私下的生活让我感到难堪。我觉得像你这样的人，肯定不会考虑我本来的模样。但是我有梦想，我知道我会成为什么样子。当你听我诉说梦想时，我就变成了梦里的模样，这样就配得上你，这样你就会倾心。

因此，我的旅行是一次逃离，逃离我自己，去寻找一个更好的人物形象，他应该是俊朗的、勇敢的和自信的，为的就是回来能牵起你的手，并且得到你。

我走了，我逃离了，为的是回来时变得不同，变得更好。我逃离了，为的是有朝一日回来时能实现梦想，让我的人物形象变成现实，过上只有一面的生活。

但是，现在我知道你看到了我，看到了我卑微的样子。你爱我，你爱那个在风雨中飘摇的人。现在我都知道，这很好，这足够了，因为你爱他，你看到了他。你看到了我隐藏起来的生活。

于是，我上路了，去寻找那个更高、更勇敢和更自信的形象。当我离开你时，当我忘记自己时，我却失去了你，我留下你一人孤独地死去。然而，这一切却没有任何办法。所以，我不能回去，因为你已经不在了。

在墨西哥，我和阿道夫（我还没有谈到他）一起去听了一场诗人安赫尔·冈萨雷斯的朗诵会。一年前他被授予了阿斯图里亚斯亲王奖，大学文化中心里的听众们都期待万分。在众多的朗诵作品中，有一首令我印象深刻，因为我看到一个清澈透明的自己穿梭于诗句之间，那是从远处看到的我，我为自己感到难过。活动结束时，我朝诗人走去，我从围绕他的人群中穿了过去，向他伸出手。我注意到周围的人们面露惊讶的表情。他一头银发，留着蓬乱的花白胡子。他攥住了我的手，我什么都没说。他看着我，仿佛想问我什么。他的眼神很悲伤，我可以这样说。

> 我知道我存在，
> 因为你把我想象。
> 我很高，因为你相信我高大干净，

因为你用漂亮的眼睛，
和干净的眼神看着我。
你的思绪让我变得聪明，
在你简单的柔情里，
我也简单善良。

但如果你把我忘记，
我将死去，无人知晓。
人们将看到我鲜活的身躯，
但他却是另一个人，
黑暗，丑陋，坏心肠，
这人住在我的身躯里。

十九

我还记得，我是如何逐渐构建了自我形象。外交部的奖学金很丰厚，让我偶尔可以花钱潇洒一下（更何况航空集团还报销了我的食宿）。

我喜欢蓝色的西装，于是给自己买了三套，色调风格不一，剪裁也独具巧思。我还买了两双不同颜色的精制皮鞋，半打纯色衬衫，白色和蓝色各三件，还有几条光面领带，我自认为大胆而不失华美。

我有两套金色袖扣。一套是方形的，来自我的外公，上面刻有几何纹样，颇有现代风范；另一套是圆形的，镶着一颗红宝石，是父亲得知我被大学聘用后的礼物。

我逃离是为了成为另一个人。

在这所大学里，我将度过几个月的时间，抵达的第一天，我正是以这身优雅的打扮亮相。我还试着将短发梳成中分，并用发胶打理。这让我的眼睛看起来更加清澈，就像透明的绿水晶。

那天，我向一位教授展示了资质证明，我认为他的著作能对我的研究产生积极影响。就这样，我来到了剑桥大学圣体学院和巴黎社会科学高等研究学院，后来也去了墨西哥国立自治大学法律研究所。我说着正确的英语或法语，自然地操着一口上流人士的口音。我向那位教授解释我的研究项目，还时不时显露自己对他著作的了解，他是一位著名教授，我打算在自己的研究中采用他的方法论和框架。当他说话时，我试着像那些年轻贵族一样慵懒地靠在座位上：我坐拥一切，我属于人们眼中最出类拔萃的那群人。

从我开始逃离的那刻起，有些东西就已谙熟于心。旅行刚一开始，我便对这个道理深信不疑：我意识到无论我的形象如何转变，其成功都无关真实或坦率，而取决于其他一些品质，我可以从中挑选，并大体上将其归为两类：实用与魅力。

我无意为任何人服务，所以我的人物形象应该发展第二种品质，即成为一个有趣、有魅力、有意思的人，根据情况的不同，也略有调整。

"我没什么要求。没有，住宿问题已经解决，真的非常感谢。我只需要您帮我写一封介绍信，这样我才能办理图书馆的借阅卡。如果这几个月能参与贵系的活动，我将倍感荣幸。是的，当然，研讨会一定参加，我乐意之至！如果合适，在访学的末尾，我可以就我的研究成果做一个简短发言。您不知道我有多么的感激您，您待我太好，我无以为报。"

我就这样在剑桥、巴黎和墨西哥度过了第一年。我将大把的时间花在古老的图书馆里，在高大的木书架间徘徊，走在发出声响的地板上。在那些图书馆里，我还发现了一些秘密，那些看似被遗忘的旧书，在被翻开时会发出沙沙的声音，它们有着迷人的尘土气味，像极了宝藏的味道。

总体来说，我过得很幸福。我保持着高度的工作自律，但我的思想却是自由的。在一众话题中，我只涉足那些引起我好奇的领域。比较宪政史与浪漫主义比较史有很大关联。宪法是一个民族的梦想在书面上的体现，但有时宪法只代表一小群人的梦想，他们自认为看到了整个民族，却不知他们依旧是仆从和奴隶。这就是为什么我不仅对法律感兴趣，还对那些使法律成为可能的人们以及他们的思想也颇为关心。

傍晚，我独自散步，在古老的建筑前驻足，在公园杂乱的小径中停歇，在狭窄的街道上徜徉。在窗内温暖的灯光照映下，窄街似乎隐藏着某些秘密。

我通常允许自己在周四晚上吃一顿特别的晚餐。周末太拥挤了，我会避开。我选餐厅通常看地方，我希望那里漂亮，人们聚在一起，散发生活的气息。虽然我不曾拥有那样的生活，但我能感受，我可以想象。

此外，社交生活也让我享受其中，我交到了生命中第一个也是唯一一个真正的朋友。他叫阿道夫，我们就是在剑桥结识的。

阿道夫是墨西哥人，当时正在撰写有关墨西哥独立进程的博士论文。他身上显然流淌着阿兹特克人的血脉。他身材不高，却强壮结实，脸又大又方，眼睛小而有神，似乎能俘获一切。他朝气蓬勃，见面第一眼就接纳了我，喊我"老乡"，我们就这样成了朋友。他喜欢诗歌，惊讶于我读过海梅·萨比内斯的作品。从那时起，我们自然而然地养成了赠送对方诗集的习惯，我们之间从未互相借阅。在镇上的旧书店里，我们能买到心爱诗人的珍本善本，把它们送给对方是一种彼此袒露心扉的方式，就像在说："看啊，这就是我对缺憾的感受，这就是我对爱的理解，这就是我对人类的态度。"

阿道夫是一个彻头彻尾的浪漫主义者。他的女朋友洛雷纳住在墨西哥城，后来在那儿认识了一个小伙子。没有欺骗，也没有隐瞒，她把疑惑和犹豫都写成信寄给他。信中，他察觉到她的疏离。千里之遥，云海相隔，他无法赶回到她的身边，无法和那个无情夺走他生命挚爱的陌生人对决。

我则和他讲起了你，皮拉尔。我是如何遇见你的，我从未勇于坦白你之于我的意义，我如何权衡自己的每一步行动并思索你看到我时在想些什么，这些我都和他娓娓道来。我告诉他我是怎么为你而活，并坚持至此，还说我也给你写过信，而且你会立刻回信。"这是好兆头。"我记得阿道夫这样说。写信是我们唯一的机会，你知道，这条道路让我高兴，因为信件就是你我，信件是真实的。

信件踏上旅行，裹挟在成千上万封信件之中，成捆地坐上火车或者飞机，从此处赶到彼处。直到某天，它在远方被塞进一个正在等待它的信箱，随后你拿到它，撕开这个来自世界另一端、疲惫不堪、或许还皱巴巴的信封。这信是阿道夫帮我写的，他让我有勇气把最后一次在机场的凌晨见到你时不曾说出口的话向你倾诉。

一天下午，阿道夫带着一份礼物来到学院图书馆，是诗集《船长的诗》的某个版本。书不是他买来的，而是他的私藏。他喜欢那首名为《你的笑》的诗，因为洛雷纳总是笑得很开心，可如今他已不再拥有她的笑声，黑夜便在他醒着时向他袭来。

笑夜晚，

笑白昼，笑月亮，

笑那街道

蜿蜒在岛屿，

笑那笨拙的男孩，

爱上了你。

我知道那是他的书,他经常捧在手心。当然,我收下了那份礼物,并很快买来另一版,为了让他能一直带在身边。书中的最后一首诗叫做《途中书信》,通过这首作品,我明白了阿道夫是如何理解他的旅途和他的道路的。

当我远走时,我并没有离开你。

和阿道夫相处的那六个月,我可以写上很多页。如果必须用一个词来概括,那就是"强烈"。那种把每寸光阴都尽情体验的生活方式深深地感染了我,在剑桥度过的每一分钟都在我的记忆里不断重现,因为在剑桥我的时光没有虚度,慵懒和消沉被阿道夫一扫而空,因为我真正地活了一次,并且没有死去,所以如今我也不会遗忘,我可以想起彼时的每一分钟,因为我真正地活了一次。

如果必须做出选择,我倾向1月底的那个晚上。我喜欢冬天的原因之一,就是白昼很短,夜晚早早降临,能带来幽静和私密的感觉。大约是下午四点,阿道夫来到学院的图书馆,想让我陪他去礼品店给洛雷纳买一件礼物。那是一个困难的决定,因为礼物价格不菲。

那家店不远,穿过市集广场,就能在圣约翰街上找到,毗邻阿道夫就读的三一学院。我们走得很快,因为商店五点钟打烊。我记得那天很冷,空气像是冰水。那是一家古董店,橱窗里可以看到那副金镶玉手镯,很精美。

阿道夫决定买下它,因为他已经写好了信,并打算把信与手镯一并寄出,但那是一大笔钱,他有些犹豫。他准备用一张可分期付款的信用卡支付,确保自己能在豪掷之后勉强度日。

手镯是硬式的，石绿色，上有旧金雕刻装饰。它为什么会出现在那家店里？阿道夫告诉我，洛雷纳喜欢玉，绿色是她最喜欢的颜色。我却不知道你喜欢什么颜色，我心想。

我联想到一个瘦弱老妇的形象，她手头不济，拿不出老房取暖的煤钱。在剑桥，居民多把家里的一个房间租给学生，以挣些外快。英国人具有献身精神，也很节俭。可想要租得出去，房子条件得好，得有热水（年轻人每天都要洗澡）和暖气。那位老妇定是在某天早上带着珠宝盒里的几个旧物件来到店里，她肯定努力地从记忆中抹去他送手镯的那一天。"他不会介意的，这是出于实际考虑，我相信他会同意的。"她对自己说，"我别无选择，等我去找他的时候，我也没办法把它带上。他想要的是我不受冻，他肯定会同意的，我相信。"那位太太会尽量淡忘，淡忘很久以前他送她手镯的那一天。"他是位绅士，很穷，为了买下它送我，吃了许多苦，但那时是战后年代，所有人都很惨淡。他是多么认真负责的人啊！他肯定会同意的，我确定。"

"你要回学院吗？"我们走在街上时，阿道夫问我。

"我这么想来着。"我一边说，一边拉起大衣的领子，防止冰冷的湿气窜到我的后背。

突然，他在街道中间停了下来，站在路灯的光下，我记得他说："礼物买了，怎能不庆祝一番呢？走，去喝一杯吧。"

我们去了市集广场旁边的一家为游客开放的酒吧，那儿的服务员是个墨西哥女人，倘若上司没有留意，她会在阿道夫的"自由古巴"鸡尾酒里多倒些朗姆酒，比正常英国酒吧的十毫升要多一点。

那天从夜晚开始。我从来没有和谁聊得像那天和他聊天那般畅快。我觉得他理解我，我向他倾诉我的过往，我知道他懂我。

"你在她面前要是占据另一个位置就好了,女人们一开始总想把我们变成朋友,这是她们的共性,明白吗?"他解释道,右手举着酒,左手大幅度地比划着。"对,没错,她们预感自己会失去自由。如果她们向爱情屈服,将会被男性支配。这样的感觉扎根在她们认知深处的非理性中,这就是为什么当她们接近一个感到可以与之相处的男人时,会想把他变成朋友。这是女性自我保护的方式。"

"我不懂,阿道夫。"我一边回答,一边示意服务员我的杯子空了。

"是这样,确实,你看,我会给你一些屡试不爽的建议。如果一个姑娘装作是你的朋友,你要是看到她给你打来电话,言语里有这种苗头,你就要当心了。我知道这令人费解,还有些突兀,但我发誓她们喜欢这样。她们在内心深处是恐惧的,同时也满怀期待。当一个女孩想让你做她的朋友时,你要告诉她:'我不想做你的朋友,我想要更进一步。我想要你,我想要你只属于我,我全心全意爱着你。'你讲完这个之后,会自动出现两个时刻:第一个时刻,她们会告诉你,你搞错了,你犯了傻,她们并没有想故意带给你错误的希望,诸如此类的话。"

"但是,阿道夫……"我一脸怀疑地说。

"第二个时刻,"他坚持说,"如果你没有泄气,站在那里,坚守你的所求,并让她注意到,让她知道你没有犹豫。你想和她共眠,当然了,要带着尊重,不越界,但要表现得非常清楚。然后就是第二个时刻:她会瘫倒在你的掌心,没错,就像我说的这样,我发誓会这样。"

酒吧里挤满了学生和游客,那天是周五。我告诉阿道夫我是如何遇到并接近你的，我们的关系如何断断续续地起伏。他鼓励我走得更远，让你等我。"在内心深处，"我告诉他，"这也是我希望她能做的事。""但你从来没向她提出这样的要求。"阿道夫回答，"也许她不觉得自己是你的珀涅罗珀，如果她不知道自己是否应该等你，她怎么会等你？我认为女人需要感受到男人的力量，含蓄虽美，但也小家子气。不要把我当成一个墨西哥大男子主义者。"他辩解道。

"我不这么认为，阿道夫，一点儿也不。"

我们去了一家印度餐厅吃饭，有人在几周前给我们推荐了这家餐厅。据阿道夫说，印度酱汁的味道不如墨西哥的强烈，辣度要低得多。他和招待我们的服务员进行了一次友好的拌嘴。服务员用我们点的那瓶澳洲葡萄酒打赌，看阿道夫能不能面不改色地吃完一份用马德拉斯酱调味的鸡肉。

菜上来了，盛在大浅口盘里的鸡块淹没在黄芥末色的浓稠酱汁中，几乎看不见。

餐厅洁白素净，墙上挂着色彩纷呈的印刷画，画上的各式场景和纹样极具印度传统风情，白色立柱上摆放着姿态各异的金象雕塑。

阿道夫吃得很慢，专心致志，他一言不发，只有我在讲话。我看到他的瞳孔变小了，但闪耀着巨大的光芒。他的每个毛孔都在出汗，额头泛光。服务员狡黠地看着我们，在一旁来回踱步。

阿道夫把食物吃个精光。他用一小块被称作"馕"的饼，默不作声地刮走盘中最后残留的一点酱汁。服务员端着啤酒和一个冻过的杯子来到桌前，为他倒上，说："我以为你做不到，这杯啤酒免费。"

"一旦你尝过了墨西哥辣椒，"阿道夫回答，试图用自然的语气来掩盖他沙哑的声音，"旁的也就不觉得辣了。"

过了好一阵，他才缓过劲来。我们点了一杯茶，他的瞳孔逐渐变回正常的大小，皮肤也不再泛亮光了。我们决定去市集广场旁的一条巷子，那里有个热闹的地方可以喝酒，周末晚上有不少人光临。

我们从傍晚五点开始喝到午夜十二点后。那里地方很大，却人挤人。我们费力地穿过人群，来到吧台。"上酒！"阿道夫说。

那几个小时的事，我不大记得清了。那段记忆已经模糊，似乎昏暗中闪着灯光，在那个充斥着音乐、疯狂和人群的地方。这时，我看到阿道夫和两个姑娘在吧台边谈笑风生，他喝了两杯高杯酒，用眼神向她们示意，告诉她们我还在一侧等待，三人随后走了过来。

"嘿，路易斯，我要向你介绍两位朋友，薇薇安和……呃……"

"亨利埃塔。"其中一人补充道，为其解围。

"路易斯，我叫路易斯。你们好，你们在这里做什么，学习吗？""不，不，我们是来过周末的，我们住在伦敦。我在一家旅行社工作，亨利埃塔在报社。""那么，你是记者？"我问。"对。"她答道。

薇薇安身材丰满，一头红发，还爱笑，很是惹人喜爱。亨利埃塔皮肤黝黑，看上去比较严肃，眼神睿智，散发着优雅的气息。

我的记忆存在着空白。

阿道夫主导谈话，薇薇安对他的每一句俏皮话都报以笑声。然而，室内的音乐太吵，聊天很难进行下去，大家不得不靠喊的方式才能听懂对方的话。慢慢地，阿道夫和薇薇安开始单独聊天，亨利埃塔和我也是一样。

我们换了几间酒吧，阿道夫和薇薇安拉着手，拥抱，舞蹈，接吻，大笑。亨利埃塔时而用明显不赞同的眼光看向他们。我想，她因怀疑我可能萧规曹随而感到不自在，所以示意我不要做此尝试。

她是德国人，来自民主共和国，打着学习的旗号从自己的国家脱身，靠《卫报》每年发的助学金得以留在英国。她非常简洁地回答了我的问题，似乎并不喜欢谈论自己。我觉得她之所以询问我的生活，并不是出于兴趣，而是为了避免提及她自己。

"你想回去吗？"我问她。

她笑得很释然，像是对着孩子解释一样。"我不能回去。"我记得她这么说。

她的神情让我感到羞愧。我告诉她，我能想象被禁止回到自己的国家是一件多么难受的事。我和她讲了我和外公在法国生活的那几年，他最后也没能回到西班牙。

"你知道，最后让不让你回，已经不重要了。事实上，我已经不是三年前离开耶拿的那个亨利埃塔了。那个亨利埃塔可以回去，但是我已经不是那个我了。三年前踏上的旅途对我改变很大，让我成为了另一个人，一个永远不会再适应民主共和国的人。这是我无法回去的真正原因，它远比某些官员是否允许我回去重要。"

我不知道如何回答，只能愚蠢地感谢她认真与我交谈，感谢她把这样的个人经历分享给我。我想回答些什么，说些合乎时宜、符合情景的话，但我喝了太多酒，无法正确地思考。在那间昏暗，狭窄且拥挤的酒吧里，我们俩站在一起。我看到阿道夫在稍远处亲吻薇薇安，这给了我一种超现实的感觉。

"知道吗？"我靠近亨利埃塔的耳朵说道，以便她能在酒吧的音乐声中听到我的话，"我的外公确实可以回去，旅行并没有改变他，但他不喜欢他离开之后的西班牙。"

"或许他不想回去是因为他在内心深处感到无家可归。"亨利埃塔说,"流亡总是主观的,甚至远远超出了官员和政客所能左右的范畴。我相信所有人都是流亡者,生命是一场不通往任何地方的回归。"

街上很冷,还飘起小雨。姑娘们之间交谈了一会儿。"我要带她回房间。"阿道夫以凯旋之姿在我耳边说道。街上有出租车,我们四个人进了一辆。阿道夫和薇薇安双手紧握,在低声细语。亨利埃塔很严肃,怔怔地,她很漂亮,也很单纯。

车停了,她下了车,在人行道上向薇薇安挥手告别,挖苦地说:"明天给我打电话,好吗?我们还得回家去呢。"然后给了我一个心照不宣的眼神。

下一个下车的人是我,我向他们两个告别。薇薇安抱着阿道夫,仿佛是他约定终身的女朋友。还没到住处,我便下了车,我想在夜雾和寒冷中走一会儿。

亨利埃塔给我留下了深刻的印象,她的朴实、智慧和勇气打动了我。我那时饱受思乡的折磨,非常想念我的母亲,还有你。但是,亨利埃塔似乎已经接受了自己的流亡,哪怕时间会十分漫长,或者说不只是漫长,而是永恒,因为她告诉我,即使民主德国的政局发生改变,她也不可能回去。她解释了其中原因,神态自然得让我感到困惑,她说:"那个三年前离开耶拿的女孩已经走了。我经常自问她去了哪里,我很想念她,非常想念,我喜欢她胜过现在的自己。但她已经走了,我不知道如何找到她。所以我不能回去,因为我已不再是我,我已经变了。"

我想到了我的外公,他也从未设想回家,因为他离开时的西班牙已经不复存在。归根结底,外公的悲剧更加不公,因为他没有改变过。他的土地，他的风景，他的街道都被毁灭殆尽，所以地图无法帮助到他，船只、火车和飞机对他来说也毫无用处。

我再也没有见过亨利埃塔。几周后，由于阿道夫始终没有提及薇薇安，我便询问她的情况，问他是否打算再见她。我私心能够通过这样的方式再次见到亨利埃塔。

"哎，还是算了吧！我觉得她疯了。"他说，一脸后怕的表情，"她这周每天都在给我打电话。你知道吗，有一天她突然出现在这里，不请自来，不请自来！我看到她坐在我家对面的长椅上，还牵着一只长毛狗！她就坐在那儿等。我说：'你在这里干什么？'她说：'哦，没什么，遛狗。'想想看，在剑桥遛狗，行，可是她住伦敦啊！疯子，哥们儿，她就是个疯婆娘。"

那个学期结束后，阿道夫和我分别了。我要去巴黎待到年底，随后打算在墨西哥停留一个学期，我们可能会在那里再次见面。不管怎样，我们很快就要通过书信保持联系了。

"要是在过去的那些年代，我们或许能更好地解释旅行是为了什么，我们是为了正义和自由而战。"阿道夫大言不惭地感叹道，"如果能生活在30年代就好了。"

"我不觉得那些旅者和我们有什么不同，但我们的离开没有明确的理由，也很难解释我们为什么要离开自己所爱的东西。"

"当我远走时，我并没有离开你。"阿道夫念起这句诗。

"希望我们能在远方相遇。"我记得我是这么告诉他的。

阿道夫从口袋中拿出我送给他的那版《船长的诗》朗诵起来，竟然是我几个月前在给你的信中摘抄的那几首：

当可憎的悲伤

前来敲响你的门时，

告诉它，我在等你，

而当孤独想让你褪下

那枚写着我名字的戒指时，

告诉它，来和我谈谈，

告诉它，我不得不离开。

我穿上蓝色西装，登上飞往巴黎的飞机。我想在离开时穿着和来时一样，我戴上那条色调偏粉的红色亮面领带，穿上那套有四颗纽扣的西装和双排扣外套，那在当时算得上是前卫的原创设计。

阿道夫在机场给了我一个深深的拥抱。我们会互相写信。由于我年底要去墨西哥访学一个学期，所以我们安排在那里见面，就在那片阿道夫回忆深处的土地。他会短暂地回到自己的国家，到那时我将有幸请他作陪，他会带我游览联邦区。

二十

记忆保护着我们，为我们建造一个家，呵护着我们。记忆，保护我们不受外界的侵袭，不让远方混淆我们的视听，不让外来者进入。记忆，是一条边界，是一座被尘封的桥梁。

当我们开始关注某个事物时，我们就在记忆它。记忆中存储的生活体验与我们近期的某个事物相似。一旦沉浸在回忆里，记忆就不再是陌生的现实，而变成我们往昔的一段风景。这样一来，记忆便把遥不可及的世界变得可以理解，变成我们自己；这样一来，我们就记住了之前从未经历过的事情；这样一来，我们便不会舍弃自己的家园，一直受到保护，永远不会离开。记忆是世界，是每个人的世界。

人们相信旅行，人们认为坐上飞机就会到离家很远的地方；人们相信，观赏到新的风景，就领略到了超越自我的景象；人们相信，只要踏上返程，就能回到起点。然而，这一切都是谎言。

但是，存在一种可能，可能有一天我们会关注一个我们以后无法记起的事物。我不知道在大多数人的生活中是不是不曾发生过类似的事情，可我知道它会发生，我知道某天清晨起来，会碰到无据可考的事物，我们无法在记忆里对比，它不在我们的记忆里。这个事物，无以比拟。

于是旅程开始了，一段唯一且名副其实的旅程；这就是旅行者、流浪者和朝圣者的来源，是有记忆又不愿遗忘的人们的来源，他们感动于生活，重建回忆。于是他们离开自己的家园，到别处再建新家。

我不知道具体在何处，但肯定在世界之外。

我需要看到你。因为每次见到你，你都会将我带离世界。

我不害怕，我认为如果自己足够勇敢，那么离开家，我也不会迷失。我在到达墨西哥之前所做的一切都是因为你。

在第一次关注到你的多年之后，在某个9月的晚上，我从高处俯视墨西哥城，它那么无边无际，既令人生畏，又生机勃勃。一种前所未有的感觉再次席卷了我的生活，让我对回忆无知无觉，我第二次被带到世界之外。

9月初，我在巴黎收到了阿道夫的来信，他要回墨西哥去了。他直到12月才需要答辩博士论文，但他早已决定提前三个月回国，尽力挽回洛雷纳的心，为她做一番斗争。在他的信中，我看到他是如何一点一点地失去她的，他再也没法忍受了，想要为这段时间的缺憾画上句号，他要回去了。

我没有多想，查了航班，决定到墨西哥去见他。临行前，出于必不可少的礼节，我去拜访了那些在巴黎和我保持沟通的知名教授，并与他们告别。"真心感谢。我不得不中断在巴黎的访学。因为，我认为眼下我要去美洲的图书馆查阅资料。是的，我当然愿意继续和您保持某种联系。如果您赏光邀请我参加研讨会并做简短的发言，我荣幸至极。您不知道我多么地感谢您。"

"真的十分感谢您所做的一切。我们继续保持联系，我回来时会通知您。深入研究法国自由主义思想对我来说受益匪浅。我完全同意您的观点，他们身上极具价值的特点常常被人们忽视。"

出发那天我起得很早。这将是一次漫长的旅行，我一生中最长的一次，我要去美洲了。十二个小时的飞行，带我远离尘世。我感到我把所有的痛苦都抛向脑后，听到飞机涡轮发动机启动，真是一种解脱！那震耳欲聋的响声把我带到了此前从未到达的地方。我要去美洲了，前往新世界。

阿道夫通过他父亲的关系帮我搞到了墨西哥国立自治大学法律研究所的邀请信，说在那边我会拥有一间办公室。（只是隔间，信上是这么说的。此外，还有一份正式研究员的合同，据说是丙类。）

途中，我和一个高个子的男生交谈，他的法语用词让人摸不着头脑。那是他第一次乘飞机出门。他打算在太平洋沿岸的马萨特兰住上一个月，他的姐姐生活在那里。我注意到，那次旅行对他来说具有拓宽生命边界的意义，因为他回去后有许多制定好的计划和想要改变的事情。

我们好几个小时都是在睡梦中度过的，直到某个时刻，飞机舱内的灯亮了起来。没过多久，空乘开始向旅客分发餐盘，按照墨西哥的作息时间算来，盘中装的应该是晚餐。

飞机转身，继续滑翔，不断接近目的地。我向窗外望去，第一次看到了墨西哥城。

航班追赶着余晖，但是太阳已经藏起身来，只留下眼前的城市，巨大无比。华灯闪耀着金色的光芒，如同被雕琢过的金器一般耀眼。我立刻感受到了下边城市生活的浩繁，生命在数百万光点的海洋中流淌。我感受到了渴望、挣扎、痛苦、激情、饥饿、绘画、歌唱、信仰、愤怒、背叛、爱情、苦闷、无能、复仇和蔑视。面对着一望无际、波光涌动的海面，我体会到了人类世界令人惊叹之处，正如科尔特斯站在火山之间,望向悲壮的特诺奇蒂特兰时所感受到的那样。[1]

出租车载着我在多车道的公路上快速地跑着。没有高层建筑,这对我来说是前所未见的风景。人行道上,聚集着摆满了食品、点着黄色灯光的小摊,还有往来匆匆的一张张当地人的面孔,仿佛在传递着秘闻。远处亮着可口可乐的广告牌,愚钝地让我感到没有那么恍惚了。

研究所为我预定了住处,但怎么都找不到。我们路过了一些漂亮的石子路,看到了一些被墙围起来,带有私家保安的花园别墅。当时,我还不知道,我们正穿梭在科约阿坎区,郊狼哀嚎的地方。[2] 我一度觉得,或许将来我会住在这里的一所漂亮房子里。

突然,出租车停了下来。我们在一条狭窄的小巷里,面前是华雷斯私家街4号,大门算不上高档。门口,两位身材丰腴的女人在等着我,她们脸上笑盈盈的,相貌也让当时的我感到惊奇。卸下行李,司机厚颜无耻地向我索要了小费,随后我们走了进去。

长途跋涉,让我感到有些茫然。刚跨过门槛,一位先生就上前和我打招呼,他看起来上了年纪,穿着睡衣,手里还拿着一杯威士忌。他介绍了自己,他叫阿尔贝托·罗加,是蒙得维的亚的法律史教授。我继续往里走,穿过一个巨大的内庭花园,里面种满了热带植物,还栖息着许多鹦鹉。两位丰腴的女人中,我觉得较为年轻的那一位走在我前面。我们穿过了另一扇门,走过一段不长的走廊后,来到了一个柱子前,上面盘绕着一条极其危险的旋转楼梯。我竭尽全力地带

---

[1] 科尔特斯,名为埃尔南·科尔特斯,是殖民时代活跃在中南美洲的西班牙殖民者。1521年科尔特斯征服了阿兹特克帝国并在特诺奇蒂特兰城的废墟上建立了墨西哥城,成为新西班牙总督辖区的首府。——译者注

[2] 科约阿坎,来自纳瓦特尔语,意思是有郊狼的地方。——译者注

着行李爬了上去，推起一扇活板门，钻进了一个房间，看起来是为我准备的。

地上铺的是品相堪忧的灰色地毯，屋里连一张可以读书写字的桌子都没有，床感觉睡一晚就会得脊柱后凸，有一个大衣柜和一个抽屉柜，木板都烂了。然而这还不够，房间的一堵墙是玻璃做的，可以俯瞰院子里的热带花园。虽说有窗帘，但是我感到这是对隐私的致命威胁。

我听到楼下的人叫我下楼喝酒，可以选朗姆、白兰地或威士忌。事已至此，我决定接受邀请，点了一杯白兰地，便下楼去。来自港口城市的大学教授和没那么年轻的丰腴女人早就到了。他们打招呼的方式如兄弟般热情，但跟我称"您"，还叫我"博士"，虽然我当时没有这个学位。据我推断，他们现在要向我介绍华雷斯私家街4号学社的成员了。堂·阿尔贝托，他的眼睛是蓝色的，很圆，穿着草编鞋，乐呵呵地跟着我。除他之外，这里还住着两位政治学专业的北美学生和一位化学专业的墨西哥男生。这几位同事的房间远不如我的那间。原来，分配给我的是"头等套间"。按照年龄和等级，这本来是分给堂·阿尔贝托的。可他患有眩晕症，没办法爬过活板门，所以这个房间就到了我手里。

十一点过后，所有人都互相道别，我也就回头往房间走。在这一连串的事情发生之后，我感到不知所措。新世界闯入了我的生活。

堂·阿尔贝托的房间就在我的楼下。他看我杯中还剩些白兰地酒，便邀请我到他那里边聊天，边把酒喝完。当然，我接受了邀请，只不过在此之前，我请求他给我指一下去卫生间的路。这一路过来，我筋疲力尽，想快速地冲个澡。卫生间就在隔壁，我得和他共用。一眼看过去，卫生间没有门，就拉了个简单的帘子。墙上探出个水管子，这便是淋浴的地方了。马桶和不大的洗手池布满锈迹，镜子已经失去了折射人像的功能。

看到眼前这幅场景，我打消了冲澡的念头，径直跟着堂·阿尔贝托去了他房间。我感到自己有些意识不清。到了房间后，我坐到了写字桌旁的椅子上。他则躺在床上，从床头柜拿起一个快要见底的瓶子，给自己倒了一杯威士忌。"这么说来，老弟，你是学法律史的，真牛啊！"然后，二话不说便开始讲述自己的人生。他丧妻多年，听他那意思，他之前与口中的"合法妻子"结婚也有三十年了。说这话时，他一脸真诚。两人一起度过了一生中大部分、也是最美好的时光，尤其是他担任教育部部长，以及出任驻萨尔瓦多、危地马拉和美洲国家组织大使的那些年。"我这个大使当得，连英语都不会说，纯瞎搞！"他笑着说。"但好事在后头，我最后做了驻阿根廷大使，在布宜诺斯艾利斯。老弟，我都担任大使了，可是我连拉普拉塔河那块地方都没走出去……"他像个孩子一样笑了起来，不时啜一口威士忌。他头发花白，稀疏蓬乱，身上穿的条纹睡衣显得十分宽大。

不幸的是，在"合法妻子"去世后，他再婚了，这便"铸成大错"。个中缘由他不想细说（我估计与近期乌拉圭民主制度回归有关），反正他把所有的资产都放在了再娶的"婆娘"名下。当他和另一位小姑娘的爱情故事传到这位"婆娘"耳边时，她决意霸占财产，甚至连牙刷都不放过，这让堂·阿尔贝托落了个"精光"的下场。他的经历，是一位学者型政客的婚姻流亡记，他打趣说。最后，他不得不离开蒙得维的亚，定居此处，到研究所里当起了卑微的研究员，而这个研究所，就是我第二天报到要去的地方。

从堂·阿尔贝托房间出来时，天色已晚。在这个我突然闯入的陌生世界里，我感到自己离你很遥远。我张望着，想要找到一部电话，我回房后也找了一遍。我应该给你打电话，不管现在西班牙是几点钟。在那张破烂不堪的床上，我躺了下来。我脑海中全是给你写信的想法。想着，想着，我睡着了。

由于和巴黎的时差还在，我虽然累，但醒得却很早。早上五点，我打开行李，把西装挂在衣橱里，裤子垂在为数不多可用的衣架上，擦干净立柜隔板，放上叠整齐的衬衫。我没带毛巾，卫生间里也没有可用的。我在水槽里发现了一小块用剩下的肥皂，用它洗了澡，刮了胡子，也洗了头。水从墙上的管子里流出，到处都是水。洗完澡，我光着身子湿漉漉地爬过活板门，回到房间，祈祷此时走廊里不要有任何人出现。

在巴黎的最后几天，我在香榭丽舍大街附近的一家男士时装店里买了一套价格极低的西装，灰绿色，不系扣，上面的浅绿色条纹让衣服显得略微出挑。穿戴好白衬衫、外公的袖扣和黑色系带皮鞋，那是早上六点半，我坐在床上等待，不知该做些什么。

八点钟前后，我开始听到少量的声音，在九点钟之前，我已经和堂·阿尔贝托一起走在去地铁的路上，地铁会把我们捎到大学门口。到了之后，我们上了一辆当公交车用的面包车。大学很大，光树林就数公顷，还有足球场、田径场、一个消防站和一个电视台。最终，我们来到了法律研究所，一幢蓝色的长条形三层建筑。

进了门，堂·阿尔贝托朝一位站在门厅中央、留着胡子的胖男人走过去，他就是所长。"这位就是那个走丢的孩子吗？"他问。很显然，我当时才得知，之前去机场接我的司机没能找到我。所长别过堂·阿尔贝托，挎起我的胳膊。"我带你参观一下研究所。"他对我说。在接下来的两个多小时里，他向我介绍了很多人和他们负责的工作，还向我引见了不少研究人员。那个地方，洋溢着极大的善意。令我感到惊讶的，不是各类研究员对我的研究展现出来的礼节性兴趣，而是他们言语中的真诚。这些真诚显露在请我吃午餐的席间、交流阅读体会的间隙和一起聊天的时刻。"我很乐意与您聊天，博士，十分欢迎您。"

"这里就是你的隔间了。"主任告诉我，并打开了走廊尽头的一扇门。"那间是阿尔贝托的。"他指着对面的门，确切地说。"阿道夫·萨帕塔下周过来。他父亲今天早上还打电话问你来着。我这就告诉他我们给你安排妥当了。"他笑着说。

"十分感谢您所做的一切。您不知道我有多么感恩。您看，我来这儿也就几个小时的时间，虽说连一天都不到，但跟您说实话，我感觉自己就像到家了一样。"

"您慢慢就体会到了，墨西哥是非常好客的。"他一边说，一边高兴地走远了。

隔间里，只有我自己了。一张不太大的浅木色桌子，一把不带脚轮的扶手椅，面前是空空的金属书架，身后是窗户。我靠在窗台上，初次向外看，或者说外面的人也在看我。我看到两座火山，城市里被污染的大气抹去了山峰的线条，让它们变得很不真实。花园里下起了淅沥沥的雨，雨滴顺着窗户流下来。我身在墨西哥谷，正逢雨季。

不久后，我离开了刚抵达时落脚的学社。研究所的所长跟我说，如果我愿意，可以搬到大学为外国研究人员安排的套间里，那里家具齐备。我告诉他，如果不麻烦的话，我想尽快搬到套间。

搬走的那天，我感到自己从难以启齿的卫生间和不断有堂·阿尔贝托出现的生活中解脱了出来。我来到了位于大学路1861号的狄安娜旅馆。我的房间不大，却是一个单独的房间。采光一般，是朝向中庭的，中庭里还放着鸽舍。屋顶上三个灯泡只亮一个，这还不够，电压也很脆弱，如果临近的哪个房间开了过多的炉灶、暖炉或者类似的东西，我的灯泡就会变暗，把我留在更加昏暗的环境中。

我楼下有个空手道俱乐部，开门时间让人讶异，早上六点就开始听到第一波叫声和踢腿声了。此外，这里还住着一位拉小提琴的房客，但好在拉得不错。一楼是家日料餐厅，旅馆里东方人进出是常见的事。

每天晚上我回到旅馆，看到的都是一个空落落的房间。从西班牙带来的回忆，被我放在小床头柜的抽屉里，上面摆着那辆水晶列车，聚拢着四周微弱的光。

房间太黑了，我只能努力睡觉，连桌椅都没有，更不可能坐下来读书或者听音乐了。我总是醒来好几次，听鸽子飞过的声音，或者听其他房间里无法理解的笑声。我起得很早，一般就往研究所去了。

第一个周六，我一大早就拿着导游手册，乘地铁到达了索卡洛，也就是墨西哥人说的城市中心广场，大教堂和国家宫就坐落于此。

游客们还没到，三只流浪狗迎了上来。广场很宽阔，中央飘着一面巨幅墨西哥国旗。大教堂的一个塔楼倾斜严重，四周围着脚手架，看得出教堂极具巴洛克风格，但又脏又黑。仅在一年前，这座城市发生了一场可怕的地震，我猜教堂也受到了影响。早上不到九点，我想大教堂还不会对公众开放。向右转，导游手册上说，那里坐落着国家宫。那是一座低矮的三层建筑，完全占满了偌大个中心广场的四个侧边之一。不知何故，它让我想起了埃斯科里亚尔。正立面上重复着不同的窗户，循环往复且有规律。三层的窗户形态各异，但每一层的窗户都是相同的。它们在永恒的重复之中，传递着坚实、安稳、信念和力量之感。

正门口有军队把守，但让我进去了。在穿过门厅还没到中央庭院的位置，可以欣赏到迭戈·里韦拉的著名壁画。对于墨西哥壁画运动，当时的我仍知之甚少，但我很快就会熟悉西格罗斯、奥罗斯科、塔马约，还有弗里达·卡罗的名字。

宽大的楼梯依墙而上。在通往二楼的墙上，一张张壁画叙述着墨西哥的历史：土著文明的往昔，征服的进程与革命的回响。在这一路的最后，人像、马匹和面孔汇聚成山。土著人身着农民的衣衫，躯干充满整个空间，摩肩接踵。工人们簇拥在一个对他们大声疾呼的男人四周，写有"罢工"字样的条幅清晰可见。农民的面庞，是那么的锐利和坚定。左侧的资产阶级（男人们穿着西装，其中一位戴着单片眼镜，女人们身形优雅）正在观赏神甫与妓女的交媾，旁观者的脸色既温和又残忍。整个人类劫难的最上方画着马克思的形象，他伸出手臂，指向命运的终点。

出来后，我再次来到索卡洛，人已经多了起来。穿过马路，我径直往广场中心走去。一路上，我遇到许多坐在地上的人，他们的脸如同雕刻过一般，眼睛小却深邃，肤色黝黑，戴着大沿帽。他们每个人的面前，都摆着一张小纸板，上面详细写着他们的工种，大致是水管工和泥瓦匠一类。他们就是我刚刚在迭戈·里韦拉的壁画上看到的那群高大挺拔、傲骨铮铮的农民，但是在这里，他们被打败了。

整个上午，我都沉浸在一条条街道、一张张面孔和一声声喧嚣之中，我置身于集市，走过外墙脏旧的老建筑和柱廊，在裂缝、残垣、瓦砾、尘土和废物的深处，感受地震的悲惨痕迹。

走路走得筋疲力尽，我被那座城市和它的景观迷住了。大约一点钟，我走进导游手册推荐的一家桑伯恩斯餐厅。桑伯恩斯是连锁餐厅，偏这家开在一座深宅大院之内，墙外装饰着数千块美丽的蓝色瓷砖，里面空间很大。我很饿，并不想参观，只想填饱肚子，但眼前的一切令人叹为观止，我只好先四处走走，边走边看。导游手册上说，那里有墨西哥另一位著名壁画家奥罗斯科的一幅作品。我找到了，但是我没理解那些庞大的神话人像的含义，他们围绕在门的周围，衬托得白色的拱券十分醒目。那间餐厅食客颇多，有好几间大厅，里面的桌子不计其数。装修风格富丽堂皇，壁镜、绘画和宽大的楼梯点缀其中。女服务员穿着我自认为是墨西哥传统服饰的衣服。招待我的那位，长得很美，胖胖的，对我来说她年纪大了一点，但毫无疑问，她很漂亮。她冲我笑了笑，"您想好点什么了吗？"她说。"什么？"我回答。"您想点什么？"

菜单几乎看不懂，"安托希多"小食，玉米片，牧民烤肉塔可，炖肉塔可，"法希塔"烤肉，仙人掌沙拉，"塞维切"酸汁腌鱼，"恩奇拉达"卷，酿馅辣椒配奶油核桃汁，"繁星鸡蛋"（即煎鸡蛋），"莫雷"酱淋鸡，"启波特雷"酱淋鸡，"皮比尔"蕉叶胭脂肉……嗯，菜单我看不太懂，我的意思是我不了解大部分的菜是用什么做的。"好，比如这道'恩奇拉达'鸡肉卷配'莫雷'酱，怎么样？""很好吃，先生。""好极了。""配什么呢？""就这个啊，'恩奇拉达'什么鸡肉卷，配'莫雷'酱，嗯，有酒吗？红酒？""先生喝红酒，我这就给您拿杯子。"

"打扰一下，绅士。您是西班牙人，对吧？"

"是。"说完，我惊讶地看向一个五十多岁的男人，面容黝黑，身材矮小，但举止高傲，穿着一件花哨的瓜亚贝拉衬衫。

"我推荐您尝尝那道酿馅辣椒配奶油核桃汁。请让我给您讲一下这道菜的来历。"他温文尔雅地说道，"1821年8月，伊图尔维德将军在韦拉克鲁斯州与西班牙王室签署了独立条约，在返回墨西哥城的途中，于普埃布拉停留休息。那天是8月28日，是他的生日。几位奥古斯丁修女院的修女决定为他制作一道特别的菜肴来向他致意。这道菜有墨西哥国旗的三种颜色：辣椒的绿色、奶油核桃汁的白色和石榴的红色。尝尝看，您会喜欢的。而且不要喝葡萄酒，要配啤酒一起享用，一瓶科罗纳啤酒就很好。"

我从桌边起身，报上姓名并致以谢意。他则向我介绍他的妻子，她一直在默默地看着他，满眼敬慕。"墨西哥人和西班牙人本是一体。"他说，然后递给我一张卡片，说在墨西哥逗留期间有什么需要，可以去找他。

那道菜十分美味，我以前吃的其他菜式都无法与之媲美，更何况配上啤酒，香料味和辣味就变得更加协调温和。随后我喝了一杯咖啡，水很足，人们称它为"美式"，好喝。

在初次接触墨西哥菜的一个月后，阿道夫的父亲向我解释说世界上只有两个国家的美食真正令人惊叹，能够用不同的花材做汤，用食谱讲故事，用每一道菜，去想象，去希望，去爱，能够融合甜与辣，把互相矛盾的味道统一起来，把巧克力和香料调和起来。在他看来，这样的饮食文化是属于中国和墨西哥的。

在最初的几周里，我每天点菜时都不确定服务员会给我端来什么。我听了好几段关于面前的不同菜肴的美妙传说。

尽管我做的事情是那么的简单和基础，墨西哥还是打开了我的眼界。

离开那间桑伯恩斯餐厅时，我感到自己没有力气钻进地铁，再乘地铁返回旅馆了，所以我坐了出租车。

回到房间，周六下午的阳光透过窗户照进来，漂浮在我四周空中的尘埃可以看得一清二楚。床上铺着破旧的红色被子，地毯也脏兮兮的。估计还不到下午五点钟，我费尽心力想要睡着，却始终无法入梦。没过多久，我便决定回到街上找一家电影院，让自己沉浸其中，以此消磨时光，我只期盼夜晚降临，睡上一觉，把这时间熬过去。

我又坐上了出租车，并且感觉司机一个个地都在诓骗我，很明显我是个外国人，不是墨西哥人，说话是哪里的口音也一听便知。但是，他们总是问怎么走，他们也给出最佳路线的意见。我常常这样回答："您不觉得有更近的路吗？"于是他们就滔滔不绝地说，到地方之后我才会再次开口讲话，付了钱，但不给一分小费，权当惩罚。我不在乎，我确定他们在诓骗我。

我记得那天的电影很可怕，从里面出来，走到影院门口，我感觉肚子饿了，便走进了一家塔可餐吧。吧台左边摆着几张又脏又破的富美家板材桌子，吧台里有两个汗流浃背的小伙计，他们把被大刀反复"蹂躏"成小块的肉粒和蔬菜碎放到大铁板上煎炒。肉被穿在金属签子上，放在火上转烤，这场面让我想起了黎巴嫩餐馆的烤肉串。我震惊于二者竟如此相似，便上前问询这是什么。"牧民烤肉塔可。"有人答到，答话的人是吧台后面两位伙计中的一位。"一份六比索。""好的，好的。"我说。他们切下肉条，放在盘中的三张玉米饼上，我判断那肉应该是猪肉。桌子上的酱料颜色各异。最后，我吃了三份，喝了不少啤酒。别说，这东西可口极了。

夜幕降临，我可以回房间了，并且我知道这次能睡着。

我是走回去的，走了很长的一段路。我身穿一件象牙白浅色西服外套，打着漂亮的黄蓝色调领带，搭配白衬衫和藏青色裤子。路上的灯光并不明亮，阴暗的气氛给想象保留了很大的空间。

我感到这就是生活，整个世界就在我的面前。土著人美食摊位上的小灯泡，巨大的老旧汽车，殖民时期的建筑外墙，迷人的声音，黑色的天空，一切都如此的不同。好像在一幅画里，我在欣赏它，同时体会到行走在那个受过伤的土著世界里，自己的优雅与之形成一种对比。我感受到了自己在这片土地上的使命：旅行，离开，走得更远，一旦抵达，在那个始料未及又无与伦比的地方，写作，继续写作，在生命的尽头让自己变得真实，就在那里，在世界之外。

二十一

乡愁是旅者的同伴，是他的阿里阿德涅之线。如果旅行者放弃了，如果他迷失了，乡愁将是他唯一的希望，是他颤抖着的指南针，是他对抗遗忘的药水，是那颗出现在最黑暗夜里的星星。它指引着我们，或许它能带我们回家。

正是在墨西哥，乡愁才真正出现在我的生活中，因为墨西哥和遗忘离得特别近。

打电话十分昂贵，我负担不起。如果写信，信件得两周多才能到达。头几封信被我天真地投进了街上的邮筒，直到有人告诉我，说邮递员从来都不会去那里揽收，如果想确保信件到达，必须得直接去邮局当场付钱才行。

旅馆的房间里没有电话，研究所的办公室里也没有。地震之后，街上的电话亭就坏了，虽然这么说并不完全正确，因为它们还能用，但只能打受话方付费电话，还有专用的电话线路。有时候我就这么给母亲打电话，她很高兴，让我常常打来，但是我并不想给她造成太大的开销。说话的时间总是过得很快，我们刚开始聊起来就已经过了半个小时，那就是一笔不小的开销了。这里甚至连西班牙报纸都很难找到。周六那天，我在索卡洛附近的一个书报亭瞧见了《国家报》，然而已经是一周前的旧报了。

每天早上打开研究所隔间的门时，我都会听到对面办公室传来堂·阿尔贝托打招呼的声音：加利西亚人！[1]

我还没落座，堂·阿尔贝托就已经来到了办公室的门口：他面露笑容，花白的头发略显凌乱。他的站姿很有特点，双手放在了胸前两侧，手肘微抬，身体前倾，双腿叉开。堂·阿尔贝托在生活里的麻烦事不少，从前一百公斤的他，暴瘦到只剩七十公斤。他遭遇的经济困难让他很难置办新衣，因而他所有的衣服都显得松垮肥大，裤子还会时不时地往下滑，他就得经常站定了把裤腰勒得再紧一些。他总是笑呵呵的，讲起逸闻趣事来滔滔不绝，无外乎是些社会名流、部长、内阁成员，以及拉美各国总统的传闻。他说话的时候动作夸张，笑起来好几米外都能听到。

他总有些聊天话题是永恒不变的：一去不复返的往日辉煌，法律史，现在、过去和未来都遥不可及的女人。其他的话题就像一个百宝匣，什么戒掉威士忌、墨西哥住房有多糟、人事主管有多么跌份、研究所明年是否能改革、同事间的恩恩怨怨、学术会议太多导致没人着眼长远等。他现在已经说了三个小时了，我快听不下去了。然而他接着说："听说要来一位古巴研究员。我怀疑研究的电话被窃听了。看看这个月的工资咋办，可是我已经提前预支了一些。我这一天天地瘦下去，衣服都肥了。听说过一阵还有地震。有人买了一只暹罗猫，让它去吃老鼠。你去哪里吃饭？让我们去干活吧，加利西亚人！"

我的日子就这样过着，淹没在浓浓乡愁的回忆中，并且专心致志地寻找线索，以探究卢梭对新西班牙的影响。也就在那个时候，我

---

[1] 加利西亚，为西班牙西北部的一个自治区。由于在拉丁美洲的一些地区有大量来自西班牙加利西亚的移民群体，所以在当地的西班牙语中，加利西亚人的称呼有指代西班牙人的意思。——译者注

领悟了卢梭思想的奥义。他看不上那些博学的哲学家，可是，在那些哲学家看来，卢梭的思想却是个异类。对卢梭来说，思想是情感的记录，而评判真理最准确的标准是内心的笃定。

有一天，在日落时分，阿道夫来到了我隔间的门口。

那段时间，我没再听到他的消息。但没有哪一周我不曾想起他，我认为我这一辈子都将这样做。那几个月我们和那辆破旧的道奇车密不可分，我们一起去了巴耶德布拉沃，在那里像往常一样谈论我们各自不可能的爱情。就在话语之间，太阳落入湖面，数以万计的蝴蝶在附近的树林里正破茧而出。和他在一起的每一个夜晚都是一次冒险。我们去的任何地方都不乏神秘的过往，总能激起我们探访的热情。他是一个不知疲倦的诗歌读者，不管睡得多晚，总是早早起床。我记得一天清晨在韦拉克鲁斯的柱廊下，他坐在一架马林巴琴的旁边，一边喝着咖啡，一边阅读着别人送给他的那本布兰卡·安德列乌的书，他还在小纸片上评点批注，随后放进口袋。他皮肤黝黑，身材魁梧，阿兹特克所有恢宏往昔的传说都融汇在他的轮廓里，他的血统一定来自某个杰出的土著酋长，因为我不知道还有谁更高贵。他把生活当作文学来过。直到那时，我的生活也大抵如此。只不过，如果我的生活是一首伤心的诗歌，那他的生活则是一部冒险小说。他是无可救药的浪漫主义者，一位不知疲倦的谈话大师。和他一起，我吃遍了所有的饭馆，聊遍了所有的桑伯恩斯餐厅，造访了恰帕斯，第一次看到太平洋，我感到自己更像一个诗人了，我相信自己是一个旅行者和不拘世俗的人。某天夜里，在墨西哥城广阔而荒凉的索卡洛广场上，大教堂巍峨的石刻与雄伟的总统府邸见证了我们在月下历史性的碰杯，它们将永远保守我们的秘密。

我们有很多话可说。他想看看我被安顿在哪里，尤其是听我说了在华雷斯私家街的遭遇之后。因此，开着他的道奇车，我们来到了狄安娜旅馆。大厅里，几位房客正临时找到前台服务员商议。据了解，原来是街对面的洗衣店老板关门歇业，卷走了旅馆一半的衣服。我们进入电梯，我带他来到我的房间并参观了一下。正当此时，门响了。一阵突然的沉默过后，我走过去开门。

我看到一位肤色很深、肩膀略宽的姑娘，她的眼睛很大，就像一塘黑色的池水，看不到任何目光。"不好意思，二位有'切拉'吗？"她说，"已经过了十点了，七天便利店要收税了。明天我来还给二位。"我陷入了困惑，"'切拉'？"她没有说话。"她问我们有没有啤酒。"房间里面的阿道夫连忙翻译。"啊，啤酒！没有，我们没有。不好意思。"我笑着回答。"好吧，不要紧。二位要到旁边房间来吗？我们在聊天。""当然了。"我答应下来，向阿道夫比了个手势，他径直从我面前夺门而出，就像奔向一场冒险。

旁边房间住着劳拉·奥利维亚，她是一位有着深色皮肤，身型瘦削干瘪的女人。她的年龄很难猜（怎么说都得三十多岁了）。那天卢露也在，她是一位十分美丽的黑白混血。

环境有限，但劳拉·奥利维亚却用贵族的礼节接待了我们，这让人感觉十分怪异。她们那里只剩龙舌兰酒了，我们就只能喝这个。盛酒的玻璃杯看起来更像是装漱口水的杯子，不像是用来品酒的。

我们开怀大笑。显然，"一切的错"都出在了楼管身上。她是个胖婆子，白天在前台待着，经常蒙骗旅馆的老板。以至于那位好心的建筑师对他自己的旅馆已经沦落到什么地步一无所知。当然，大部分用于改善和翻修房间的资金都被楼管中饱私囊了。劳拉·奥利维亚已经下定决心给建筑师写一封信。

劳拉·奥利维亚一人寡居。她说起丈夫安东尼奥·拉斯科拉时，似乎默认在场的各位都在脑海中回想起了她的丈夫。他曾是一名飞行员，在测试原型机时不幸罹难，当时他们八岁的儿子也去世了。我听她说着，看着她黑黑的眼圈，好像经历了一场挫败，她的头发就像一件黑色的披肩。

卢露看起来是一位很简单的姑娘。她跟我们说她学的是政治学，后来我发现她有酗酒的问题。她的父母已经分开居住，母亲在一家干洗店当熨衣工。尽管如此，她的母亲对卢露是能不管就不管，把钱都用来打扮自己了。这么一看，卢露身边总有人愿意帮她，有些是出于同情，有些是为了和她亲热，换取她的温存。

后来，洛雷纳来了，她住在顶楼。那层属于另一位业主，房屋条件看起来没有那么糟糕。洛雷纳和加布里埃拉，两人来自墨西哥城近边的托卢卡。加布里埃拉，我之前没有提到她的名字，她就是跟我们借"切拉"的那位姑娘。她们俩的男友们是同一个摇滚乐队的成员，所以她们的周末就在乐队那里度过，在一间地下室里听伴侣们的演出排练。

我后来才了解，原来劳拉·奥利维亚和加布里埃拉讨厌洛雷纳，说她在男人面前总谈论文学话题，拿腔拿调的，以此手段来收服他们。

后续又来了更多人。住在顶层的哥伦比亚夫妇，与所有人都合得来的门卫安东尼奥，自称是电视剧编剧、总是一脸苦楚的安东尼娜，以及那位年轻的奇诺人[1]，他的眼睛细长，眼神凌厉，看这面相便可知他是安东尼娜受苦的原因。

一群人把酒言欢，直到凌晨三点才散去。回到房间时我又困又累，但是在睡觉前，我透过浴室的窗户看到了灯火通明的城市，就像一个洒满繁星的大斗篷，上面星光闪耀，好像星星们在跟我说着心里话。

门卫安东尼奥之前说我可以用门卫室的电话，他会根据电话计费器显示的金额收费。尽管已经很晚了，但我睡觉前脑子里想的是早上七点起床打电话，那个时候西班牙应该是下午三点。我要打给你和母亲。想着想着我就睡着了，闹钟在不经意之间就响了，那只大眼睛的猫头鹰一遍又一遍地在报着时间。快七点了，我在睡衣外面套上一件长袍，下楼来到了门卫室。

"我能打长途电话吗？现在计费器上的数字是多少？不，不，我想要付现金。好的，我能看一下计费器上的数字是怎么走的吗？很好，谢谢。"

然而，这样打电话根本讲不了私事。我就在门卫室里，可是那个昏昏欲睡的男人一步不挪，他还在那里坐着，透过玻璃看着旅馆门前的院子，客人们会经过那里来到街上，或者在院子中等待电梯。

我回想起最后一次过圣诞节的场景，就在出发的前几天。当时天气寒冷，路灯的光笼罩在晨雾中。我记得母亲目光中的告别的神情，我记得你在我离开的那天清晨朗诵起我写的诗歌。我带着一种无奈的悲伤回忆着这一切，就像人们回想起自己最后一次拥有一件东西时的

---

[1] 奇诺人，在拉丁美洲西班牙语的部分方言中，奇诺人指非欧洲血统的人或混血人。——译者注

感觉一样，只不过他们并不知道这是最后一次罢了。

我家里没有人，你家里也没有。每个号码我都拨了多次，脑海里浮现出那部黑色电话机的画面，它挂在母亲和我房间中间的走廊，在我的脑海里，它一直响着，响着，就像我在那儿一样，在呼喊着，在大声地呼唤，但是无人应答。

拨不通电话，我带着苦恼回房间去了。路过我那层的走廊时，我听见了几声叫喊。我随即停下脚步仔细听，仿佛是一个女子的声音，正用自杀为由来威吓别人。她的叫喊声嘶力竭，充满了绝望，听到最后，只剩下抽泣。但是，她的声音被旁边男声的怒吼盖了过去，威胁要杀了那绝望的女人。听起来他们在争吵，新的叫喊声紧随其后，从中能听出一点理智、许多惊慌和不少恐吓。就在此时，我听到了小提琴奏起零散的和弦，貌似在为一场音乐会做着准备。

一扇房门突然打开，映入眼帘的是穿着贴身短裤和T恤衫的加布里埃拉。"哦！奇诺人和安东尼娜，又是他们！"她说。我看向她，充满了疑惑。"就是他们俩和卢露拼房住，每次争吵都到走廊来。不一会儿，那个会小提琴的就开始练琴。"

我什么都没说，走进了我的房间，播放起堂·阿尔贝托送给我的奥古斯丁·拉腊的磁带，并把音量调高。我刚刮上胡子，就听见有人敲门。我关掉音响，这回清楚地听到不是在敲我房门，而是邻居的。敲门声震天响。过了一会儿，在两次敲打之间，开始听到这样的话："我要我的两百比索！现在就要！给我开门，把你欠我的血汗钱还我！"

其他房间开始表达不满，这种局势持续了十分钟或十五分钟，直到那位债主决定离开才罢休。我感觉敲的是加布里埃拉的房门。

我从旅馆出来往大学去，一路上的景致每天都是如此：街头小吃的香味、土著居民的面孔、杂乱无章的交通、阴沉的天空、搭乘的地铁、载我一路颠簸去研究所的小巴士、大厅，以及对某些研究人员说的"早安"，他们已经成为我每天都会见到的熟悉面孔。

在小隔间的门口，我遇到了阿道夫，他正在和堂·阿尔贝托聊天。"加利西亚人！"他一如既往地惊呼，"你去哪儿了？主任派人来找你，好像普埃布拉要举办一场研讨会，我们得去。""挺好。"我说道，"一会儿我去您办公室找您。""兄弟，你还好吗？"阿道夫对我说，"这个周末，我有个计划说给你听。""你少给我打扰加利西亚人，他得为普埃布拉研讨会准备论文！"堂·阿尔贝托打断他。"好吧，到什么时候，就做什么事。"我说。"我们在文化中心吃午饭？"阿道夫提议。"我不行。"阿尔贝托答道，"一位阿根廷的旧相识请我去豪华的大酒楼吃饭。""好吧，既然您背弃了我们，我们就只能去吃寒酸的沙拉了。"阿道夫说完先行离开，"我一点钟来找你。"

去文化中心的路上，会路过戏剧学校。"这块儿，我认识几个美妞。"阿道夫信誓旦旦地对我说。文化中心是由多个建筑组成的区域，其中音乐厅最为醒目，此外还有电影院和书店，最重要的是，这里还有一个提供学生套餐的餐厅。我记得一天上午过半的时候，我出门散步，想放松一下，便走进音乐厅里面参观。一支管弦乐队正在排练，我坐了下来，听了一段钢琴独奏。观众席空旷幽暗，无人知晓我在那里，我感到自己沉浸在音乐中。那个周六我去了音乐会，又一次聆听了肖斯塔科维奇第二钢琴协奏曲的第二乐章。

我们坐在窗边吃饭，阿道夫又和我聊起了洛雷纳，原来她为了一个同事而抛弃了他。他最不能忍受的是她会拿新欢和他比较：新欢会请她吃饭，不喝酒，不急于追求那些不知为何物，无名无形，又无法定义的东西，然而正是这些东西在左右着、指引着阿道夫的生活，因而也影响到了洛雷纳自己。在阿道夫的想象中，一个没有面孔的巨人在生长着，他身形庞然，竟要带走他的半条性命，连一点申诉的权利都不给他留下。

阿道夫告诉我，洛雷纳曾在美国生活一年。那段时间，他尽自己最大的努力给她写信，把积蓄都花在了长达几个小时的长途电话上。他在电话里把整部《船长的诗》读给她听。从那时起，他在给她的每一封信上都写下船长的名字。他给我讲述这个故事时，我意识到，尽管移居别国的是洛雷纳，但是内心深处的旅行者却是阿道夫。他是一位航行者，穿越世界向她诉说衷肠，在遥远的无名之地向她寄出爱的信笺。

他告诉我，他的朋友们都不能原谅一个为了别人而离开他的姑娘。但洛雷纳不同，他们俩本来就不一样，两人之间毫无欺骗的空间。他有一张她在纽约居住时在洛克菲勒中心拍的照片，那是圣诞时节，可以看到照片里的积雪，她很美丽。

我和他说起你，说起我如何遇见舞台上的你，你的声音和你的歌曲，当你亲近时我的感受，你如何改变我的生活，因为我必须配得上你，这就是为什么我必须改变，变得更好，这样你才能爱上我。我和他说起你抱着书时看我的眼神，你长长又蓬乱的栗色秀发，你纤纤飘逸的身姿，你清纯干净的双眼，你倾听我诉说的样子，还有和你在一起时，那种自己被给予了厚望的感觉，我觉得我有机会。我告诉阿道夫，这就是我离开的原因，为了回来时拥有你，配得上你。

午后变得十分漫长。八点左右，在旅馆边上甘地书店的咖啡馆里，我们的聊天接近了尾声。就在此时，我们看到一人从我们桌子旁路过，她正是前一天晚上在狄安娜旅馆的"套间"，也就是劳拉·奥利维亚的房间里认识的那位洛雷纳。她身边的小伙子长着梅斯蒂索人的模样，面庞凌厉，皮肤黝黑。他自报家门，他是智利人，叫海梅·德·埃萨吉雷，说完向我们点头示意。两人坐了过来，我和阿道夫的聊天也就自然地结束了。

洛雷纳对与文学和艺术有关的一切都感兴趣，她在音乐学院学习音乐。她是墨西哥俗话里说的"短粗胖"，有着一双棕色的大眼睛，浅色的皮肤和棕色的头发。

我们谈论起文学。令我惊讶的是，他们居然不了解像胡安·贝内特、胡安·戈蒂索洛或安娜·玛丽亚·马图特，这些西班牙60年代以来的杰出作家。我向埃萨吉雷讨教他对智利诗人的看法。带着某种冷漠的神情，他批驳了聂鲁达，似乎只有《二十首情诗与绝望的歌》免于指摘。他最喜欢的诗人是加布列拉·米斯特拉尔。他不认为比奥莱塔·帕拉或维克多·哈拉称得上诗人，他说："就是些民谣歌曲而已。"

洛雷纳请我们到她房间去吃瓦哈卡奶酪火锅。我们把瑞士烈酒换成了龙舌兰酒，把小块面包换成了热玉米饼。这种调和主义的提议是无法拒绝的，我们便如此照办。

洛雷纳的房间就是她的写照，小巧干净，散发着檀香的味道，墙上挂着没有装裱的手绘画作和她朋友的相片。另外，铺着粉色地毯的地面上有许多东方花样的靠垫，和床罩的样式相同。

没多久，加布里埃拉就出现了。记忆中，当时演奏着我从未听过的乌拉圭创作型歌手阿尔弗雷多·齐塔罗萨的音乐。从中午开始豪饮近二十缸酒的阿道夫，非要发表一番反对军人干政的演讲，"这些诗人原先是要被堂·阿尔贝托追捕的,真过分。军人在拉丁美洲造成了多么大的破坏啊!"每隔几分钟,埃萨吉雷就靠过来,跟我澄清事情并非完全同阿道夫所说的一样。房间里渐渐地挤满了人,几位不知从何处过来的吉他手让夜晚的气氛更加热烈。"你们可以继续弹奏齐塔罗萨的音乐吗?"我问他们中的一位。"当然了,先生,十分乐意。我的名字叫贝乔。"说完他抱起吉他,如同抱起一位亲爱的人,好像把自己的儿子拥入怀中,用身体将其护拥,与之合二为一。"我要如何,才能把你带进我的心房,吉他啊!我要如何,才能让你感受到我笨拙的爱,我渴望听到你倾尽所有为我奏响。"我们听着他们的歌声,每个人都在思考自己的生活和故事,而我想到的是我的旅行,还有你,尤其与你的往事。"今天死亡徘徊在我的书丛中,寻找我的过去,寻找40年代的夏天,拿着水管嬉戏的孩子们,秘密的午睡,邻里的香蕉树,被谋害的人,全都刻在灵魂深处。今天死亡路过时,检查了我的电车车票,我的朋友们,他们的名字,蒙得维的亚咖啡馆的夜晚,国家客车组织运输的邮包,还散发着炖肉的味道,检查了我的父亲,他的贝雷塔[1],他的巴尔多米尔[2],还检查了我的母亲,她的半个身子动弹不得……"

阿道夫主动提出带加布里埃拉去一个名为利物浦的地方,他和别人约在那里相见。那是一处在墨西哥城很常见的店,特色就是有乐队现场演奏披头士的歌曲。埃萨吉雷借着这股变动正好告辞。

阿道夫回来时,我们没剩几个人了,只有洛雷纳、一位看起来是二层住客的画家、顶楼的两位哥伦比亚人和我。在大门乐队的音乐声

---

1 贝雷塔,名为托马斯·贝雷塔,1947年曾任乌拉圭总统。——译者注
2 巴尔多米尔,名为阿尔弗雷多·巴尔多米尔,1938年至1943年间曾任乌拉圭总统。——译者注

中,谈话变得非常有趣。画家认为莫里森是位萨满,具有让人与神灵接触的能力,并传递给其他萨满。圣路易斯沙漠,佩奥特仙人掌,迷幻蘑菇,似乎每个人都有过这些经历。此时,录音机里的磁带停了下来,但是谈话继续在全新的寂静中更有力地徘徊着。洛雷纳正打算去恰帕斯转一转,去体验一下丛林。我报名同去,当然也少不了阿道夫。

我想最初的基督教也是一种历险,去寻找一个定义未知的上帝,引导追随者踏上一条不确定的道路。正如圣十字若望所说:"欲临未解之境,必往未知之地。"惠乔尔人,穿越沙漠寻找佩奥特仙人掌的朝圣之旅,接受旅程的风险,迷幻的体验,这些皆是骑士精神的象征,体现了冒险者的勇气。与任何一所深陷世俗羁绊、枯燥乏味和老者对死亡临近之恐惧的教堂相比,那天晚上,那个房间里的信仰更加强大。

夜已经很深了,天快亮了。我和阿道夫一起乘电梯下楼来到街上。我说陪他走到停车处。"你知道吗?嘿,你知道我喜欢洛雷纳吗?她非常风趣、漂亮,确实如此。""好吧。"我说,"我会邀请你参加这里的聚会,显然每天都有。""但是你对她没兴趣吗?嘿,如果你感兴趣,我发誓我绝不挑事。"他站在空无一人的路上,一脸严肃地对我说。"都是你的。"我说,"都是你的。"

我们一直走到车前。我感到有些苦恼,因为和你通不上电话,更不知道我的信你是否收到。我几乎每天都给你写信,并把它们一起拿到邮局去寄,这么做能确保信件到达。我想嘱咐你看好我写在每个信封上的日期,这样一来你就可以按照顺序阅读了。母亲的消息,我也一无所知。

我花了一上午的时间试图找到一个可以给西班牙打电话的电话亭。我试了校园里的电话亭，然后坐出租车去了好几个街边的电话亭，没有一个好用。钱可以投进去，但电话打不出去，我简直不敢相信。银色的电话亭最差劲，吞了钱却接不通任何线路。黑色的电话亭至少把钱退还给我了。

"我知道从哪里可以打电话了。"阿道夫对我说，"上车。"

坐在那辆道奇车里，摇下车窗，耳畔响起了平克·弗洛伊德的音乐《迷墙》。黎明时分，在这座阿道夫让我叫它联邦区的城市，我们的车穿行在荒凉的街道，行驶在一条一条的大路上。那天清晨，我坐在他的车里，任由他带我去任何地方，因为我必须要给你打电话，因为我不得不和你倾诉。那个时候，我才明白，他就是我的兄弟，是我未曾拥有过的兄弟。

"这里是城市的经济命脉，改革大道。这里所有的酒店都很高档。"阿道夫一边说着，一边把车停在一栋气势恢宏的酒店门前。我看到许多国家的旗帜在飘动，两位身着制服和大礼帽的男人站在旋转玻璃门的两边，等待着宾客到来。"你瞧，你进去时不要看他们。我就不陪你了，我不能把车停在这里。没人会跟你讲话的，他们不知道你是不是酒店的客人。进去之后，你会看到一个电话亭，我敢发誓它们是好用的。我在这里等你，祝你好运。你要是不能打通，你就来我家再打。好运！"

现在是七点，西班牙下午三点，你们应该在家，这是我第二次在这个时间尝试打通电话。

我按照阿道夫的建议走进酒店，没去看戴礼帽的男人。那里的大厅装饰奢华，地面光亮，柜台宽大，还摆放着沙发，我小心翼翼地走着。过去的一天多时间对我来说很艰难，而且昨天晚上十分短暂，我想我的外貌形象看起来一定很可怜。我西服外套的一个口袋里揣着一条领带。我用手抿了抿头发，发胶还能保持定型。我想也许可以梳个中分，虽然有些过时，但是看起来很有个性。我看到了电话亭，在前台的左侧，在那里我可以和你说些心里话。我去远处一个空无一人的咖啡厅把纸币换成硬币，我感到想哭的冲动。

你接了电话。你对我的来电感到非常惊讶。我想你应该感动得说不出话来。"我没有打断你做什么事吧？"我问你。"不，不，路易斯，这是哪儿的话。我没想到你能打来，真是意外之喜。告诉我，一切进展如何？你还好吗？别人待你周到吗？不，我还没有收到你的信。我最近的一封信，你在巴黎收到了吗？我很高兴。是的，我很幸福。尽管安达卢西亚很偏远，但我有信心一切都会顺利的，而且我喜欢夏天，喜欢阳光。全新的生活，全新的生活。是的，给你的信我是打出来的，因为我在学习打字，还在练习。重要的是我写信给你，对吧？手写或者机打没那么重要，不要那么苛刻。下一封信，我会给你手写一段，但只有一段。我希望你的信能快点到，我特别爱看，你给我写了这么多信，我真的很感谢你。听我说，我知道我给你写的不多，但是我要准备资格考试，挪不出空闲时间。你不要以为我不会记起你，不会想念你。继续给我写信吧，哪怕我没有写给你。嗯，是的，现在我时间更多了，但是实习快到了，而且我还得在那边找房子。不，不，你继续把信邮寄到这个地址，我要是不在，卡门会转寄给我的。我当然高兴，只是没想到你会打电话来，让我很意外。是的，新生活和做文学课老师让我感到兴奋。我觉得，我肯定会喜欢上安达卢西亚的。嗯，我现在很少出门娱乐了，大家都散了。我喜欢一个人去老地方，听听新乐队的歌曲，这些会带给我回忆。这几周我去过几次'选择我'酒吧，一切都是老样子，只不过现在台上是其他人了。你得破费了，从那里打电话肯定很贵。好的，不要这样说，路易斯。你在那么远的地方，我相信你会在那里遇到比我更好的姑娘，不要让我感到难过。听到你说你爱我，我怎么会感到厌烦呢？世界就在你面前，不要回头。你值得幸福，你值得拥有一切。"

我感到发生了一些事情，一些被千里之遥遮蔽了的事情，我感到此中藏着秘密和私隐，我感到不安。也许她跟别人在一起了？而且她不想伤害我，让我难过。我在遥远的地方，努力奋进，你不想伤害我，这就是为什么当你听到我说"我爱你"时，你会心痛。我一直把你放在心上，我所做的一切都是为了配得上你，为了让你对我倾心。"不要难过。"我对你说，"我打电话给你不是为了让你难过，而是想让你开心。你不知道你给了我多少快乐。"我听见你在远处说："今天就到这儿吧，路易斯。我向你保证，我会向你提到的那个研究所寄一封信。我希望能快点送到你的手上。你要我告诉你母亲你一切都好？好的，但是你现在就打电话给她吧，她肯定特别开心。路易斯，你回来之后，我很想见见她。是的，或许得等你回来的时候，因为今年我可能会在安达卢西亚过圣诞节。待会再说，我在信里跟你解释吧。我很快就得去报道了，你想想看，真的很遗憾。你现在就给你母亲打电话吧，这样通话很贵，路易斯。我们已经说了很久了。送给你一个拥抱，一个深深的拥抱，路易斯，照顾好自己。"

你要走了，我感觉到你要离开了，因为你不知道圣诞节能不能在马德里见我。我这个人物的形象还不够悲伤，他不应该拥有这么多。你是好姑娘，你会给我回几封信，而我几乎每天都给你写信。这些信你全部都会读吗？也许不会，因为你有考试，也要忙工作。但是你还没有看到我完全的转变，我需要展示自己，让你看看我现在变成了什么模样：我的西装、样貌和崭新的自信。最重要的是我崭新的自信，我的人际关系，在书籍中纵横的生活，高水平的学术生涯，优雅又随和的幽默感，在涂抹了发蜡的黑色头发衬托下，现在我绿色的眼睛更加炯炯有神。远离那些独裁者，我成为了一个自由、独立的人，我没有上司，不必忍受过去每天遭受的苦难，我设法逃脱了。可是为的是什么？为了能够拥有你，配得上你。你必须要看到我，现在就看到我。现在没有人可以有力量阻止我完成你和我在一起所必须要完成的任务，无论做什么，我都会在所不辞。你必须看到我。距离圣诞节只有三个月了，我要回去见你，无论是在马德里，还是在安达卢西亚。我不知道最后会在哪里，但是我确定我要见到你。

我给母亲打了电话，告诉她我所有的麻烦。我说得很谨慎，让她别为我担心。她数着剩下的日子，盼望着我再次回到她的身边。今年的圣诞节将十分美好，因为我要回去了。"我的孩子，你一生要做多少好事！上帝选择了你。""嗯，妈妈，我不知道要做这么多事，但我很幸福，这才是最重要的。我们很快就会在马德里再次相聚。克里斯蒂娜怎么样？你会把我的地址给她吗？我希望她写信给我。送上深情的吻，妈妈，再见，再见。"

我们去了改革大道上的维普斯餐厅。据阿道夫说，这家菜做得还不赖。当时桑伯恩斯餐厅还没开门呢。

只有阿道夫能理解我，只有他能明白我已经不是以前的我了。在这一年当中，我构建了自己。时间已经来到了一年的结尾，然而我害怕你记忆中还停留着另一个人，我害怕你不会等我。你要走了，你并不想给我机会。

在这几个月里，我一直在寻找自己。当我在书本中，在大学老式图书馆的无限书架中间寻找被遗忘的故事时，我感到自己很快乐。我没有一个困扰我的过去，我可以做我自己，我可以去做那个曾经想要成为的人，成为我羡慕的那些人，因为我观察过他们的衣着、举止、傲慢、自信、幽默、冷漠、慷慨和他们的英雄气质。

我在马德里悲惨的失败经历，被我抛在脑后。与之相比，我在巴黎、牛津和联邦区所构建的形象更忠实于我自己。我的形象不是面具，而是现实的，因为在他的步伐中，有着卡洛斯还是妹妹男朋友时候的影子；在他的衣着中，驻留着父亲在圣洛伦索·德·埃斯科里亚尔宅邸举办的夏日酒会上展现出来的优雅；在他的发型中，住着一位不知名的演员，来自一部我早已忘记片名的电影；在他轻松的幽默和刻意的冷漠中，看得到父亲的微笑；在他隐秘的慷慨中，闪耀着母亲的目光；在他的梦里，你占据了整个舞台；在他的道路上，母亲年轻时的回忆是破旧路灯的燃油，照亮了我作为诗人的未来。

我是一个被选择出来的自我，我不是一个伪装者。现在我真的是我自己，完整的自己，不是残缺的自己。我已经不再是一个懦弱和假装的人了。

在内心深处，和你在一起的人一直是我。你不认识另一个我，因为和你在一起的我相信内心所有梦想。当你在我身旁时，我一直想要成为的人变成了现实，并且通过我的嘴向你倾诉，给你讲述他的计划和愿景。他的力量如此之大，又那么自信，所以一切都是可行的。你把我带离到世界之外。这就是为什么你不在马德里时，一切变得那么悲伤，因为我不得不回到寒酸的生活中，回到绝望中，回到田园诗人的生活中。我隐藏在一个不现实的世界里,在徒劳的琐事之间消磨时光,受制于独裁者,做着胆小的梦想家。

"一杯美式淡咖啡,一份甜面包。"阿道夫点了餐。

"我要一样的。"

"你害怕发生什么呢?"他问我。

"我不知道。我对她说我爱她时,她提醒说我远在他乡。她说我拥有面前的整个世界,感觉好像她在鼓励我继续前进,不要去管她,好像她并不希望我回去似的。你了解吗?我不知道这是不是试图让她爱上一个浪漫的旅行者、诗人、学者的结果。当然,我想如果她这样喜欢我,我注定要和她保持书信关系。"

"我不知道该对你说什么。我猜她是害怕,你远在他乡,她不想受苦,女人总是害怕受苦,害怕被欺骗,害怕被抛弃。这种恐惧,古已有之,女人们和孩子们待在一起,她们需要男人的帮助。如果男人离开,并弃她们于不顾,她们和孩子的生活都将处于危险之中。女人想要一个非常坚定的承诺,因为她们害怕被遗弃的结果。"

这不是我第一次从阿道夫那里听到这样的理论。

"她在你身上看到了什么?浪漫主义者,冒险家,一个无法给她所需的安全保障的人。我敢肯定她爱上你了。她在等你的信,她也给你写信,她知道你爱她,因为你告诉她了。你告诉她了,对吧?然后,她仍然在那里。但在她的内心深处,她希望有一个更轻松、更安全的男人。大能人,这个圣诞节你必须把她带出来和你一起冒险,我相信你会做到的。"阿道夫说完,举起他的美式淡咖啡来和我碰杯。

"敬你的女孩,船长。"

"敬皮拉尔。"我举起了我的咖啡杯。

二十二

我重阅了最后几页的回忆。1986年的秋天，我在联邦区度过的时光让我惊讶不已。形形色色的人、私事秘闻和朋友情谊，是多么迅速地涌入我的世界；我人生的情节与别人的故事交织得有多么紧密；我以怎样的热情去体验新的环境和新的地方；我是多么的真实，真正的我，是我，那是我。

我重阅了之前的段落，我意识到每两天就有一次人潮涨落，熙熙攘攘的生命想要进入我的生活，他们带着赤裸裸的热情，渴望，还有梦想，那些只需相信就会实现的梦想。

我想，这座城市时不时遭受地震侵扰的悲剧性遭遇，源自这浓烈的生活和奔放的热情。这是人生戏剧性的结果，当人睁大了眼睛去看世界时，当人张开双臂去等待未来时，当人用心去生活时，当人的恐惧无踪时，当人孤注一掷地走向远方时，而远方在更遥远的地方，只有梦想才能到达。

那几个月就是这样，越来越多的人走进了我的生活。美国教授拉里和同样是老师的妻子弗洛拉正在休学术假期。他们五十来岁，两个孩子刚离家上大学。他想回到过去，但又害怕。她无法原谅他几个月前只身离开，他的行为让她成为了一具没有灵魂的肉体。我结识弗洛拉时，她已经失去了自己的哥哥，她的哥哥被女友一枪打死了。弗洛拉当时深陷于这段黑色故事的泥潭之中，试图找到一些理由，好让她每天继续陷落，滑向黑暗的深渊。我遇到了格雷格，他离开了旧金山的律师事务所，开始一段不同的生活。我认识了奥斯卡，一位逃离独裁统治的阿根廷教授，他向我揭示了凯尔森和马克思不同寻常的一面。

信件，陆陆续续地到了。母亲给我写了很多信，妹妹也是。还有你，你写的信相比之下数量就少了很多，你只是偶尔写信给我，但你依旧这么做了。我猜想这花了你不少钱，但是你依旧这么做了。你的信，不再是手写的了，我收到的总是机器打好的，上面一个错字都没有。

路易斯，你好：

你不知道我收到你的来信有多高兴。信总是扎堆地来，一次四封或者五封。你跟我说由于邮戳可以在研究所盖，所以信是一封接一封地被送到邮局去的，这样一来，周末你就不用亲自到邮局营业厅跑一趟了。但是，这些信件也是旅行者，它们一定更喜欢在彼此的陪伴下登上航班，它们总是一起到达。我会全部都打开，然后查看你写在每封信开头的日期，然后按照书写顺序去阅读它们。

昨天又到了一些信。你看，我决定今天给你回信，我肯定能写。不要总想着我给你写的信比你写给我的少得多，我不想找借口。你也很忙，但这并不能阻止你几乎每天都这样做。请原谅我没有给你写那么多信，请原谅我。

我想我已经跟你说过了，有几天晚上我会去马拉萨尼亚故地重游，去听听音乐。在老地方看到新面孔让我思绪万千。一想到一切都没有改变，我就高兴许久。有时，我会怀念过去，因为我已经不再是唱歌的女孩了，也不再是集万千目光于一身的人了。但我立刻说服自己，因为这样的感觉算不得什么。真正美妙的是确认有另一个人在歌唱，继续把歌唱下去。

我给你写了一首歌。你不要把它当成一首诗去读，这是一首歌曲（我怕你的诗歌评论）。这首歌还有旋律，但是眼下你还听不到。我尽量用磁带给你录好，然后确保能送到你那里，那么遥远的地方。

送你一个大大的拥抱，路易斯。你要向前看。我就留在这里了，而你的面前是生命和世界。去体验吧，这是你的责任，能做到这一点的人不多。给我写信，把所有的事情都讲我听。但是，你不要觉得你被束缚了，更不要觉得是被我束缚了。

皮拉尔

温情在肌肤之上永存，
尽管我不在你身边，
你知道我会追随你。
风把我从昨天带来，
尽管微笑如此美丽，
却无法再来。

松开的双手从身后环绕，
回忆中青涩的爱抚。
我还能重温昨日的路途，
闭上眼睛，往事浮现。

昨日的微笑，

驻留心间。

迷雾重重，

雾散径现。

只需一眼回望，

主宰当下，

放下迷离。

松开的双手从身后环绕，

回忆中青涩的爱抚。

我希望能重温昨日的路途，

闭上眼睛，往事浮现。

我读着那年秋天的信，你的信，母亲的信，还有妹妹的信。

亲爱的儿子：

　　用不了多久你就要回来了。你走了多远的路呀！我没想到你的研究任务会带你跨洋越海。你是在放眼看世界。

　　许多年前，当战争结束时，在许多西班牙人看来，去美洲再次成为过上好日子的良机。那时，这里的一切都很艰难且悲伤，然而，去美洲似乎意味着能改变命运。身在远方的人是看不到困难的，当时美洲国家就像应许之地一样。我记得有几位朋友想赌一把运气，用他们仅有的一点积蓄买了船票。

　　我跟你提过很多次的朋友曼努埃尔·帕雷哈，他有一个得力助手，名叫弗朗西斯科·吉尔·托瓦尔。他是一位真正的天才，一位伟大的画家，一位作品短小精悍、趣味横生的作家，总之非常好。我想起了我们为他准备的告别晚餐，当时他要去哥伦比亚。那时怀抱梦想并不困难，因为本来也没什么可失去的，毫无风险。从那以后我就再没听到他的消息。我很想知道他一切都好，想听到他在那里获得了胜利的消息。他是一个特别的人，你在《诗之弓箭手》杂志上看到的许多画作都出自他的手笔。

我记得曾经问过他打算在那里做什么，那里实在是太遥远了。他告诉我："和在这里一样，写作和画画。""你会想，"他接着说，"如果我打算做和这里同样的事情，我为什么要去呢？"我看着他做了一个手势，重复了一遍他刚刚问自己的问题。他回答说："是因为对冒险的渴望。"

你回来之后，我想听听你的冒险。从你的来信中可以看出你懂得如何奋力向前，你认识了非常有趣的人。我能感到你凭借丰富的知识辨别哪些人是适合相处的人。

我非常希望有一天能见见阿道夫。如果他想在西班牙住上一段时间，欢迎他来我们家。

你妹妹现在会到家里来，她来读你写的信。虽然你时间不多，但你多给她写信。少给我写几封，多给她寄几封，这样，她会非常感谢你的。我相信你父亲也乐意看到你写几句话给他，你哥哥也是一样。我不想给你摊派任务，但是圣诞节快到了，现在是你给他们写信的好时机。

我没有太多要跟你讲的话。我办了张图书馆的借阅卡，我之前没想到，那里的书汗牛充栋，还有许多杂志和报纸。我每周拿出两天下午的时间去教会参加明爱团体的活动。尽管他们的资金匮乏，但是总能解决前来求助之人的问题。问题太多了,以至于我回家后,不禁为所拥有的一切而感到难过:一栋属于我们的房子,一份金额不多但足以生存的养老金,另外,还有你们,我的孩子们。你们都很优秀,尽管每个人都各有所长,但是你们都是出类拔萃的人。我为自己如此幸运而感到难过。

过段时间,我要去见哈辛塔。我在信中跟你说过她的事。我是在教会遇见的她,几个月前她来找我们求助。她的丈夫死了,丈夫生前是中士,两人原先住在休达。你要是听她说起摩洛哥来,你会笑得合不拢嘴。怪不幸的,她和她生病的姐姐住在一起,还得照顾她。你不知道她姐姐对待可怜的哈辛塔多么糟糕,比对待傻子还过分。你会觉得很荒谬,但我看到了这女人身上的耐心和自我牺牲的精神,让我感触颇多。她对感谢和酬劳可以全然不求,只想一心一意地照顾她的姐姐。

虽然我们教会给她的帮助很微薄,但是她却倾其所能,能多做一些是一些。我经常跟她说上帝在天堂等候着她。"如果上帝没在等候我,那我们要为祂做些什么呢?"她这样回答我。

我的纸快写到底了。我的儿子,我们在不久后的下一封信里再见。我猜想你的某一封信已经往这边飞来了。我的这封信明天肯定寄出。亲切的吻,爱你的母亲。

生活中,我拥有许多,和母亲一样,相同的话我也可以讲。我曾有过爱情,我现在仍然在爱着,也爱着我的亲人。我曾经想要自由,我做到了。我不知道我缺少过什么。或许是勇气、自律和果断,尤其是果断。

旅行并不容易。大部分人认为自己确实旅行了，但是这并不是真的，因为航空公司欺骗了他们。只有我们中的个别人，在其生命中，有某次机会可以动身离开既定的世界，超越自己和我们的记忆。如果这种情况发生在你的身上，请你不要回避这段旅程，并且忠诚于那些为你指明道路的人与物，因为如果你错过了，你就会失去自己，并且很难再回来。

明天，我将前往马德里。前往，并不是回去。我想起了马克·奥布，在经历漫长的流亡岁月后，在回到西班牙时曾做过的思考："是的，我前往了西班牙，确实。但是，我没有回去。"

我试图以全部的真诚去回忆。从这个意义上说，那个离开的人又回来了。他变了，变化很大，但是离开的人是可以回来的。

我的不幸是这个回来的人失败了，失去了意义。

无视失败是一条路，我认为这是绝大多数人的道路。这就是为什么几乎没有人能回去，因为大多数人决定无视自己，甚至欺骗自己。

但失败并不是我故事中最严重的事情，真正富有戏剧性的情节是我的生活不再有意义。倘若我的生活有意义，倘若你还在，我会努力克服我的黑暗，那样主导一切的将是我眼中只有一面的生活，也倒映在你的双眼中。

我可以回去，是的。我会像英雄一样凯旋，满载胜利，战胜了所有死亡的陷阱。

但你已经不在了，就是为什么我的旅行不再拥有意义。如果我决意返回，更多的是因为疲惫，而不是因为我已经走完了某条道路。我想休息，我想回去，但不想带着谎言。所以，我认为我可以回去，但生活已经失去了意义。为此，也许我会回去，因为我不知道该去哪里了。而且我累了，筋疲力尽，我不能再继续了。

在过去的一年半里，我一直在等待着什么，我不知道是什么，一个启示，或许它能带我离开周遭世界，给我展示一条路线或者未来。它没有来，我也已经疲倦不堪了。

没有路线的旅行不是旅行，自从你离开后，我就迷失了，我的生活已经失去了意义。

1986 年 10 月 15 日，马德里

路易斯，你好：

你的信我收到了，信中的冒险让我眼花缭乱。你不知道我多么想有一天能看看巴耶德布拉沃、圣路易斯沙漠、特奥蒂瓦坎的金字塔，抑或是坐独木舟航行在霍奇米尔科的运河上。所有那些我从未听说过的故事，已经成为我生活的一部分，因为你讲给我听。你会成为一位伟大的作家，我敢肯定。

你还有很多路要走，很多事情要做。我是一段回忆，一段我希望你不会遗忘的回忆。我非常感激你告诉我这些，告诉我我对你来说很重要。但我只是一段回忆，路易斯。你真实的生活从现在开始，你应该怀着感恩的心向前看，因为时间能带给你很多东西。

我也很幸运，圣诞节后我要开始新的生活了。我确定我喜欢安达卢西亚，而且我很高兴能成为一名文学老师。

这一年里，我与一位共同参加考试的伙伴走得很近。他与我通过了同一批次的考试，我们想一起到南方去生活。

我猜想这对你来说是一个意外。在某种程度上来说，对我也是如此，因为最近一切都进展得太快了。今年圣诞节我不会在马德里。因此，我宁愿现在说再见。

我想把这件事告诉你,这样你就不会出于我的原因或者我的过错而不再向前方看。路易斯,我们的生活遵循着不同的道路。我不希望因对某些事情保持沉默伤害到你。现在,你正在振翅高飞,一想到你会越飞越高,我就满心欢喜。

人得懂得如何接受告别。想想几年前你给我的那首诗。你正坐在一辆水晶列车上。

永别了。

皮拉尔

"你可以阻拦的,"阿道夫对我说,"但你必须先要相信自己。那家伙是个混蛋,兄弟,记住,一个半月以后你就回那边去了,相信我。你看我和洛雷纳已经复合了。过程就是我回去,她开始怀疑,迟疑,然后,我们就在一起了。不,兄弟,你别让我失望,你完全应付得了。我告诉你,再过几个月,我们四个人到巴黎去,我们四个一起。我发誓。"

明天我将回到马德里,我知道。我知道,因为我把这些本笔记写完了,也把记忆的圆圈合上了。

这间巴黎市中心的漂亮公寓,真是个奇怪的地方,我的旅行要在这里结束了。我妹妹不在公寓,她晚上很晚才回来。

我记得自己坐在韦拉克鲁斯的一间宽敞的咖啡馆里,咖啡被端上来时,装在了镀银的咖啡壶里。店外的大街上,演奏着马林巴琴的音乐。烈日当头,热浪裹挟着湿气把城市的每个角落都填得满满的,只有房顶上巨大的吊扇转动着空气。

那天早上,我们去了安提瓜。科尔特斯到达墨西哥后,在那里建立了第一个议事会。我看到一条河流渐渐隐没在丛林中,我看到科尔特斯乘坐一艘木船抵达。多么不可思议的旅行啊!他最终没有回去。

我想起周六的晚上在韦拉克鲁斯的柱廊下度过的时光,人们向我们唱起了兰切拉歌曲,我们开怀痛饮了一场。

韦拉克鲁斯的海面没有波浪,海滩上虽然很脏,却一派生机,人们嬉戏着,天上飞着风筝。我记得那天有风,风卷着沙粒刮过我的脸颊,我希望这风把我洗刷干净,带走淹没我的失败,就像一场忧伤的潮水。那天是周日,我们必须回到城里。我们在海滩上漫无目的地走着,天空阴阴沉沉,暴风雨即将来到。

"你得振作起来,"阿道夫对我说,"你应该相信自己,为她战斗。"

我在巴黎的这间小小的公寓里,望见两年前的那两个年轻人走在日落后的海滩上,身后的乌云意味着危险。我把单西外套搭在肩上,卷起白衬衫的袖管,露出漂亮的新款金色手表。风吹起我的领带,像吹起一面旗子。阿道夫穿着他彪马牌的T恤衫和牛仔裤。多么奇怪的两个人。

"你从来不会脱下你的西装,哪怕是在北回归线这么热的地方。"阿道夫对我说,意在言外。

"这是我做人做事的方式。"

桌子上放着那辆水晶列车,而我在给你写信。我在想那几周你会做什么,在我给你写信的时候,在我一边注视着那列火车,一边写下文字的时候,你经历了什么。回想你的秀发,我给你写信。穿过联邦区的街道,我给你写信。和别人谈论起你,我给你写信。埋头苦读时,我给你写信。住在狄安娜旅馆的每个夜晚,我给你写信。我和所有人都说起你，然而我却不了解你做了什么、你的痛苦、你的希望、你的恐惧，还有你的过往。

我曾竭尽所能、用尽力气在战斗（或者说写作，这二者对我来说是相同的）。我把真实的内心向你倾吐，我爱你。这是我唯一拥有的真实，因为我爱你是真的。我爱你，矢志不渝。

那个阴沉忧郁的姑娘，劳拉·奥利维亚，她从旅馆消失了。她的物品悉数被锁在了房间里。如果不付房钱，旅馆就会这么做。好像是门卫安东尼奥让她进去拿走了自己的东西，但这也让他付出了被解雇的代价。我向加布里埃拉问起劳拉的事，可她什么都不知道，这让我感到很讶异，她们俩看起来很要好。

我继续到楼顶洛雷纳的房间去参加她长年不断的夜间谈话会。加布里埃拉已经不和她说话了，我不想知道其中原因。

"这一切都非常可悲，我认为你无能为力。不去知道，或许是最好的。"洛雷纳对我说。我们约定周六出门去看电影，在她认识的一家印度餐馆吃晚饭。旅馆只是一个中途路过的地方，从各州来联邦区的人都抱有许多幻想，他们坚持着，直至花光所有钱财。他们被联邦区一个一个地吞下，过后就再没有了消息，还是要小心为妙。

"当我看着她时，"我向洛雷纳解释道，"我看到她的脸上有些许忧郁。她是一个让我伤心的女人。"

"有人告诉我，说她周末在监狱里从事卖淫活动。后来，她又回到她的伴侣身边去了，一个虐待她、似乎还拿走了她所有钱的男人。路易斯，这一切都非常可悲，有时候还是不知道的好。"

我跟洛雷纳说起你。她看着我，就像看见了梦一样。她是一个心思细密的女孩，温柔、睿智，还很豪爽。我给那家旅馆写过信，但没收到答复。我很想知道她的近况。这也许是我在那段时期最丰富多彩的回忆了，然而我不知道她如今在哪里。

她带我去过一个有吉他演奏的地方，那里的人她都认识，那天她也唱了歌。"献给皮拉尔！"她说。她人很是飒爽，我这么说是因为当我们单独在一起交谈时，她看我的神情就是如此。

我走到哪里，都带着我的忧伤，在聊天时，在旅馆的谈话会上，抑或是在甘地书店里。我的忧伤，在我的研究中，在书信里，在和阿道夫一起冒险时，在文化中心的午间时分，在音乐会上，在电影院的午后，在酒馆的夜晚之中。

堂·阿尔贝托一天一天地瘦下去，走几步就停下来，顶着长长的花白头发，去提滑下去的裤子，然而他蓝色的眼睛一看到威士忌就精神焕发。他喝威士忌是为了生存，为了快乐，为了让日子过得下去。"加利西亚人！"每天早上，我一踏入研究所的隔间，就能听到他的声音。一大清早，他总是第一个在门口亮相，张大了嘴露出笑容，已经准备好讲故事、忆往昔了。

那些日子在我的脑海中浮现。在研究所的咖啡厅里，和我聊天的人是拉里。这位北美研究员正在墨西哥休学术假期。他个子很高，穿着虽然随意，却十分优雅，他的头发有奇怪的金属光泽。有时，他一连消失多天，因为他必须去华盛顿、纽约等地举办讲座。他给人留下了可靠、重要和稳重的印象。

他时不时找我聊天，还总从家里用保温杯装上极好的哥伦比亚咖啡与我分享。当然，我也和他说起了你。他的妻子是一位顶有趣的人，是教西班牙语美洲文学的老师。他一点一点地给我讲了他的人生经历。他的孩子们已经离家上了大学。所以，他在大学里的事业本可以更上一层楼，但是他对此却热情不高。中间有几个学期，耶鲁大学聘请他去讲课。"彻底搬过去住吗？我更喜欢住在休斯敦。"他说，"那里生活更容易，条条框框也少。在完成我作为国际法专家的工作之余，我还可以做一些别的事情。"

和他建立的友谊，让我感到荣幸。我跟他诉说了我的悲伤，还有你，我告诉他你要离去了。

他和妻子到墨西哥来是为了挽救婚姻。尽管现在已经没有了昔日的感受，但他还是怀念那些年激情燃烧的岁月。他向我讲述了他在伯克利大学读书的经历，以及他反对越战的抗争。我感觉自己正在与一个经历了近期历史事件且有幸成为主角的人交谈。他谈到的内容，我都是从歌曲里听到的。他的回忆，对我来说就是历史。我认为他是一个受老天厚待、出类拔萃的人。

然而，他却羡慕起我来。有一天，他告诉我："我想像你一样"，因为我，在那个时候，是一个生活有意义的人，而我生活的意义就是你。

在他气宇轩昂的外表下面，在他严谨、卓越的教养深处，在他精致气质的底层，在他对戏剧、音乐和绘画的热爱之余，在他风采无限的公众生活背后，属于拉里的现实是什么？这不难想象：因无聊而生厌，因责难而受苦，未愈合的伤口仍在疼痛，永恒的怨恨导致不断的心酸。

他的妻子我也认识，和他一样的完美：漂亮、高雅、文质彬彬，待人礼貌周到。

她给我讲述了拉里心酸背后的故事。他在休斯敦爱上了自己的吉他老师，是一位比他小二十岁的年轻女子。尽管他许下承诺，但在最后时刻还是不敢抛下妻子。那名女子意图自杀，所以下一刻，拉里便出现在医院里，守在女子父母的身边。这次可不是60年代他担当民权斗争主角的时候，他此番出演的脚本，是一部根据他彼时心灵深处的懦弱而创作的连载小说。

当我和他说起你的时候，他羡慕我的痛苦，羡慕我痛苦的高傲和尊严，因为这些让我充满了意义。

时间来到了12月初，我买了23号平安夜前夕的机票。我决心要找到你，我想让你看到我，看到我走过一路之后变成的样子。我不能如此自我欺骗，我觉得我们之间有一种清晰、明显的联系。在我悲伤的背后，我感到的是一种亲密的安全感，你不会让我的期望落空的。

然后，那封信就来了。

路易斯，你好：

收到我的信，你一定很惊讶。我在用皮拉尔的打字机给你写信。几个月以来，我一直用同一台打字机，一边听着皮拉尔的口述，一边把信写出来。我觉得你最好知道真相，她值得让事情还原如初。

皮拉尔一年前被诊断出患有骨癌，而且已经扩散。从一开始，医生就告诉她的父母病情几乎无法挽回，但所有人都拼命一搏，尤其是她自己。

她没想过回乡。她尽可能地继续自己的生活，一点一点地准备公开招聘的考试，同时继续接受规定的治疗。但几个月后，她的生活变得不可持续，化疗把她击垮，力气全无。她连续好几天起不来床，不断呕吐。除此之外，她还疼得厉害。

五天前的12月1日，皮拉尔去世了。

路易斯，她非常爱你，说你是天使，不仅聪明，还富有诗人的才情，是一位出类拔萃、拥有卓越品质的人。她非常爱你，你可以放心。她想到，倘若你知晓她的病情，你会马上赶回来。她不想剪断你的翅膀，她想让你实现梦想。她的期盼就是有朝一日能够跟随你走进由你建立起来的美好生活。然而，这已经不再可能了。

夏天过后，她的病情每况愈下。她几乎都握不住笔了，只好把信的内容口述给我，让我替她把信先用机器打出来，再念给她听，然后告诉我哪里需要修改，就这样直到她对信的内容感到满意为止。最后再把信邮寄给你。

她不希望你知道她生病了。这就是为什么她编造了通过招聘考试、准备去安达卢西亚的谎言。正因如此，当你写信给她说你必须要见到她，并考虑去加的斯探望她时，她写信告诉你她要结婚了。可是，她思念的只有你。这么做她付出了很大的代价，但她是一个既勇敢又高尚的人。

她以极大的毅力去和疾病抗争，给过去一年有幸陪伴她的我们留下了不可磨灭的回忆。

略有好转时，她很喜欢去马拉萨尼亚的小店里听听音乐，大学时的她也在那里唱过歌。我给你邮寄了一张录音带，上面是一首她为你创作的歌曲，歌词她在之前的一封信里寄给你了，你肯定有印象。她把声音录在磁带上，再请求乐队的小伙子们用混音器添加伴奏。我感觉这是一首美妙的歌。她十分期待你能听到它。

你的所有来信，我都读给她听了。尽管她上周处于半昏迷的状态，但我知道她能听到我的声音，而且知道你也在这里，你对她来说很重要。

293

她最想要做的事就是在旅途上陪伴你,在未来的规划中追随你。每每想到此处,我就感到满心伤痛。这一切她都做不到了。

深深的拥抱,路易斯。

卡门

大概有整整四天的时间,我自己一个人在游荡。我租了一辆车,在路过的城市或者道路的转弯处走走停停。

我意识到,我本不应该离开。那时,她已在我身上看见旅行者的特质,我无须把世界走遍;我足够英俊,何必再用服饰装点;我已然是位诗人,不必先写出诗篇;我自视为勇者,早在为她守护之前就是;她了解我,不用过多的语言;她眺望我的梦想,好似我亲眼看见。我意识到,我本不应该离开。

有她在,我走到了世界之外。可是没有她,我却无处可归,该去向何处去呢?

出发当晚,我回到了联邦区。我把房间里的东西收拾好,开着租来的车去机场。后面发生的事情,笔记的第一篇已经讲了。我立刻认识到我不能回去,回到哪里去呢?

在这一年半的时间里,我在欧洲各所大学继续着比较宪政史的研究。正如我之前所写,我一直住在机场的酒店里,费用由航空公司支付。虽然条件有限,但是尚可应付。

白天,我造访图书馆,与可以帮助我的研究人员聊天。我还参加交流会、讲座和研讨会。我与法国、英国和意大利的重要历史教授、法哲学与宪法学教授建立了牢固的学术联系,甚至还收到了在英国多所大学担任西班牙语助教和讲师的工作机会。可是,我不能接受这些委任，因为我想回去。很长时间以来，我一直在回忆，为的就是能够回去。我必须记住：因为你，我是谁；因为你，我成为了谁；你让我获得多少；你让我走了多远；当你不在我眼前时，我跌得有多深。我，一直在回忆。

离开墨西哥，我心痛不已，那座城市让我如痴如醉。我会想，你和我要是住在那里会多么地幸福，我会想和你一起去太平洋的岸边，去尤卡坦半岛，我会想你来到联邦区的那些酒吧，应该是什么样子。

我听闻拉里和他的妻子搬回了休斯敦，我猜他现在已经是法学院的院长了。之前，我说过洛雷纳从狄安娜旅馆消失了，后来我就没再听到她的消息。我离开后不久，堂·阿尔贝托就死于肺炎，是研究所的所长写信告诉我的。他退回了我寄给堂·阿尔贝托的信，信封未曾开启。

我不想和阿道夫道别，他不会让我走的。此外，我也没给他写信，因为无论我在哪里，他肯定会来找我。这对他和我都没有好处，因为我不能回去，能回到哪里去呢？我想让他知道，没有任何一周我不是在对他的怀念中度过的。

我认为我知道我是谁，我同时是许多人。我认为我知道我曾想成为什么样的人。我本可以做到的，因为在我回去的时候，我就能看到映射在你双眼中的我是什么模样。然而，这一天却永远不可能到来了。

你把我带到世界之外。但是没有你，一切都失去了意义。现在的我不仅孱弱无力，而且已经迷失了方向。

我想，我可以在你呕吐的时候，扶住你的额头，我可以为你读诗，还可以讲故事给你听。我想，我可以陪你走过痛苦，分担你的恐惧和苦闷。我本可以陪伴你，让你微笑，在许多个午后排解你的忧伤。我想，我们可以在你的房间里，梦想着你痊愈之后去很多地方。我想，我们可以制定无数的计划和构想。我想，我可以用手帕蘸了清凉的水，去把你额头的汗水擦干。我想，我可以把你的手捏在我的手心，可以告诉你你永远不会孤单。我想，我可以真真切切地爱你。然而，我没有这样做。

我留下你，独自一人，在黑夜潜入你家时，我却不在。我留下你，独自一人，当疼痛穿透你瘦小的身体时，当止痛药的药效逐渐消失时，当你为活下去而斗争时，我却不在你身边。我留下了你，独自一人。

我本来可以在那里，和你在一起。我本来可以和你在一起，但我却踏上了发现世界的路途，自顾自地追求着一个足以让自己骄傲的自我，以满足自己游侠骑士的狂妄自大。

我留下了你，独自一人。你又天真，又脆弱，带着令人心疼的幻想。我留下了你，独自一人，因为我想在历经险阻之后，传奇般地归来。这就是为什么我留下了独自一人的你，茫然无助。

当你想起那个男孩，他连笨拙地掩饰自己的爱都几乎做不到，他用水一般纯净的眼神望着你。当你想起他时，是的，当你想起他时，那时的我又在做什么呢？准确地说，在那些个时刻，我在做着什么呢？那天午后，那天清晨，你在阅读我来信的同一时刻，在疼痛无法让你休息的夜晚，在你的头发被剃掉的清晨，当你穿着白色病服在医院又长又冷的走廊里奄奄一息的时候，我在做着什么？我是在擦亮我的袖扣吗？是在谈论鲁瓦耶·科拉尔和西班牙启蒙主义者吗？还是，我在剑桥大学图书馆里写诗？

我曾经想成为英雄,但我败下阵来,旅途中的危险把我击败。我让过去的自己毫无防备,我背叛了自己,我不知道如何去捍卫我的童年。

出版后记

在我担任法律史教授一职时，路易斯·冈萨雷斯·哈尔迪耶尔的《西班牙比较宪政史》手稿送到了我的手上。这让我不禁想起了这本书的作者，我记得很清楚，他当时是一位小心谨慎的在读博士研究生。多年前，我在马德里康普顿斯大学法律史系曾经和他有过一面之缘。

我想知道他现在人在何处，就职于哪所大学。我打电话给外交部出版服务处（他们委托我为这本书写一份审稿意见），但是他们无法给我任何关于冈萨雷斯·哈尔迪耶尔的信息。我试图通过电话簿找到他，还换了各种互联网搜索引擎，但都无果而终。

外交部的工作人员告诉我，这部出色的学术著作是从巴黎的一个邮箱里寄出的，此后作者再也没有露面。冈萨雷斯·哈尔迪耶尔当时接受了奖学金，这就意味着他将放弃著作权，所以外交部可以把这部专著纳入某套丛书中进行出版，而无须征求任何人的同意。事实确实如此。

几年后，马德里冬日的一个傍晚，我正在街上走着，突然暴雨骤降。我躲进一处门洞里，等着雨势变小。我身边站着一个优雅的年轻人，看到他的模样，我心生好奇。他的绿色眼睛，唤起我再也回不去的遥远回忆。

大雨不停地下着，我们继续困在那个门洞里。我决定和他攀谈两句，索性就聊起了最平庸的天气话题。从正面看他时，我认出了他。他变化很大，但确实就是他。他穿着一件深色毛呢大衣，敞开前襟，露出了里面的西装便服，他的头发乌黑发亮，眼睛里透出非凡的力量，也许那是雨中路灯灯光的倒影，但是我想说他的目光是炽热的。

我想自我介绍，但他没有让我说完，他告诉我他知道我是谁，他记得我，并且非常感谢我为他的《西班牙比较宪政史》撰写推介。

我解释说我曾试图寻找他，但没有成功，他的书很受欢迎。我问他是否还在大学工作。他说没有，并没有给我更多的解释。

雨开始小了，我们就此别过。我给了他我的名片，许诺他如有未出版的法律史作品，我愿尽绵薄之力。

几个月后，大学里来了一个包裹，里面装的正是列位看官手中的这本书。除了书的手稿，我没有发现任何信件或发货地址等可以找到路易斯·冈萨雷斯·哈尔迪耶尔的信息。

读着他的手稿，我惊讶于自己竟是这些段回忆中的一位人物。我们永远不知道我们与周围人会走得多么近、隔得多么远，我们对他们意味着什么，他们如何看待我们。

我再次试图寻找他。这一次，我通过他在回忆中留下的生活痕迹慢慢摸索。就这样，在寻找路易斯的路上，我遇见了自己，并结识了一些生活在他回忆里的人物。

他的妹妹克里斯蒂娜现在住在巴黎，是一位著名作家的伴侣。赛义夫的个子长得很高，并且对他的舅舅记忆犹新。他们两人再也没有见过他。他的妹夫卡洛斯再婚了，育有两个孩子。电话里当我介绍完自己，告知我想见他的原因时，他回答说没有时间。

路易斯的父亲去世了，并把个人藏书遗赠给了康普顿斯大学。我不知道这是否具有讽刺的意味。我去了他的老宅子，想看看合欢树。那些树，还在那里。

路易斯的母亲在她位于马德里的公寓接待了我，老人家十分亲切热情。我对她儿子的回忆进行了小规模调研。在此过程中，我成功找到了20世纪40年代马德里文学圈的一些人物，他们都曾给她留下了刻骨铭心的印记。我把其中几位的地址留给了她。我了解到五十余年后的今天，路易斯的母亲和那些迫于时运而走散的老朋友们重新开始通信了。

我找到了彼时的排字工兼诗人拉法埃尔·米连，他现在住在美国，一直都在创作诗歌，结过四次婚，并在那里担任摄影师，也小有名气。我在马德里的一家旧书店里得到了一本他的作品集，里面的相片很不错。我把这本书作为礼物带给了路易斯的母亲。而今，拉法埃尔已经失明，但是还记着这位老朋友，得知她还在坚持创作短篇故事，他十分欣慰。

我还找到了卡门·罗莎·卡波特，她仍住在马德里。她再婚嫁给了一位英国人，是她一生的挚爱，两人育有四个孩子。现如今她一人独居，但是她依旧能够举办音乐会。这一点我可以证实，因为我曾亲临现场。她弹钢琴，她的儿子拉法埃尔吹单簧管。

我没有找到出版商曼努埃尔·帕雷哈，我的线索断在了巴塞罗那。我只知道他把航向出版社搬到了兰布拉大道22号。我会继续寻找下去。

尽管路易斯的母亲可能是唯一真正知道他在哪里的人,我还是没有向她问询路易斯神秘人生的去向。我认为我不应该这样做,我明白什么时候应该对沉默保持尊重。

他的朋友阿道夫目前住在墨西哥,结了婚,但娶的不是洛雷纳,有两个孩子。他回了我的信,告诉我他确实知道路易斯的情况,并给我抄写了两节聂鲁达的诗歌:

> 离开即是归来,归来时只有雨,
> 唯有雨,在守候。

出版社照着我在大学里收到的手稿,把这些回忆文字原原本本地出版成书。

我花了两年的时间去寻找多位书页中记载的人物,并把他们的后续书写下来。我尝试了上千种方法,想要找到路易斯·冈萨雷斯·哈尔迪耶尔,但总是徒劳无功。今天,我为这本书的出版写下了这篇简短的《出版后记》,而与此同时,我意识到我不必继续寻找了。路易斯回来了,他就在这里。

何塞·玛丽亚·佩雷斯·科亚多斯